KB237112

허담 新무협 판타지 소설
FANTASTIC ORIENTAL HEROES

무천향 武天鄉

무천향 8

허담 新무협 판타지 소설

초판 1쇄 찍은 날 § 2009년 6월 10일
초판 1쇄 펴낸 날 § 2009년 6월 15일

지은이 § 허담
펴낸이 § 서경석

편집장 § 문혜영
편집책임 § 정서진
편집 § 서지현 · 문정흠

펴낸곳 § 도서출판 청어람
등록번호 § 제1081-1-89호
등록일자 § 1999. 5. 31
어람번호 § 제2-1759호

주소 § 경기도 부천시 원미구 심곡2동 163-2 서경B/D 3F (우) 420-822
전화 § 032-656-4452 팩스 § 032-656-4453
http://www.chungeoram.com
E-mail § eoram99@chollian.net

ⓒ 허담, 2008

ISBN 978-89-251-1832-1-8 04810
ISBN 978-89-251-1582-5 (세트)

8
암중모색(暗中摸索)

은하의 계곡

무천향
武天鄉

허담 新무협 판타지 소설
FANTASTIC ORIENTAL HEROES

도서출판 청어람

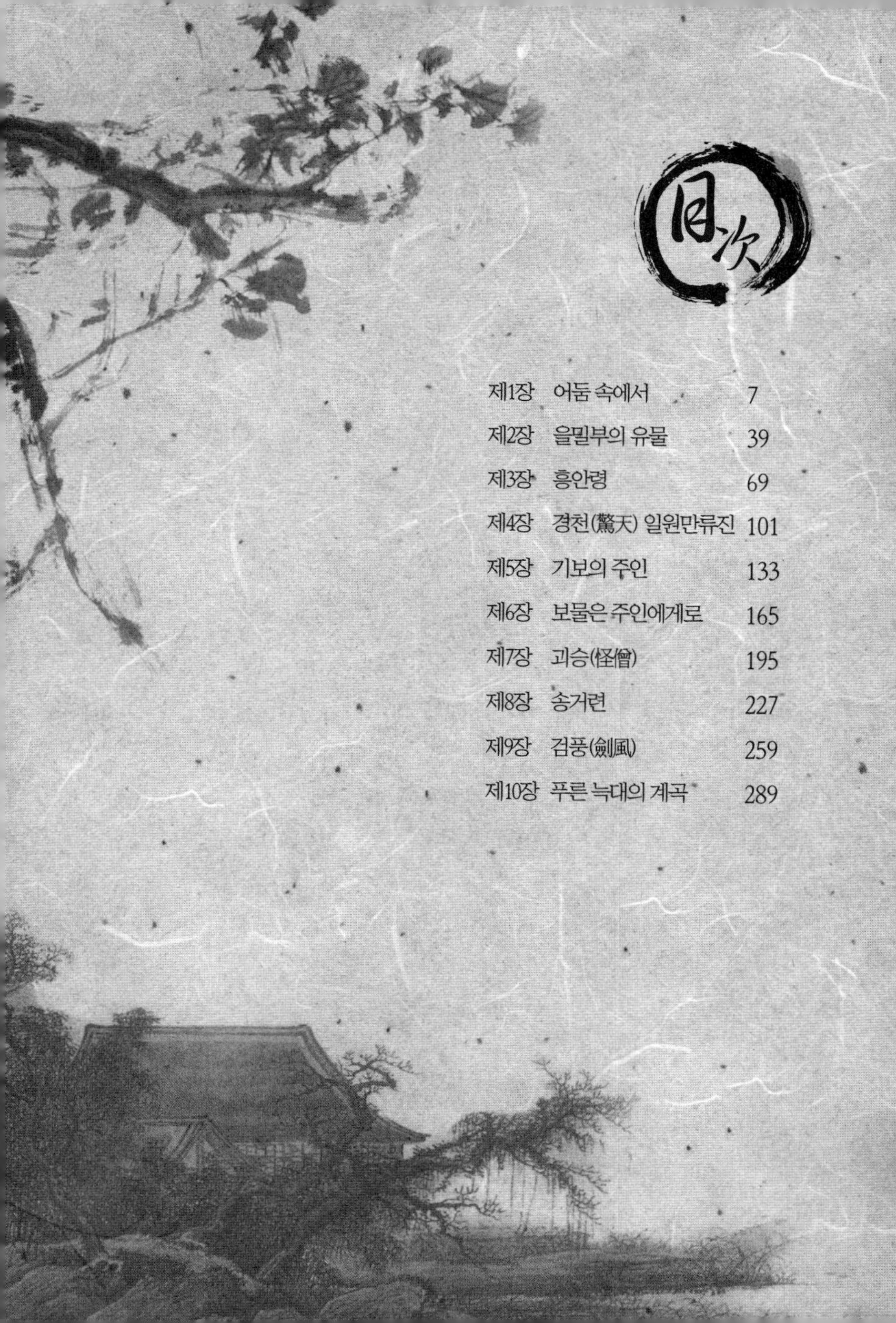

目次

第一章

어둠 속에서

 고비사막을 벗어난 이후 무천향의 천추군은 몇 개의 무리로 흩어졌다. 고비사막을 경계로 위쪽으론 북삼룡, 아래쪽으로는 모용세가의 권역이다. 일단 무림을 움직이는 자들의 권역에 들어선 이상 사막에서처럼 백여 명의 무천향 고수가 한데 뭉쳐서 이동할 수는 없었다.

 사막에선 일백이 넘는 숫자의 대상 행렬도 드물지 않기 때문에 사람들의 의심을 받지 않을 수 있었지만 북삼룡과 모용세가의 권역에서는 아무리 조심해도 그들의 눈길을 끌 수밖에 없었다.

 그렇다고 여러 무리로 쪼개진 무천향 천추군이 사방으로 흩어진 것은 아니었다. 그들은 하루 이틀 정도의 거리를 두고 같은 방향으로 움직이고 있었다.

그렇게 분산해서 일정한 간격을 두고 동행하던 천추군의 고수들은 모용세가의 서쪽 거점인 대흑산까지 십여 일 거리를 남겨두고 두 방향으로 갈라지기 시작했다.

파소와 단보 등이 이끄는 일부의 천추군은 계속해서 모용세가의 권역으로 이동했고, 을천목과 소법이 이끄는 대부분의 고수들은 북삼룡의 세력권으로 움직였다.

파소와 석청이 모용세가 풍청 삼각을 발견한 것은 그렇게 천추군이 두 길로 갈라진 지 육 일 후의 일이었다.

"따라갈 수는 없겠죠?"

석청이 파소에게 물었다.

"가보고 싶지만 그럴 순 없지요. 자칫 우리의 정체가 드러날 수도 있고, 또 우린 가야 할 곳이 있으니까요."

"심양 근처의 그 마을 말인가요?"

석청의 물음에 파소가 고개를 끄덕였다.

"아쉽네요."

"앞으로 계속 이런 식일 거예요. 반가운 사람을 발견해도 그저 얼굴만 볼 뿐이죠."

"그거야 뭐, 각오하고 있던 일이니까요."

"하지만 막상 그런 현실이 계속되면 참기 어려울 거예요. 특히 동호문 사람들을 본다면……."

"어쩌겠어요. 일이 모두 마무리되고 우리가 무천향을 떠나 초원의 목동으로 살아가게 될 때까지는 참아야겠죠.”

“그래요. 그때까지 참도록 해요.”

파소가 석청에게 미소를 지어 보였다. 그때 두 사람이 서 있는 곳 뒤쪽 숲에서 단보가 모습을 드러냈다.

“그만 가자꾸나. 모용세가의 고수들도 멀리 가버린 듯하니.”

단보의 말에 파소가 고개를 끄덕였다. 그리곤 신형을 돌려 천추군의 고수들이 기다리고 있는 숲 속으로 들어갔다. 파소와 단보가 이끄는 천추군 고수들은 숲 속에 몸을 숨기고 있다가 파소 등이 도착하자 다시 길을 떠났다.

조산 인근에서 모용세가 풍청 삼각을 지휘하는 송거련과 조우한 후 십여 일을 이동한 파소 일행은 어느덧 심양 인근으로 접어들고 있었다.

다행히 그들을 무림인들이라고 의심하는 사람들은 없었다. 파소 등이 완벽하게 장사치의 모습을 하고 있었을 뿐만 아니라 여인들인 석청과 을향이 일행 중에 포함되어 있어 사람들의 의심을 피하는 데 제법 도움이 되고 있었다.

그렇게 심양을 향해 걸음을 옮기던 어느 날, 느지막이 작은 성읍의 객잔에 여장을 푼 일행 앞에 한 명의 중년 고수가 찾아들었다.

“어서 오게.”

단보는 객잔에 나타난 사내를 예전부터 알고 있었는지 반가운 얼굴로 사내를 맞이했다.

"오시느라 고생 많으셨습니다."

사내가 자신을 반기는 단보에게 인사를 건넸다.

"고생은 무슨, 오랜만의 여행이라 오히려 좋았네."

단보의 말에 사내가 고개를 끄덕였다.

"단 어르신이야 무천향보다 강호가 더 익숙하시겠지요."

"어디 나만 그런가. 천안성은 누구나 그렇지. 자네, 마지막
으로 향에 들른 것이 언제지?"

"삼 년이 다 되어갑니다."

"벌써 그렇게 됐나? 오래 나와 있었군."

"이게 다 단 어르신 때문 아닙니까?"

"나 때문이라고?"

"그렇습니다. 본래 동무림 쪽은 어르신께서 살피는 지역인
데 어르신께서 향에서 나오시지 않는 통에 제가 남무림 일부
와 동무림까지 살피게 된 것이지요. 그러니 향에 돌아갈 여유
가 어디 있었겠습니까?"

사내의 말에 단보가 멋쩍은 웃음을 흘렸다.

"허허, 얘기가 그렇게 되나? 미안하이."

단보가 순순히 사과를 하자 사내 역시 미소를 지으며 고개
를 저었다.

"아닙니다, 어르신. 그저 농 한번 해본 겁니다. 어쩌면 향으
로 돌아가지 못한 것이 다행일 수도 있지요. 그 난리를 보지
않았으니 말입니다."

　사내의 말에 단보의 표정이 어둡게 변했다.

　"맞는 말일세. 무천향이 무너져 가는 꼴을 보지 않은 것도 복이지."

　단보의 말에 장내의 분위기가 잠시 무거워졌다. 그러자 잠시 후 사내가 분위기를 바꾸려는 듯 단보에게 물었다.

　"그런데 소천께서도 오셨다고 알고 있습니다만……?"

　"아, 그러고 보니 자넨 소천을 보지 못했겠구만. 삼 년 동안 향에 들어오지 않았으니 말이야. 이쪽으로 오게."

　단보가 손짓을 하며 사내를 파소와 석청이 있는 곳으로 데려갔다. 마침 그 자리엔 대성사 을지행도 함께 있었는데, 사내는 을지행을 보고 얼른 고개를 숙여 보였다.

　"대성사님을 뵈옵니다."

　"오랜만일세, 형봉! 잘 지내셨는가?"

　작은 키의 을지행이 형봉이라 불린 사내를 올려다보며 사람 좋은 미소를 지었다.

　"저야 잘 지냈지요. 그런데 대성사님까지 나오실 거라곤 생각지 못했습니다."

　"후후, 이 나이가 되었으니 향을 떠나 천하를 유람하는 것도 말년의 즐거움 아니겠는가. 천하를 여행하는 즐거움을 천안성인 자네들만 누릴 수는 없는 일이지."

　"강호가 그리 편한 곳만은 아니지요."

　"물론 자네가 편하게 놀고 지냈다는 뜻은 아닐세. 어쨌든 바람이나 쏘일 겸 함께 나왔네."

"알겠습니다. 시간이 되면 제가 좋은 곳으로 모시지요."

"하하, 기대하겠네. 그나저나 소천을 보고 싶다고 했지. 인사하게. 이쪽이 바로 새로운 무천향의 소천일세. 그리고 그 옆의 아리따운 여인은 소천의 부인 되시는 분이고……."

을지행이 형봉에게 파소와 석청을 소개하자 형봉이 정중하게 포권을 해 보였다.

"형봉이라고 합니다. 소천에 대한 소문은 풍문으로나마 듣고 있었습니다. 이렇게 뵙게 되어 영광입니다."

형봉의 인사에 파소가 마주 포권을 하며 입을 열었다.

"이곳으로 오면서 단 어르신께 형 대협에 대한 이야기를 많이 들었습니다. 많은 가르침 바랍니다."

"제가 가르쳐 드릴 게 뭐 있겠습니까. 듣자 하니 과거 이 동무림에서 자라셨다고 하던데……."

"하지만 이미 이곳을 떠난 지 십 년 훌쩍 넘었지요. 그리고 그때는 어린 시절이라 세상을 보는 눈이 부족한 시절이었습니다. 그러니 형 대협의 도움이 꼭 필요합니다."

"하하, 알겠습니다. 이 사람의 보잘것없는 짧은 견문이라도 도움이 된다면 저야 영광이지요."

말은 그렇게 했지만 장내의 사람들 중 형봉의 능력이 보잘것없다고 생각하는 사람은 아무도 없었다. 무천향의 천안성은 결코 보잘것없는 실력으로 얻을 자리가 아니기 때문이었다.

"그래, 상황은 어떤가?"

파소와 형봉의 인사가 끝나자 단보가 정색을 하며 형봉에게 물었다.

"두 달 전쯤 일부 사람들이 마을을 떠난 이후 별다른 움직임이 없었습니다."

"혹, 새로운 인물들이 마을에 들어오지는 않았는가?"

"계속 살피고 있었습니다만, 새로운 인물들이 들어오지는 않았습니다."

"음, 그렇다면 검산의 배덕자들이 이쪽으로 오지는 않은 모양입니다."

단보가 을지행을 보며 말하자 을지행이 고개를 끄덕였다.

"이곳은 심양 모용세가와 무척 가까운 곳이니 그들이 이곳으로 몰려올 수는 없었을 걸세."

"결국 그렇다면 그들은 고승 그 사람의 추측대로 북쪽으로 이동했을 가능성이 많겠군요."

천추군이 두 갈래로 나눠지면서 그중 십이종성 을천목과 소법이 이끄는 고수들은 추격술의 대가 고승의 의견에 따라 북쪽 북삼룡의 세력권으로 길을 잡아 북상중이었다.

"위험하지 않을까요? 천추군 전부라면 몰라도 이렇게 나뉘어진 인원으로 그들과 조우하면… 더군다나 그들이 향 밖에 일궈놓은 세력도 있잖아요?"

석청이 걱정스런 표정으로 물었다. 그러자 파소가 고개를 저으며 대답했다.

"그들도 모두 한 곳에 있지는 않을 거예요. 우리와 마찬가지로 그들 또한 세상 사람들의 이목을 신경 쓰지 않을 수 없을 테니까요. 더군다나 그들은 강호를 노리고 있으니 여러 곳에서 은밀히 진행할 일이 많을 거예요."

"그럼 그들 중 일부는 이쪽으로 왔을 수도 있겠네요?"

"가능성이 많죠. 그들은 오래전부터 모용세가에 관심이 많았어요. 북삼룡과 모용세가 간의 전쟁을 일으킬 만큼 말이죠. 그 때문에 모용세가 인근에 그들만의 거점을 만들었을 거고요. 그들이 모용세가에서 원하는 게 무엇이든 일단 무천향을 벗어난 검산의 고수들 중 일부가 모용세가 쪽으로 움직였을 가능성은 충분해요."

파소가 석청에게 말을 하면서 그가 무천향을 떠나기 전 을도산이 은밀하게 들려준 말을 떠올렸다.

파소가 천추군을 이끌고 무천향을 떠나오기 전 을도산은 파소를 불러 몇 가지 당부를 전했다. 그중 하나가 검산의 배덕자들이 오래전부터 모용세가에 관심을 보이는 이유에 대한 것이었다.

오래전 모용세가의 선조들이 천하를 장악하고 수차례에 걸쳐 연왕조를 세웠을 때, 언제나처럼 그들의 창업과 몰락 시기에는 을밀부의 힘이 작용했다고 한다.

본시 을밀부가 어떤 왕조를 탄생시킬 때 지원한 힘은 그 왕조가 몰락할 때 반드시 회수토록 되어 있었다. 하지만 가끔 을밀부에서 제공한 힘을 왕조의 몰락 시에 회수하지 못하는 경우도 있었다. 그런 경우는 미처 을밀부의 힘이 작용하기도 전에 그 왕조가 순식간에 무너지는 경우에 발생했다. 그중 하

나가 모용 씨가 세웠던 연왕조 중 후연의 몰락 시에 일어났
다.

"당시 후연의 모용 씨족에 제공했던 힘을 최후로 보유했던 자
는 모용운이었다. 그는 본래 고구려 사람으로, 고운이라는 이름을
가지고 있었으나 모용 씨의 양자로 들어가 후연의 왕이 되었던 사
람이다. 본래 후연은 이미 그 당시 무척 위태로운 지경이었기에
마땅히 모용 씨에게 제공했던 을밀부의 힘은 회수되어야 했으나
모용운이 해동 사람이라는 이유로 을밀부에서 잠시 그 힘의 회수
를 미뤘던 것이다. 그런데 그 모용운이 수하들의 반란으로 급작스
럽게 죽임을 당하고 말았다. 그리고 그 혼란 속에서 모용세가에
제공되었던 힘의 행방이 묘연해지고 말았다. 이후 을밀부는 그 힘
을 회수하기 위해 온갖 노력을 다했으나 결국 그 힘을 회수치 못
했다. 그 힘이 바로 을조인 대종사께서 무천향을 열 당시 을밀부
가 강호에서 회수치 못한 기물 중 하나다. 만약 모용세가에 검산
사람들이 노릴 만한 물건이 있다면 아마도 당시 회수치 못한 그
힘일 가능성이 가장 많구나. 만약 기회가 된다면 그 힘을 회수하
는 것을 소홀히 하지 말거라. 실종된 그 힘을 어떻게 모용세가가
다시 손에 넣었는지는 모르지만… 아니, 어쩌면 그들이 본래부터
그 힘을 숨기고 있었는지도 모르지. 하여튼 일단 그 힘을 모용세
가든 혹은 검산의 배덕자들이 사용하게 된다면 천하는 큰 혼란에
빠지게 될 것이다. 또한 그건 결국 우리 을밀부의 악업이 될 터이
니 그 힘이 모용세가에 존재한다면 그 힘은 반드시 본 가에서 회

수해야 한다."

　'일원만류진(一圓萬流陣)이라고 했지?'

　파소는 을도산이 떠나기 전 말해준 을밀부가 수백 년 전 모용세가에 전해준 힘을 떠올렸다.

　일원만류진(一圓萬流陣). 을도산의 말에 따르면, 하나의 진법 형태로 이루어진 이 일원만류진은 수십 혹은 수백 명의 고수가 펼치는 합격진 형태의 집단 무공이었다. 과거 모용 씨는 연나라를 세울 때 을밀부로부터 이 진법을 전수받은 후 소수의 인원으로 천하를 유린했다. 진의 효능이 어찌나 강력한지 전장에서 일원만류진을 연성한 모용세가의 기마병을 제대로 상대하는 적이 없었다고 한다.

　그러나 이 일원만류진에도 단점이 있었다. 그건 일단 이 진법을 능숙하게 사용하려면 일원만류진의 원리를 완벽하게 이해하는 사람이 필요하다는 것이었다.

　과거 을밀부가 모용 씨족에 이 일원만류진을 전수할 때에는 진법서를 전하는 것 외에도 을밀부의 현인들이 모용세가의 고수들에게 직접 일원만류진의 포진을 전수했다고 한다.

　당시 모용세가의 모사라는 인물들 중 이 일원만류진의 원리를 완벽하게 이해한 자가 없었다고 하니 일원만류진의 난해함이 어느 정도인지는 능히 짐작할 수 있는 일이었다.

　'아마도 모용세가가 일원만류진의 진법서를 가지고 있다면 그들이 그 진법서를 다시 찾은 것은 최근의 일일 것이다. 그리고 그들은 아직 일원만류진을 온전히 해독해 내지 못한 상태겠지. 그들이 일원만류진을 온전히 복구했다면 아마도 지금쯤 무림엔 큰 변화가 일어나고 있을 테니까.'

"여기서 마을까지의 거리는 얼마나 되는가?"

파소가 생각에 잠겨 있을 때 문득 단보의 목소리가 들려왔다. 그러자 형봉이 대답했다.

"빨리 가면 이틀이면 족합니다. 여유를 두고 가면 사오 일 정도……."

"일단 그곳으로 가야겠지?"

단보가 파소를 바라봤다.

"그게 순서겠지요."

파소가 고개를 끄덕이자 단보가 다시 형봉에게 말했다.

"일단 그 마을로 가세. 그들이 심양의 모용세가를 노린다면 결국 그 마을이 거점이 될 테니까."

"알겠습니다, 어르신!"

형봉이 고개를 숙여 보인 후 앞으로 나서 일행을 이끌기 시작했다.

세상은 언제나 그 자리에 변하지 않고 서 있는 듯하면서도 끊임없이 변한다. 파소는 형봉의 안내에 따라 모용세가의 권역으로 들어서면서 마치 생전 처음 보는 곳을 여행하는 듯한 느낌이 들었다. 과거 단보와 천하를 유랑하던 시절과 잠시 모용세가에 몸을 의탁하고 있을 때까지 제법 많은 시간을 보냈던 곳임에도 불구하고 눈앞에 펼쳐지는 풍경은 낯설었다.

"많이 변한 것 같아요."

석청 역시 파소와 마찬가지 느낌이었을까. 파소의 곁에서 함께 걸음을 옮기고 있던 석청이 나직하게 말했다.

"그래요. 나도 그렇게 느껴지는군요. 벌써 이곳을 떠난 지 십 년이 훌쩍 지났으니까요."

"사람들도 많이 변했겠죠?"

"아마도……."

파소는 문득 우루를 떠올렸다. 우루가 조산에 나와 있다는 소식은 형봉을 통해 들어 알고 있었다. 형봉은 모용세가의 내부 사정에도 무척 밝아 오는 길에 조산이 과거 북삼룡과 모용세가의 전쟁 이후 모용세가에 넘겨졌다는 사실과 지금 조산 인근에서 벌어진 기이한 혈사로 인해 무청 삼각의 각주 우루가 이끄는 고수들이 조산에 머물고 있다는 소식을 전해주었다.

우루의 소식을 듣는 순간 파소는 단숨에 조산으로 돌아가 우루를 만나보고 싶었지만 무천향 천추군을 이끌고 있는 그의 입장상 우루를 만나는 일을 포기할 수밖에 없었다.

'언젠가는 편하게 만나게 되겠지.'

파소가 우루와의 만남에 대한 아쉬움을 안으로 삭이는 사이 갑자기 앞서 길을 열던 형봉이 오른손을 들어 올렸다. 그러자 그의 뒤를 따르던 이십여 명의 천추군 고수가 재빨리 걸음을 멈추고는 자세를 낮췄다.

그사이 파소와 단보가 신속하게 앞쪽의 형봉 곁으로 다가갔
다.

"뭔가?"

단보가 묻자 형봉이 대답없이 손을 들어 맞은편에 바라다보
이는 제법 높은 산의 중턱을 가리켰다. 형봉이 가리킨 산 중턱
에는 십여 명의 약초꾼이 횡으로 늘어선 채 산을 타고 있었다.

"저들인가?"

단보가 묻자 형봉이 말없이 고개를 끄덕였다.

"마을까지의 거리는?"

"대략 반나절이면 도착합니다."

"흠, 한가하게 약초를 캐러 나왔다면 특별한 일이 없다는 말
인데……."

단보가 말꼬리를 흐리자 형봉이 고개를 저었다.

"그게 그렇지 않은 것 같습니다."

"무슨 말인가?"

"본래 저들은 이쪽으로는 약초를 캐러 나오지 않습니다."

"응?"

"산을 보십시오. 좋은 약초를 캐기에는 산이 너무 낮지 않습
니까?"

형봉의 말에 단보와 파소가 다시 건너편 산을 바라봤다. 과
연 형봉의 말처럼 약초꾼들이 오르고 있는 산은 좋은 약초를
구하기에는 너무 작은 산이었다. 그때 형봉이 손을 들어 동쪽
에 보이는 거대한 산봉우리를 가리키며 다시 말을 이었다.

"저기 보이는 산이 대요산입니다. 대요산은 저들의 마을이 있는 곳이지요. 보통 저들은 저 대요산으로 약재를 캐러 갑니다. 일 년 중 이쪽으로 약재를 구하러 나오는 경우는 거의 없지요."

대요산은 파소나 단보도 익히 알고 있는 산이었다. 심양 인근에선 그 산세와 험준함이 손에 꼽히는 산으로, 대요산을 지나면 바로 모용세가의 본거지인 심양에 도달하게 되어 있었다.

"생각해 보니 그렇군. 그렇다면 다른 목적이 있어서 이곳에 나와 있다는 말인데……."

"잠시 살펴볼 필요가 있을 것 같군요."

파소가 단보를 보며 말하자 단보가 고개를 끄덕였다.

"그게 좋을 것 같구나. 이보게."

"예, 어르신!"

"근처에 몸을 숨길 만한 곳이 있는가?"

단보의 물음에 형봉이 얼른 고개를 끄덕였다.

"이각 정도 이동하면 대요산으로 이르는 주요 통로를 한눈에 지켜볼 수 있는 곳이 있습니다. 몸을 숨기기도 좋지요."

"잘됐군. 그곳으로 가세나."

단보가 고개를 끄덕이자 형봉이 고개를 숙여 보이고는 은밀한 움직임으로 산을 타고 오르기 시작했다.

형봉이 일행을 인도해 간 곳은 서쪽에서 대요산으로 이르는 산길을 한눈에 살필 수 있는 곳이었다. 더군다나 멀리 일행이 목표로 했던 마을이 한눈에 들어오기까지 했다.

"좋군."

단보가 형봉이 천추군을 안내한 장소를 둘러보며 말했다.

"동굴도 몇 개 있고 물도 멀지 않으니, 아예 이곳에 숙영지를 만들어도 좋을 것 같구만……."

을지행 역시 형봉이 안내한 장소가 마음에 드는 모양이었다.

"어떡할까? 이곳에 일단 자리를 잡을까? 저들을 감시하자면 아무래도 이 근처에 거점을 마련하는 것이 좋을 것 같은데."

단보가 파소에게 묻자 파소가 잠시 주위를 살핀 후 입을 열었다.

"저들과 너무 가까운 건 아닐까요?"

"저들이 이곳을 발견하기는 쉽지 않을 겁니다. 앞쪽에 솟아 있는 둔덕 때문에 이곳에서 아래를 내려다보긴 쉬워도 밑에서 올려다보면 이곳이 보이지 않지요. 이미 여러 번 이곳에서 저들을 살핀 경험이 있습니다."

형봉의 자세한 설명이 파소의 걱정을 덜어주었다. 형봉의 설명을 들은 파소가 고개를 끄덕였다.

"그럼 그렇게 하지요. 마침 제법 넓은 동굴이 세 개나 있으니 충분히 여러 날 지낼 수 있겠군요."

숙영할 거처를 준비하는 것은 제법 시간이 많이 걸리는 일이었다. 일단 동굴 내부를 정리하는 것부터 시작해서 겉으로 흔적을 남기지 않고 숙영지 주변을 정리하는 것까지 세심한 관심을 기울여야 했다. 다행인 것은 이런 일에 익숙한 천안성 형봉이 있다는 것. 무천향 천안성은 뛰어난 무공에 더해 강호의 어떤 세력이라도 은밀히 감시할 수 있는 능력을 지닌 인물들이었다. 형봉은 그런 무천향 천안성의 실력을 여실히 드러내 일행에게 전혀 흔적이 드러나지 않는 세 개의 동굴 은신처를 한 시진 만에 만들어주었다.

"아늑하네요."

석청은 세 개의 동굴 중 가장 오른쪽에 만들어진 동굴로 들어서며 만족스러운 표정을 지었다. 석청과 을향이 함께 지낼 이 동굴은 세 개의 동굴 중 가장 작았지만 여인들이 거처할 곳이라 형봉이 제일 신경을 많이 써서 준비한 곳이기도 했다.

"마음에 든다니 다행이에요."

파소가 석청의 흡족한 표정을 보고는 고개를 끄덕였다.

"호호, 두 사람이 함께 지낼 수 있게 내가 다른 곳에 거처를 만들 걸 그랬나?"

파소와 석청의 뒤를 따라 동굴로 들어서던 을향이 장난스레 말했다.

"고모님도 참……."

을향의 말에 석청이 얼굴을 붉히며 말꼬리를 흐렸다. 그런 석청을 재미있는 얼굴로 바라보던 을향이 문득 파소에게 물었다.

"그런데 이곳에서 저들을 감시하고만 있을 것이냐?"

"아닙니다. 오늘 밤 저들이 산다는 마을에 가볼 생각입니다. 그리고 특별한 일이 없다면 며칠 내로 심양에 다녀올 생각이고요."

"그들이 심양에 들어갔을까?"

"형 대협의 말씀으로는 아직 모용세가의 권역에 검산의 인물들이 나타나지는 않은 것 같다고 하더군요."

"생각보다 그들의 움직임이 느린 것 같구나. 그들이 무천향을 벗어난 것은 천추군이 강호에 나오기 훨씬 전의 일인데……."

"아마도 강호의 시선이 닿지 않은 곳에 제대로 된 근거지를 마련한 후 움직일 생각이겠지요. 비록 강호에 그들과 연결된 사람들이 있다고는 하나 검산 사람들도 강호가 익숙하지 않기는 마찬가지일 겁니다. 그럴수록 든든한 근거지가 필요하게 마련이니까요."

"그렇다면 역시 북쪽으로 간 천추군이 그들을 먼저 발견할 가능성이 많겠구나."

"그들이 움직이지 않았다면 그렇겠지요."

파소가 고개를 끄덕였다.

"만약 그들이 모용세가를 향해 움직였다고 해도 그들을 발견하는 건 그리 쉬운 일이 아닐 거예요."

두 사람의 대화를 듣고 있던 석청이 문득 입을 열었다.

"왜 그렇게 생각하지?"

을향이 반문하자 석청이 침착한 표정으로 대답했다.

"그들이 모용세가에 원하는 것이 모용세가의 세력이 아니라 모용세가가 가지고 있는 어떤 물건이라면 많은 숫자보다는 소수의 고수를 보낼 테니까요."

"흠, 듣고 보니 그렇구나. 하지만 그들이 꼭 모용세가의 보물만을 노린다고는 할 수 없을 것 같은데?"

"그럼 다른 것을 원할 수도 있단 말인가요?"

"사색사혼을 움직여 모용세가에서 어떤 물건을 노린 것은 이미 십 년 훨씬 전의 일이야. 시간도 시간이지만 지금은 그때와 상황이 많이 달라졌다고 할 수 있어. 그들은 강호군림을 위해 무천향을 나왔으니 모용세가 자체를 원할 수도 있겠지."

을향의 말에 석청이 고개를 끄덕였다. 확실히 지금의 검산 고수들이라면 모용세가의 보물보다는 모용세가 자체를 욕심낼 가능성이 컸다. 모용세가를 손에 넣으면 모용세가의 보물이야 당연히 그들 손에 들어오게 될 것이므로…….

"만약 그렇다 하더라도 일단은 소수의 고수들을 먼저 보내 모용세가 주변의 분위기를 살필 겁니다. 또한 그들이 강호의 문파를 손에 넣는 것 역시 처음에는 은밀하게 진행될 가능성이 많겠지요. 처음부터 세간의 이목을 끌고 싶진 않을 테니까요. 과거 사색사혼이 북삼룡을 움직였던 것처럼 말입니다."

파소의 말에 을향이 고개를 끄덕이며 말했다.

"흠, 그렇다면 결국 시작은 어둠 속에서의 싸움이 되겠구나."

"그렇겠지요. 그나저나 천추군이 무천향을 나섰다는 걸 그들도 알고 있을까요?"

파소의 질문에 을향이 의아한 표정으로 되물었다.

"아직도 무천향에 그들과 연결된 자들이 있을 거라고 생각하는 거냐?"

"아닐까요?"

"글쎄, 모르겠구나. 하지만 어쨌든 천추군의 출발을 그들이 알고 있을 거란 가정은 해야겠지. 무천향이 아니더라도 적어도 계명촌에는 그들의 사람이 남아 있었을 테니까."

"그렇겠네요. 소유거 같은 인물이 뒤를 살피지 않을 리 없었겠지요."

잠행은 해시 무렵에 시작됐다. 파소 등 천추군이 대요산에 이르는 길목이 환히 내려다보이는 곳에 숙영지를 구축한 그날, 건너편 산을 오르던 약초꾼들은 특별한 움직임 없이 자신들의 거처인 산골 마을로 되돌아갔다.

그들에게서 특별한 무엇인가를 발견하길 기대했던 파소 일행은 적지 않은 실망 속에 어둠이 내린 산길을 따라 약초꾼들이 돌아간 작은 산골 마을을 향해 출발했다.

일행은 모두 다섯. 석청과 을향은 동굴에 남아 있었다. 이

번 강호행을 마치 여행이라도 나온 것처럼 생각하고 있는 두 사람이 밤새 산길을 걸어야 하는 이번 잠행에 따라올 리 없었다.

일행의 선두에는 당연하게 형봉이 서 있었다. 형봉은 어둠이 내린 밤길을 마치 대낮에 걷는 것처럼 이동하고 있었다. 수개월간 검산과 연결된 산골 마을을 살펴온 터라 인근의 지리에 이미 능숙해져 있는 형봉이었다.

파소와 단보, 그리고 다른 두 명의 천추군 고수는 그런 형봉을 따라 어렵지 않게 검산의 음모자들이 강호에 만들어놓은 거점인 산골 마을로 접근해 들어갔다.

"이곳이 외부에서 저들을 살피기에 가장 좋은 장소입니다."

앞서 가던 형봉이 한순간 걸음을 멈추며 파소와 단보에게 말했다. 형봉의 말처럼 일행이 멈춰 선 곳에서는 스무 채 남짓한 초옥들이 모여 있는 산골 마을이 한눈에 들어왔다.

"겉으로 보기엔 평범하군."

단보가 제법 늦은 밤임에도 불을 밝히고 있는 초옥들을 바라보며 말했다. 그런데 그때 문득 형봉이 고개를 갸웃했다.

"조금 이상하군요."

형봉의 말에 파소와 단보가 눈빛을 빛내며 형봉을 바라봤다.

"뭐가 말인가?"

"가장 북쪽에 있는 두 채의 모옥 말입니다."

형봉의 말에 파소와 단보가 형봉이 지목한 모옥으로 시선을 돌렸다. 두 채의 모옥은 마을의 다른 모옥보다 조금 작은 크기였는데, 흐릿한 불빛이 방문을 통해 흘러나오고 있었다.

"내가 보기엔 다른 집들과 다를 바가 없는데?"

단보가 고개를 갸웃거렸다.

"그게 이상하다는 겁니다. 본래 저 두 채의 모옥은 빈 집으로, 제가 이 마을을 살핀 이후 한 번도 불을 밝힌 적이 없었습니다. 마지막으로 이곳을 살필 때까지도……."

"응? 그렇다면……."

단보가 형봉의 말에 급히 고개를 돌려 다시 두 채의 모옥에 시선을 주었다. 평소 불을 밝힌 적이 없는 모옥에 불이 켜졌다면 그건 두 채의 건물에 이 마을에 살고 있지 않던 새로운 사람들이 들어 있다는 의미일 터였다.

"역시 낮에 보았던 그 약초꾼들이 괜히 서쪽으로 나간 게 아니었던 모양이군요."

파소가 나직한 목소리로 말했다.

"역시 누군가를 마중 나갔던 것인가? 계속 살피고 있었는데 어느 틈에 손님을 맞은 것일까?"

"보통 인물들이 아니라는 말이겠지요."

"검산의 고수들이겠지?"

단보의 말에 파소가 고개를 끄덕였다.

"그들이 아니라면 이곳에 올 인물들이 없겠지요."

"가볼까?"

단보의 말에 두 사람의 대화를 듣고 있던 형봉이 손을 저으며 말했다.

"위험합니다, 어르신. 저래 보여도 사방에 제법 날카로운 눈들이 지키고 있지요."

"알고 있네. 한눈에 봐도 동서남북, 사방 외곽에 위치한 집들은 경계를 위해 만들어진 초옥이구만."

단보의 말에 형봉이 얼굴에 감탄을 드러냈다.

"이미 읽고 계셨군요."

"후후, 이보게, 난 자네가 향에서 일단계 수련을 시작할 때부터 천안성으로 일했다네."

"죄송합니다. 제가 잠시 어르신이 어떤 분이신지 잊었습니다."

형봉이 얼른 고개를 숙였다.

"후후, 그렇다고 죄송할 것까지야 없지. 솔직히 나도 지난 몇 년간은 무천향에서 벗어나지 못했으니 어떨지 모르겠네. 자네가 뒤를 잘 봐줘야 할 거야."

"준비하고 있겠습니다."

"가볼까?"

단보가 파소를 바라보자 파소가 고개를 끄덕였다. 그리고 다음 순간 파소의 신형이 사람들의 시야에서 사라졌다.

"이럴 땐 성격이 좀 급한 것 같기도 하고……."

이미 멀어지는 파소의 신형을 쫓으며 단보가 중얼거렸다. 그리고 그의 말이 형봉 등의 귀에 들릴 때쯤에는 단보의 신형 역시 사람들의 시야에서 사라지고 없었다.

“어디, 무천향 천안성의 전설이라는 단 어르신의 실력을 볼까?”

형봉이 자못 기대 어린 눈으로 파소와 단보의 움직임을 눈으로 쫓으며 조금씩 마을 근처로 다가가기 시작했다. 그의 뒤쪽으로 첫 강호행에 바짝 긴장한 두 명의 천추군 고수가 굳은 얼굴을 한 채 조심스런 움직임으로 형봉을 따르고 있었다.

스스슥!

파소와 단보는 거침없이 마을을 향해 전진했다. 그들이 형봉과 함께 마을을 살피던 곳은 마을의 남쪽이었기에 그들이 목표로 하는 북쪽의 두 초옥으로 가려면 마을을 관통하거나 아니면 우회해야 했다. 보통의 경우라면 마을을 우회해 북쪽에서 두 초옥으로 접근하는 것이 상식. 그런데 파소와 단보는 마을의 남쪽에서 곧바로 어둠에 싸인 마을로 잠입해 들어갔다.

파소 역시 상대의 이목을 피하기 위해서는 마을 동쪽이나 서쪽을 돌아 북쪽에서 잠입하는 것이 안전하다는 것을 모르는 것은 아니었다. 그럼에도 불구하고 파소가 남쪽에서 곧장 마을로 잠입한 것은 이참에 검산에서 강호에 만들어놓은 거점을 상세히 살펴볼 생각이었기 때문이다.

파소의 의도를 아는지 단보 역시 아무런 말 없이 그의 뒤를 따랐다. 한순간 파소의 신형이 훌쩍 허공으로 떠올랐다. 그리고 다음 순간 마치 쉴 곳을 찾아 날아드는 밤새처럼 파소의 신형이 네 채의 모옥이 사각을 이루며 서 있는 중앙의 커다란 삼나무 속으로 파고들었다.

[등하불명이냐?]

삼나무 숲으로 파고든 파소의 귀에 단보의 전음이 들려왔다.

[내부의 사람들을 온전히 믿고 있기 때문이겠지요.]

파소가 단보의 전음에 응답했다. 파소와 단보가 스며든 삼나무는 마을 외부의 움직임을 살피는 데는 불편한 곳이었지만 마을 내부의 움직임을 살피기에는 안성맞춤인 곳이었다. 두 사람의 대화는 이런 요지에 경계를 세우지 않은 것에 대한 말이었다.

[어쨌든 일단 마을에 들어오는 데는 성공했구나. 보자, 다섯 채는 지나가야겠는데?]

단보의 말에 파소의 시선이 북쪽으로 향했다. 여전히 희미한 불빛이 새어 나오고 있는 두 채의 모옥과 두 사람이 올라 있는 삼나무 사이에는 다섯 채의 초옥이 자리를 잡고 있었다.

[세 번째 모옥 위에 사람의 기척이 있군요.]

파소의 전음에 단보가 살짝 놀란 눈으로 파소를 바라봤다. 두 사람이 올라 있는 삼나무에서 파소가 말한 세 번째 모옥까지의 거리는 짧아도 이십여 장. 그 거리에, 그것도 기척을 숨기고 숨어 있는 고수의 흔적을 찾아내는 일은 여간해선 불가능한 일이었다

[네 뒤만 따라가면 되겠구나.]

단보의 전음에 파소가 빙그레 미소를 짓고는 아무 대답 없이 푹 꺼지듯 무성한 삼나무 가지 아래로 사라졌다.

밤새처럼 하늘을 날아 작은 산골 마을로 잠입한 파소가 이번에는 늦은 해 그림자가 땅을 기듯 낮은 자세로 산골 마을의 초옥과 초옥 사이를 이동하기 시작했다.

움직이는 속도는 숲에서 이동할 때보다 훨씬 느려져 있었다. 그러나 그렇다고 파소가 지나치게 긴장하고 있는 것은 아니었다. 파소의 뒤를 따르고 있던 단보는 파소의 침착한 움직임에 한편으론 흡족한 표정을 지으면서 또 한편으론 마치 괴물을 보는 듯한 표정을 짓고 있었다.

파소의 나이는 이제 갓 서른을 넘기고 있었다. 그런 파소가 보여주는 움직임은 수십 년 강호를 종횡하고 무천향 최고의 천안성으로 인정받는 단보조차 감탄하게 만들고 있었다. 그 신묘한 움직임과 침착함은 어려서 그를 키우고 장성한 후에는 그의 무공 수련을 도운 단보로서도 새삼스레 놀라지 않을 수 없었던 것이다.

한순간 앞서 가던 파소가 잠시 걸음을 멈췄다. 그리곤 단보를 돌아보며 손으로 앞을 가린 돌담을 가리켰다. 파소의 손짓에 단보 역시 고개를 끄덕였다.

단보의 고갯짓으로 답을 들은 파소가 마치 먹물이 화선지에 스며들 듯 앞을 막고 있는 담장에 부딪쳐 갔다. 그리곤 다음 순간 거짓말처럼 파소의 신형이 담장을 타고 넘어 순식간에 담장 안쪽에 떨어져 내렸다. 여전히 감탄 어린 시선으로 파소를 보고 있던 단보 역시 지체하지 않고 파소와 마찬가지 모습으로 담장을 타고 넘었다.

담장을 타고 넘은 파소와 단보는 담장 안쪽에 드리워진 좀 더 짙은 어둠을 타고 모옥의 반대편까지 이동한 후 같은 방법으로 다시 담장을 넘었다. 그리곤 재빨리 신형을 낮춰 오 장 정도 사이를 두고 마주 서 있는 두 채의 모옥을 바라봤다. 어느새 두 사람은 그들이 목표로 했던 두 채의 모옥 앞에 도달해 있었던 것이다.

[선택을 쉽게 해주는구나.]

단보의 전음이 파소의 귀에 들려왔다. 파소가 고개를 끄덕였다. 그들이 목표로 했던 두 채의 모옥 중 한 채의 불이 그사이 꺼져 있었던 것이다. 애초에 두 채의 모옥 중 한 채를 선택해 살펴야 했던 두 사람의 고민을 모옥에 든 자들이 해결해 준 꼴이었다.

파소와 단보는 잠시 담장의 어둠 속에서 주위를 살핀 후 한껏 당겨졌던 화살이 쏘아져 나가듯 그들이 목표로 한 모옥을 향해 번개처럼 이동했다.

두 사람의 이동은 워낙 빠르고 간결해서 만약 누군가 두 사람이 이동한 곳을 감시하고 있었다 해도 그저 한줄기 밤바람이 불고 지나갔다고 느낄 정도였다.

일단 목표로 한 모옥의 담장에 다다른 파소는 방금 전 지나온 모옥에서와 마찬가지로 먹물처럼 스며들어 담장을 넘었다. 그리곤 단보가 담장을 넘기를 기다렸다가 모옥과 담장 사이에 서 있는 은행나무 가지 위로 날아오르더니, 한 번 더 도약해 불 켜진 모옥의 지붕 위에 밤새처럼 내려앉았다.

단보는 그런 파소의 뒤를 그림자처럼 따라붙어 파소와 거의 차이를 두지 않고 모옥의 지붕 위로 내려섰다.

목표로 했던 모옥의 지붕 위에 올라선 두 사람은 서로 눈빛 을 교환하고는 누가 먼저랄 것도 없이 모옥의 처마 쪽으로 이 동했다. 그리곤 위태로운 자세로 처마 아래쪽을 향해 신형을 내밀어 지붕 아래의 상황을 살폈다.

달빛도 없어 칠흑같이 어두운 밤. 그리 밝지 않는 불빛이 처 마 아래 창문을 통해 흘러나오고 있었다. 그리고 그 불빛만큼 흐릿한 누군가의 목소리가 파소와 단보의 귀에 들려왔다.

"과연 그 물건을 욕심낼 이유가 있는 것입니까?"

파소와 단보는 단번에 목소리로 주인공을 알아챘다.

'이괄!'

파소의 머릿속으로 검산이목 이괄의 모습이 눈앞에 있는 것 처럼 떠올랐다. 이괄이라는 인물과 많이 조우한 것은 아니지 만 그의 인상이나 말투는 한 번 들으면 잊을 수 없는 강한 개성 을 가지고 있었다.

중년의 이괄은 산과 같은 무거움과 도도한 자신감이 함께 묻어나는 목소리를 가지고 있었다. 또한 그러면서도 진중한 면이 있어서 과거 탁발무가 검산 무벽에 그 강렬한 도흔을 남기기 전까지 검산이목을 거론할 때 항상 탁발무 앞에 거론됐던 인물이었다. 검산 무벽에 도전한 후 탁발무의 한 걸음 뒤로 물러섰던 그 이괄의 음성이 지금 모옥 안에서 흘러나오고 있었다.

'이괄이라면 대단하군. 검산 최고의 후기지수를 내보내다니……'

파소가 이괄의 등장에 적지 않게 놀라고 있을 때 이괄 말에 대한 대답이 흘러나왔다.

"그건 무척 대단한 가치를 지닌 물건이네. 과거 모용 씨가 왕조를 세울 힘을 준 물건이지."

파소가 재빨리 단보를 바라봤다. 그러자 지체없이 단보의 전음이 들려왔다.

[왕선모, 그로구나.]

왕선모라면 파소 역시 아는 인물이었다. 무천향주 을도산에 의해 무극동천에 들어 수련하던 인물로, 초성관주 여상과 함께 검산 육조사 중 풍왕 선선의 진전을 이었다고 알려진 무천향 최고의 고수들 중 한 명이었다. 그러나 파소는 왕선모의 정체보다도 그가 내뱉은 말에 더 관심이 갔다.

'역시 모용세가에 일원만류진이 있다는 걸 알고 있는 것 같군.'

이미 을도산과 과거 백혼이 노렸던 모용세가의 보물이 을밀부로부터 수백 년 전 흘러나간 일월만류진일 거라고 예측하면서도 기실 정말 모용세가에서 일원만류진을 되찾고 그걸 검산의 고수들이 노리고 있는지는 확인된 것이 아니었다. 어쩌면 모용세가에 일원만류진이 아닌, 세상에 알려지지 않은 기보가 찾아들었을 수도 있었다.

파소가 일원만류진에 대해 알고 있으면서도 단보와 석청은 물론 다른 천추군에게 일원만류진에 대한 이야기를 하지 않은 것은 만약의 경우 모용세가에 있는 보물이 일원만류진이 아닐 수도 있기 때문이었다.

물론 모두 믿을 수 있는 사람들이었지만 을밀부의 기보에 대한 이야기는 가급적 드러내지 않는 것이 좋다는 을도산의 각별한 당부도 있었기에 다른 사람에겐 아직 일원만류진에 대한 이야기를 하지 않고 있던 파소였다.

하지만 지금 왕선모가 내뱉은 말에 따르면, 결국 그들이 노리는 물건이 일원만류진임이 거의 확실했다.

"그 물건이 모용세가에 있다는 걸 알게 된 것은 우리에겐 정말 큰 행운이라고 할 수 있을 것이다."

또 다른 목소리가 초옥에서 흘러나왔다. 그리고 그 순간 파소와 단보가 누가 먼저랄 것도 없이 서로를 돌아봤다. 초옥 아래로부터 들려오는 목소리. 그건 검산의 대성사 소유거의 음성이었다.

第二章
을밀부의 유물
을밀부의 유물

武天鄉

무천향

“그렇게 대단한 물건입니까?”

이괄의 불만스런 목소리가 다시 들려왔다.

“한때 천하를 지배하게 만든 물건이지.”

“그러나 그건 무천향 밖의 힘일 뿐이지 않습니까?”

소유거의 말에 이괄의 반발하듯 대꾸했다.

“무천향 밖의 힘이라고? 넌 그 힘이 어디서 시작된 것인 줄 알고 있느냐?”

“……?”

소유거의 질문에 이괄에게선 아무런 답도 들려오지 않았다.

‘아마도 이괄은 일원만류진에 대해 제대로 알고 있지 못한가 보군.’

일원만류진의 출처가 을밀부라는 것을 알면 이괄이 그들이
노리는 모용세가의 물건이 무천향 밖의 힘이라고 말했을 리
없었다.

"그 물건은… 정종 을씨에게서 나온 것이다."

한결 낮아진 소유거의 목소리가 흘러나왔다.

"정종 을씨라면……?"

놀란 듯한 이괄의 목소리에 연이어 소유거의 말이 이어졌다.

"누가 뭐래도 무천향은 을씨의 손에 의해 세워진 곳이다. 그
러나 사실 을씨의 힘은 무천향이 세워지기 이전이 더 무서웠
다. 그들의 손에 의해 천하에는 여러 왕조가 탄생하고 또 몰락
했다. 대종사 을조인이 무천향을 열지 않았다면 아마 지금도
천하는 을씨의 손에 의해 움직이고 있을 것이다. 지금 모용세
가에 있는 그 물건은 바로 을씨 가문이 천하를 움직이던 힘 중
하나다. 그러니 어찌 그 가치가 작다고 할 수 있겠느냐?"

"그런 것이었습니까? 어쩐지. 이런 일에 스승님이 직접 오
신 데는 그럴 만한 이유가 있었군요."

이내 수긍하는 듯한 이괄의 목소리가 들려왔다. 그러자 이
번엔 왕선모의 목소리가 들려왔다.

"생각할수록 을씨가의 힘은 무섭군요. 시절이 변하면 강호
를 움직이는 힘도 변하는 법인데 을씨 가문이 수백 년 전 세상
에 내놓은 힘이 아직도 강호의 운명을 움직일 힘이 있다니…
걱정입니다."

왕선모의 탄식에 이어 소유거의 자신감 어린 목소리가 들려

왔다.

　"너무 걱정할 일은 아닐 것이오. 을씨가 천하를 움직이던 시대는 말 그대로 수백 년 전의 일이오. 물론 지금 무천향에 남아 있는 을씨의 저력도 대단하다고 할 수 있을 것이오. 하지만 넘지 못할 벽은 아니외다. 우리가 강호에서 제대로 힘을 키운다면 무천향의 을씨 가문을 상대하는 것은 불가능한 일이 아닐 것이오."

　소유거의 말에 다시 이괄의 걱정스런 목소리가 들려왔다.

　"하지만 우린 지금 그 을씨가의 수백 년 전 유물 하나를 얻기 위해 이렇게 노력하고 있지 않습니까? 그러니 과연 우리가 힘을 키운다 해서 과연 정종 을씨를 상대할 수 있을지……."

　"그건 네가 몰라서 하는 말이다."

　"무슨 말씀이신지……?"

　"물론 무천향이 열리기 전 을씨 가문이 무소불위의 힘을 가지고 천하를 움직인 것은 사실이다. 그리고 만약 그 힘들이 지금도 고스란히 을씨 가문에 남아 있다면 우린 감히 을씨 가문에 대적할 엄두를 내지 못했을 것이다. 하지만 그 힘들은 더 이상 을씨 가문에 존재하지 않는다."

　"그게 무슨 말씀이십니까?"

　"과거 대종사 을조인이 무천향을 열 때, 그는 을씨 가문이 천하를 움직이던 힘들을 대부분 봉인했다. 그리고 그 봉인은 지금까지 풀리지 않고 있다. 확실한 것은 아니지만 내 판단에는 지금의 무천향주조차도 그 봉인을 풀 능력이 없는 것 같구

나. 만약 그에게 그 봉인을 풀 능력이 있었다면 그는 결코 우리 검산이 그를 배신하는 걸 두고 보지 않았을 것이다. 사실 지난 수십 년간 은밀하게 일을 진행시키며 정종을 흔들었던 것은 그들에게 과거의 힘을 사용할 능력이 있는지 확인해 보기 위해서이기도 했다. 만약 을도산이 봉인된 을씨 가문의 힘을 사용할 수 있었다면 우린 결코 을씨 가문에 반기를 들지 않았을 것이다. 그 힘은 그토록 무서운 것이었으니까. 하지만 을도산은 그 힘을 사용하지 못했고, 무천향의 파국을 막지 못했다. 그래서 결국 우리에게도 기회가 찾아온 것이다. 물론 그럼에도 불구하고 우릴 무천향 밖으로 내칠 만큼 을씨 가문이 강하긴 했지만 말이다."

"봉인된 힘이라는 걸 사용하지 않고도, 또 지난 수백 년간 침체 일로를 걸어온 상황에서도 이 정도이니 정말 정종 을씨 가문의 저력은 무섭군요."

이괄의 탄식이 흘러나왔다.

"무섭지. 솔직히 말하면, 그들에게 반기를 든 것이 후회될 정도다. 나도 그들의 저력이 이렇게 강할 줄은 미처 예상치 못했다."

"하지만 그들과는 다른 길을 선택할 수밖에 없지 않았소이까?"

왕선모의 목소리가 들려왔다.

"맞소이다. 그들은 어떨지 모르지만 우린 은둔한 수도자로 살기보단 강호를 질주하는 무림인으로 살길 원했으니 말이오.

결국 각자가 원하는 삶을 찾기 위해 서로 부딪칠 수밖에 없는 운명이었던 게지요. 그리고 그 때문에 앞으로도 그들과 힘든 싸움을 해야 할 것이고…….”

“그들이 어디까지 왔을까요?”

두려움이 느껴지는 이괄의 목소리가 흘러나왔다.

“아마도 이미 강호에 들어섰을 것이다. 계명촌에서 소식이 온 것이 이미 여러 달 전이니… 어쩌면 이미 우리 뒤에 와 있는지도.”

순간 갑자기 모옥 안팎의 공기가 차갑게 가라앉았다. 초옥 안에서 이야기를 나누고 있던 소유거와 이괄 등도, 또 초옥 지붕 위에서 세 사람의 대화를 듣고 있던 파소와 단보도 일순 본능적인 경계심에 몸을 굳힌 것이다. 그러나 침묵의 시간은 길지 않았다. 한줄기 바람이 불어와 이괄 등이 들어 있는 초옥의 문풍지를 스치고 지나가며 소리를 내자 초옥 안에서 다시금 사람의 목소리가 흘러나왔다.

“어쨌든 일단 모용세가에 있는 그 물건을 확보하는 것이 중요한 일이 아니겠소이까?”

“그렇소이다. 십여 년 전 사색사혼이 마무리 지었으면 좋았을 일을… 그때 그 물건을 손에 넣었다면 무천향에서의 싸움도 그리 허무하게 밀리지 않았을 것이외다.”

“진법이라고 했던가요?”

“일원만류진이라고 부른다 하더이다.”

“일원만류진이라… 이름만으로도 현묘한 기운이 느껴집

니다.”

“과거 모용 씨족은 초원의 맹수와 같은 자들이기는 했지만 그들을 따르는 자들이 그리 많은 것은 아니었소. 그러나 그들의 용맹이 일원만류진에 담기는 순간 그들은 천하를 지배하는 왕조를 탄생시켰소이다. 모용 씨족의 숫자로 보자면 정말 불가능한 일을 해냈다고 봐야 할 거요. 결국 그 힘의 원천은 일원만류진이라고 할 수 있을 것이오.”

“아무리 그래도 단순히 하나의 진법이 그렇게 대단한 힘을 가졌다는 것은 믿기가 어렵군요.”

다시 이괄의 말소리가 들려왔다.

“네 입장에서 보면 충분히 그럴 수 있을 것이다. 사실 이 진법이란 것은 무공을 익힌 무인들에게는 몸을 숨기는 정도의 쓸모만 있는 것으로 받아들여지니까. 하지만 일원만류진은 평범한 강호의 진법과는 전혀 다른 효용이 있다고 하더구나. 나도 내 눈으로 보지 못했으니 확언할 수는 없다만, 일백 명의 고수가 일원만류진을 형성하면 일천의 적을 능히 제압할 수 있다고 한다. 더군다나 그 진을 연성하는 자들의 무공 또한 영약을 먹은 듯 진보한다고 하니 어찌 그걸 단순한 하나의 진법이라고 치부할 수 있겠느냐?”

“진이란 것이 기묘한 기능이 있기는 하지만… 그렇게 대단한 힘을 발휘할 수 있을까요?”

“다른 진이라면 몰라도 그게 을씨 가문에서 나온 것이라면……”

소유거가 말꼬리를 흐렸다. 그러자 잠시 침묵이 흐른 뒤 다시 이괄의 목소리가 들려왔다.

"그런데 왜 모용세가는 지난 십 년간 일원만류진의 힘을 얻지 못한 것일까요? 만약 일원만류진의 힘이 전해지는 대로 그렇게 대단하다면 그들은 이미 천하는 몰라도 동무림 정도는 제패해야 하지 않았을까요?"

"일원만류진은 그 진법서가 있다고 해서 금세 펼칠 수 있는 진이 아니라고 하더구나. 과거 모용세가가 그 진법을 연성할 때도 을씨 가문에서 나온 현사들의 도움이 있었다고 하니 그만큼 난해한 진법이란 말이지. 아마 모용세가에서 그 진법을 얻고도 그동안 그 힘을 사용하지 못한 이유도 거기에 있을 것이다."

"그럼 우리가 그 진법을 얻는다 해도 여전히 그 힘을 쓸 수 있을 거라 확신할 수는 없겠군요."

"일단 손에만 들어온다면… 본 검산과 모용세가의 능력을 비교할 수는 없는 일이니까."

소유거의 말에서 자신감이 느껴졌다. 일원만류진을 손에 넣으면 충분히 그 속에 내포된 비밀을 풀어 강호 최강의 진법을 만들어낼 수 있다는 자신감이었다. 그리고 그건 소유거 스스로의 두뇌에 대한 자신감이기도 했다.

소유거의 말을 듣고 있던 파소와 단보도 소유거의 자신감을 인정할 수밖에 없었다. 애당초 검산 육조사의 진전을 이은 검산의 고수들과 모용세가 고수들 간의 능력은 비교 불가능한 것이라고 할 수 있었다.

'결국 저들의 손에 일원만류진이 들어가는 걸 반드시 막아야겠군. 그런데 아무리 소유거의 능력이 대단하다고 해도 일원만류진에 대해 너무 잘 알고 있군. 역시 정종에서 저들 쪽으로 넘어간 사람들이 문제인 건가?'

파소가 정종 을씨 가문을 떠난 고수들을 떠올리며 씁쓸한 표정을 짓고 있다가 갑자기 흠칫하며 신형을 빼 지붕 위로 물러났다. 단보 역시 어느새 파소의 뒤쪽으로 몸을 빼고 있었다.

그리고 다음 순간 소유거 등이 들어 있는 초옥 앞에 인기척이 느껴지더니 흐릿한 그림자와 함께 순식간에 두 명의 인영이 불빛 아래로 내려섰다.

"어르신!"

초옥 앞에 나타난 두 명은 모두 나이가 지긋해 보이는 초로의 노인들이었으나 방문을 향해 깍듯한 예의를 차리고 있었다.

"왔는가?"

초로의 노인들이 등장하자 기다렸다는 듯 초옥 문이 열리는 소리와 함께 소유거의 반가운 목소리가 들려왔다.

"조금 늦었습니다."

"늦기는! 어서 들어오게."

소유거의 말에 초옥 앞에 나타난 두 노인이 지체없이 모옥 안으로 사라졌다.

[사색사혼 중 둘이구나.]

단보의 전음이 파소의 귀를 파고들었다.

[백혼을 제외한 두 사람이란 말인가요?]

백혼이라면 파소 역시 알아볼 수 있었다. 그런데 지금 초옥 안으로 들어간 두 사람 중 백혼은 없었다.

[그래, 본래 사색사혼은 백혼, 묵혼, 혈혼, 회혼, 이렇게 네 사람을 부르는 말이다. 그들 넷은 무천향에 들어올 때도 함께 들어왔고 또한 추방당할 때도 함께였다. 그중 회혼이 내 검에 죽었으니 이젠 삼혼이 남아 있는 셈이지. 저들 둘은 그중 묵혼과 혈혼이라 불리는 자들이다.]

[대단한 기도들이군요.]

[대단한 자들이지. 과거 무천향에서 있을 때도 비록 백혼에 미치지는 못하지만 그래도 제법 명성을 얻은 인물들이었다. 그런데 지금 보니 오히려 그때보다도 기도가 출중해 보이는구나. 역시 흑정단에 의해 막힌 혈도를 회혼단으로 풀면서 얼마간의 이득을 본 모양이구나.]

무천향에서 추방당하는 자들은 모두 무천향에만 존재하는 특유의 독단, 흑정단에 의해 모든 무공을 폐쇄당한다. 흑정단에 의해 폐쇄된 무공은 오직 천보암에 보관된 회정단에 의해서만 되살릴 수 있는데, 그 회정단이 밖으로 유출되어 사색사혼을 비롯한 일단의 무천향 추방자들이 무공을 회복해 검산 고수들을 돕고 있는 것이었다.

파소와 단보가 초옥에 들어간 두 명의 사색사혼, 묵혼과 혈혼에 대해 짧은 전음을 주고받는 사이 다시 초옥 안에서 소유 거의 목소리가 들려왔다.

"그래, 물건의 행방은 찾았는가?"

"다행히 지난 몇 년간 공을 들인 효과가 있었습니다."

"오! 행방을 찾은 모양이군. 그래, 어디 있는가?"

"역시 모용세가는 만만히 볼 곳이 아니더군요. 특히 백혼 형님께 큰 곤욕을 치른 후에는 여간 조심하는 것이 아닌 모양입니다."

"아무래도 그랬겠지. 자신들의 힘이 미치지 못하는 고수가 존재하는 걸 알고 있을 테니까."

"아무래도 은밀한 곳에 세가 최고의 고수들을 모아놓고 일원만류진을 완성시키려 하고 있는 모양입니다."

"당연한 일이겠지. 손에 보물이 들어왔는데 어찌 그 보물의 힘을 빌리지 않겠는가? 그나저나 도대체 어디에 숨어 힘을 기르고 있다는 것인가?"

"모용세가 동북쪽에는 본래 모용세가 오대외가 중 한 곳인 북마가가 모용세가 재원의 오 할을 차지하는 명마를 기르는 큰 목장들이 자리 잡고 있습니다."

"그건 알고 있네."

"모용세가에선 아마도 사람들의 이목을 꺼려 북마가의 목장 중 한 곳에 은밀히 고수들을 보내 일원만류진을 연성시키고 있었던 것 같습니다."

"너른 북쪽 초원이라면 사람들의 눈을 속이기 좋겠지. 예로부터 북쪽 초원에서 힘을 길러 중원을 도모한 세력들이 많았으니 그런 전례를 따르려는 모양이었군. 음, 심양만 살피고 있었던 것이 실수였던 모양이군."

"그런데 그들의 목적은 어디에 있을까요?"

문득 의문이 든 듯한 이괄의 목소리가 들려왔다.

"무슨 말이냐?"

"모용세가 말입니다. 일원만류진을 자파의 고수들에게 연성시킨다는 것은 결국 뭔가 목표로 하는 것이 있다는 말일 텐데… 그 목표가 과거 모용 씨족의 영광을 재현하기 위한 세속의 왕조일까요, 아니면 무림일까요?"

"흠… 그건 그리 어려운 문제가 아니구나."

"어찌 보시는지요?"

"천하에 한 왕조를 세우는 것은 그리 간단한 문제가 아니다. 힘만 있다고 되는 일이 아니란 말이지. 때가 맞아야 하고, 또 당시의 세태도 중요하지. 그런 면에서 보자면 지금은 새로운 왕조가 들어설 시기가 아니다. 무림은 그렇지 않지만 천하는 안정되어 있지 않느냐?"

"그럼 역시 무림이겠군요."

"그렇다. 설혹 모용세가에 과거의 영광에 대한 욕심이 있다 해도 그 시작은 일단 무림에서부터일 수밖에 없을 것이다. 무림을 석권하면 그 이후야 무림을 바탕으로 어찌 기회를 노릴 수도 있겠지."

"후후, 하지만 모용세가는 운이 없군요."

"웅?"

"마침 무천향이 열리지 않았습니까?"

이괄의 목소리에서 여유가 느껴졌다.

"허허, 그렇구나. 역시 그래서 세상일이란 때가 맞아야 하는 것인가 보구나."

"정확한 위치는 찾았나?"

이번엔 왕선모의 목소리가 들려왔다. 그러자 사색사혼 중 묵혼의 대답이 흘러나왔다.

"몇 년간 모용세가에 우리 쪽 사람을 심어두었지요. 모용세가가 돌아가는 것을 가장 잘 알기 위해선 역시 오대외가 중 모용세가의 재정을 담당하고 있는 남상문에 사람을 두는 것이 적당하지요. 남상문은 비록 모용세가 남쪽에 치우쳐 있지만 세가의 재정을 담당하는지라 모용세가 전체의 비밀스런 움직임에 가장 정통하기 때문입니다."

"그래서? 정확한 위치는 어딘가?"

소유거가 묵혼의 대답을 재촉했다.

"지난 십여 년간 모용세가의 최북단 흥안령 목장으로 보내지는 물자가 그 이전보다 일정량 늘어난 것으로 확인됐습니다. 대략 일백여 명의 인원이 살아갈 분량이라고 하더군요. 그것도 은밀하게 말입니다."

"그럼 거기겠군. 흥안령이라… 어떤 곳인가?"

"북마가에서 관리하는 목장 중 가장 큰 곳이라고 할 수 있지요. 북마가는 물론 모용세가에서도 손에 꼽는 인물인 두지관이라는 사람이 대목장으로 있는데, 무공은 몰라도 강호 경험만 따지자면 모용세가에서 다섯 손가락에 꼽히는 인물이지요."

"그래 봐야 목장지기일 뿐이고… 누가 일원만류진을 연성시키는 책임자인지는 모르는가?"

"정확하지는 않습니다만… 아마도 모용굉이 아닐까 합니다. 곤산에서 돌아온 이후 그의 행적이 묘연했습니다."

"모용굉이라… 백혼에게 한 팔이 잘렸다고 했지?"

"그렇습니다."

"그가 모용세가 최고의 고수라고 했던가?"

"일단은 그렇게 알려져 있지요."

"사실과 다르단 말인가?"

"모용동이란 인물이 있습니다. 또한 모용현이란 인물도 있지요."

"모용동과 모용현? 둘 모두 듣지 못한 자들이군."

"저희들도 최근에야 그 존재를 확인한 자들입니다."

"어떤 자들인가?"

"그동안 외부에 전혀 알려지지 않은 자들이었습니다. 그러나 은밀하게 알아본 결과, 그들의 위치가 모용굉보다도 더 위쪽에 있는 듯싶었습니다."

"모용제일검이라는 모용굉보다 더 위쪽의 인물이라고?"

"그렇습니다. 그중 모용동은 무공 쪽에서 전설적인 모용세가의 무공인 선비검에 근접한 듯하고, 모용현은 비록 무공에 있어서는 모용동이나 모용굉보다는 처지는 듯하지만 그 두뇌의 비상함이 능히 강호를 그의 손바닥 위에 올려놓을 만하다고 합니다. 아마 일원만류진을 연성하는 일은 바로 그 모용현이란 인물에 의해 이루어지고 있는 듯합니다."

"그런 인물들이 왜 지금까지 외부에 알려지지 않은 것이
오?"

다시 왕선모의 목소리가 들려왔다. 그러자 그에 대한 대답
을 묵혼이 아닌 소유거가 대신했다.

"모용세가는 뿌리가 깊은 가문이외다. 천하는 잃었지만 강
호에선 강자의 위치에서 물러난 시기가 없는 가문이 아니겠소
이까? 그 시작으로 보자면 검산의 여섯 가문과 비교해도 그리
부족할 것이 없는 가문이외다. 물론 검산 육조사께서 무천향
에 드신 이후 이룩한 무공의 경지로 인해 차이가 벌어졌겠지
만 강호에서 모용세가는 언제나 동무림의 호랑이였소이다. 그
러니 어찌 그 가문에 숨은 힘이 없겠소이까? 거기에 드러나지
않는 힘은 강호를 지배하는 자들에겐 반드시 필요한 존재 아
니겠소이까?"

"흠, 그렇다면 일이 조금 더 어렵게 된 것 아닙니까?"

왕선모의 말에 다시금 소유거의 대답이 들려왔다.

"달라질 것이 뭐가 있겠소이까? 비록 모용동이라는 자의 무
공이 모용굉보다 뛰어나다고 해도 결국 오십보백보. 본 검산
의 무공을 감당할 수는 없을 것이오."

소유거의 말에서 도도한 자신감이 느껴졌다.

"그럼 일단 그 홍안령으로 이동해야겠군요."

다시 들려오는 이괄의 목소리에 소유거의 대답이 들려왔
다.

“그래야겠지. 지금 모용세가의 관심은 온통 조산 주변에서 벌어지는 혈겁에 쏠려 있을 테니 아마도 홍안령이 공격받을 것이라곤 예상치 못할 것이다.”

“그 중들, 요악한 자들이긴 하지만 제법 쓸모가 있군요.”

“잘 관리해야 할 자들이다. 그들에게서 기물을 얻어내는 것도 그렇지만 서무림을 접수하자면 그들을 앞세우는 것이 가장 빠를 테니 지금으로선 비위를 맞춰줘야겠지. 사냥이 끝나려면 아직 멀었으니까 말이다.”

“종성 어르신들의 무공에 크게 감복했으니 감히 우리를 배신할 생각은 못할 겁니다.”

“그렇긴 할 게다. 자, 그럼 내일 새벽 떠나도록 합시다.”

소유거의 말에 묵혼의 목소리가 들려왔다.

“그렇게 빨리 말입니까?”

“그 진법을 손에 넣는 일은 무척 중요한 일이오. 향주가 추격자들을 무천향 밖으로 내보냈으니 언제라도 그들과 일전이 벌어질지 모르는 상황이오. 현재의 전력으로는 그들을 감당할 수 없는 처지. 이럴 때 일원만류진을 손에 넣는다면 그 전력의 열세를 감당할 수 있을 것이오.”

“하지만 그 진법이 결국 을씨 가문에서 나왔다는 게 걸리는군요. 혹여 그 파훼법을 알고 있지 않을까요?”

걱정스런 이괄의 목소리가 들려왔다.

“물론 가능성이 아주 없는 것은 아니다. 하지만 난 지금의 정종에 일원만류진의 파훼법이 남아 있을 거라곤 생각지 않는다. 이미 말했지만 을씨 가문은 스스로 그 힘을 봉인했다. 일원만류진 역시 을씨 가문이 회수했다면 당연히 봉인되었을 힘이다. 대종사 을조인은 그 힘들이 후세에 전해지기를 원치 않았으니 지금 그들에게 일원만류진의 파훼법이 있지는 않을 것이다."

"그렇겠군요. 그나저나 참 묘한 상황이군요. 을씨 가문에서 나온 힘으로 을씨 가문을 대적하게 되다니."

"세상일이란 게 다 그렇게 묘하게 돌아가게 마련이란다."

파소와 단보는 묵혼과 혈혼이 소유거 등이 들어 있는 초옥에서 물러난 후, 일각여가 지난 뒤 초옥의 지붕을 떠났다. 두 사람은 마을에 진입할 때와는 다르게 초옥의 뒤쪽과 경계를 이루고 있는 숲을 통해 마을을 빠져나왔다. 물론 마을 외곽을 경계하는 자들이 제법 있었지만 파소와 단보의 움직임을 발견할 만한 고수는 그들 중에 존재하지 않았다.

"혹, 알고 있었느냐?"

마을에서 멀리 물러난 후 단보가 오랜만에 전음이 아닌 자신의 목소리로 물었다. 뜬금없는 질문이었지만 파소는 단보가 하는 말의 의미를 모르지 않았다. 아마도 일원만류진에 대한 물음일 터였다.

"무천향을 떠나기 전 봉인된 을씨 가문의 보물들에 대해 들었습니다."

"일원만류진에 대한 것도 말이냐?"

“그렇습니다.”

파소의 대답에 단보가 고개를 끄덕였다. 파소가 미리 자신에게 일원만류진에 대한 이야기를 하지 않은 것에 대한 서운함은 느껴지지 않았다. 을밀부의 후계자로서 파소에겐 지켜야 할 것들이 있었다. 비록 그 대상이 단보 자신이더라도.

“뭐라 하시더냐?”

“을밀부에서 나간 물건이니 을밀부에서 회수하는 것이 맞다고 하시더군요.”

파소의 대답 이후 단보는 한동안 침묵을 지켰다. 두 사람은 마을의 동쪽 숲을 통해 천추군이 기다리고 있는 마을 남쪽으로 이동하고 있었다. 그리 멀지 않은 거리였지만 두 사람이 크게 서둘지 않았으므로 제법 시간이 걸렸다.

“을밀가의 일을 외인이 묻는 것은 좀 그러하지만… 그 봉인된 물건들에 대해서 물어봐도 되겠느냐?”

문득 단보가 조심스럽게 물었다. 아무리 단보라 할지라도 을밀부의 비밀을 함부로 물어보기가 어려웠던 모양이다.

“어르신은 외인이라 할 수 없지요.”

“후후, 그리 생각해 준다면 고맙지만, 외인은 외인이지.”

“사실 그리 큰 비밀도 아닙니다. 과거 을조인 대종사께서 강호의 을밀부를 정리하고 무천향을 세우실 때 을밀부가 강호를 움직이던 힘들을 대부분 봉인하셨다고 하더군요. 그 물건들은 세상을 움직이는 데는 큰 소용이 되는 것이지만 무선에 이르기 위한 수련을 하는 수련자들에겐 오히려 해가 된다고 생각하셨던 듯합니다."

"세상을 움직일 만한 힘이 곁에 있으면 자연히 야망이 생기는 법이지."

단보가 고개를 끄덕였다.

"물론 모든 것이 봉인된 것은 아니고, 그중 일부는 무천향에 들어왔지요. 아버님과 숙부님, 그리고 고모님께선 태어나시면서 그 기물들 중 하나씩을 선물로 받았다고 하시더군요."

"호, 그래?"

"고모님의 젊음도 그 선물 덕이라고 하더군요."

"음, 하긴, 을 여협의 젊음은 무천향 무인들 사이에서도 언제나 불가사의한 일이었지."

"이곳에 나오기 전, 향주께서 그 물건들 중 일부를 내놓으셨습니다."

"그랬더냐?"

"대부분 강호에 나와 소용될 재물을 감당하기 위한 것이었지요. 그것들은 을천목 종성께 내어주셨는데, 아마 이미 종성 어른께서 그것들을 전표로 바꾸셨을 겁니다."

"후후, 안 그래도 무천향을 나올 때 강호에서 활동할 재물에 대해 걱정했는데 그 걱정은 덜어도 되겠구나."

단보가 빙긋 미소를 지었다.

"그리고 몇 가지 단약들을 내어주셨는데, 위급한 사람이 생기면 목숨을 구할 수 있을 거라 하시더군요."

"예전부터 을밀가의 영단들은 무공뿐 아니라 사람의 목숨을 구하는 데도 탁월한 효능이 있다고 알려졌었지.”

단보의 말에 파소가 품속에서 작은 목갑을 꺼내 들더니 단보에게 건넸다.

“무엇이냐?”

“뭐, 저도 하나 얻어왔지요.”

“날 주는 거냐?”

“혹 필요하실지 몰라서요. 을밀선단이에요.”

순간 단보의 입에서 낮은 신음성이 흘러나왔다.

“음… 지금 을밀선단이라고 했느냐?”

“예.”

“그런데 그걸 지금 내게 주는 것이냐?”

“싫으세요?”

“헛참, 넌 도대체 을밀선단이 뭔 줄 알고 있기는 한 거냐?”

“무천향에서도 최고의 영약이라고 하시더군요.”

“옳은 말이다. 아마 무천향주께서도 을밀선단을 열 개 이상 가지고 계시지 않을 게다. 그럼에도 향주께서 너에게 을밀선단을 주신 이유는 네 목숨이 경각에 달렸을 때를 대비하신 것이다. 넌 향주님의 유일한 후인이니까. 그런데 그런 물건을 나보고 받으라는 거냐?”

단보가 어처구니없다는 듯 말하자 파소가 빙그레 미소를 지으며 대답했다.

“그럼 더더욱 받으셔야겠군요.”

“도대체 무슨 말을 하고 싶은 거냐?”

“만약 제 목숨이 경각에 처하는 일이 벌어지면 그때 누가 제 곁에서 절 구해주겠습니까? 바로 어르신이 아니겠어요?”

파소의 말에 단보가 걸음을 멈추고 헛웃음을 흘리며 파소를 바라봤다.

“허허, 그러니까… 나보고 강호행을 하는 동안 줄곧 네 곁을 지키라는 말이렷다?”

“그래 주시면 좋지요.”

“후후, 네가 말하지 않아도 그럴 생각이니 걱정 말아라. 그러니 그 귀한 물건일랑 다시 네 품속에 넣어두도록 하거라. 물론 네 무공을 생각하자면 그 물건이 소용될 일이 있을 거라곤 생각지 않는다. 너도 그래서 나에게 그 물건을 주려 한 것이겠지. 아마 향주께서도 네게 정말 그 물건이 소용될 거라 생각해서 을밀선단을 내주신 것은 아닐 것이다. 그저 뭔가를 주고 싶으신 것이었겠지. 그러니 내가 어찌 그 물건을 받을 수 있겠느냐.”

단보의 말에 파소가 잠시 생각에 잠겼다가 고개를 끄덕였다.

“제 생각이 짧았군요.”

“네 생각은 어떨지 모르겠지만 향주께서 널 생각하는 마음은 무척 극진하시단다. 물론 과거 너와 네 부모에게 하신 일 때문에 그 마음을 드러내지 못하고 계시지만… 너도 이제 그만 그분 마음을 편하게 해드려야 할 때가 되지 않았겠느냐?”

“이번 일이 잘 마무리되면… 그땐 다른 모습으로 뵙게 되겠지요."

"호, 그래? 그런 말을 한다는 것은 이미 마음속에선 그분에 대한 서운함을 풀었단 말이구나."

"요즘 들어 가끔 그런 생각이 들더군요. 어쩌면 저보다도 그분이 더 힘들었을 세월이 아니었을까 하는……."

"됐다. 이제 정말 어른이 됐구나."

단보가 만족한 듯 고개를 끄덕이며 파소의 어깨를 토닥였다. 그사이 두 사람은 어느새 마을을 남쪽에 이르러 있었다.

"다녀오셨습니까?"

두 사람 앞으로 불쑥 형봉이 모습을 드러냈다. 덕분에 두 사람의 대화가 중간에 끊겼다.

"여기까지 나와 있었는가?"

"생각보다 늦어져서 나와봤습니다."

"음, 그렇게 되었네."

"가셨던 일은……?"

"아무래도 찬바람 좀 쏘여야 할 것 같네."

"무슨 말씀이신지?"

"북방의 바람은 이곳보단 차겠지. 홍안령으로 가야 할 것 같네."

"홍안령이시라면?"

형봉이 단보의 말을 알아듣지 못하고 의아한 표정을 지었다. 그러자 파소가 미소를 지으며 말했다.

"제 고향이나 마찬가지인 곳이지요. 간만에 고향 나들이 좀 하려구요."

　석청은 실망한 기색이 역력했다. 간밤에 검산의 고수들이 심양 인근에 만들어놓은 산골 마을을 살피고 돌아온 파소에게서 심양이 아니라 북쪽 홍안령으로 가야 할 것 같다는 말을 듣고 나서였다. 비록 만나지는 못할지라도 이번 기회에 동호문의 형제자매들을 볼 수 있을 거라 기대하고 있던 석청으로서는 당연한 일이었다.
　"어쩔 수 없지요. 사정이 그리되었다면……."
　실망스런 표정을 짓는 석청을 살피던 파소가 어렵게 입을 열었다.
　"그래서 말인데, 이곳에 남아 있지 않을래요?"
　순간 석청의 표정이 굳어졌다.
　"무슨 말이에요?"
　"사실은 당신이 이곳에 남아 있으면 좋겠다고 생각하고 있었어요."
　파소의 목소리가 조심스러웠다. 파소와 석청 두 사람은 무천향과의 인연이 시작된 이후 단 한시도 떨어져 있었던 때가 없었기 때문이다.
　"왜죠?"
　석청이 침착한 표정으로 이유를 물었다. 석청은 파소를 알고 있었다. 그렇기에 파소가 아무 이유 없이 석청을 이곳에 남겨두려 할 리 없었다. 또한 그건 단지 홍안령행이 위험하단 이유만으로도 설명될 수 없었다. 파소와 석청이 함께했던 지금까지 상황이 위험하다고 해서 석청이 뒤에 남아 있던 경우는 없었기 때문이다.

"이번 흥안령행은… 썩 유쾌하지 않을 거예요."

위험하단 말보다도 유쾌하지 않을 거란 말이 석청의 얼굴을 어둡게 했다.

"혈행이 될 거란 말이군요."

"그렇게 될 거예요. 모두가 원하는 물건이니……."

석청은 이미 일원만류진에 대해 알고 있었다. 파소가 돌아오자마자 석청에게 일원만류진에 대해 말해주었기 때문이다.

"그 물건, 회수해야 한다고 했지요?"

"향주께서 회수하길 원하고 계세요. 내 생각에도 역시 을밀부의 물건이니 을밀부로 돌아오는 것이 맞을 것 같고요."

"그 말은 현재의 모용세가가 그 물건을 가질 자격이 없다는 말이군요."

과거 을밀부가 가문 외의 사람들에게 비기나 기보를 전할 때는 항상 그 보물을 받을 사람들의 됨됨이를 보고 기보를 전했고, 그 후손들이 그 기보를 보유할 자격이 없다고 생각되면 을밀부에서 나간 힘을 회수했었다.

지금 파소가 모용세가로부터 일원만류진을 회수하려 한다는 것은 결국 현재의 모용세가가 일원만류진의 힘을 사용할 만한 자격을 갖고 있지 않다고 해석될 수도 있는 것이었다.

"사실은 그 이유 때문에 당신이 이곳에 남아주길 바라는 것도 있어요.”

“그 이유 때문이라뇨?”

“고모님과 함께 모용세가를 살펴주었으면 해요.”

파소의 말에 석청이 놀란 표정을 지었다. 파소가 이런 일을 맡길 거라곤 미처 생각지 못했던 것이다.

“그 물건을 모용세가에 남겨둘 수도 있다는 말인가요?”

석청이 되묻자 파소가 잠시 생각에 잠겼다가 천천히 입을 열었다.

“일단은 회수할 거예요. 하지만…….”

“……?”

“알다시피 모용세가는 나에게나 당신에게나 특별한 가문이지요. 아니, 모용세가 그 자체보다는 그곳과 연을 맺고 살아가는 사람들이라고 해야겠군요. 당신의 동호문과 나의 북마가… 우루와 거련 형…….”

파소의 말에 석청의 표정이 변했다. 그리곤 잠시 후 묵묵히 고개를 끄덕였다.

“무천향의 소천이 되어서도 그들을 잊지 않은 건가요?”

“무천향의 소천이란 직위는 사실 내 삶에서 허울과 같은 것이지요. 내 삶은 무천향 이전에 단 어르신과의 유랑 생활, 그리고 홍안령의 초원과 우루, 거련 형 등과의 인연이 정말이지요. 그들을 어떻게 잊을 수 있겠어요. 그런데 지금 그들이 속해 있는 모용세가는 무척 위험한 처지에 놓여 있지요.”

석청도 파소의 말에 과장이 없다는 것을 알고 있었다. 지금

의 사정을 보자면, 모용세가는 풍전등화의 위기에 놓여 있다
고 할 수 있었다. 무천향을 나온 검산의 고수들이 첫 번째 행
보로 모용세가의 기보를 노리고 있는 상황이었다.

꼭 기보가 아니더라도 그들의 행보를 예상해 보자면 역시
북삼룡과 동무림의 모용세가가 첫 번째 사냥감이 될 가능성이
컸다. 모용세가가 비록 동무림의 패자를 자처하고 있지만 검
산 고수들이 본격적으로 모용세가를 도모한다면 채 한 달이
지나지 않아 모용세가의 모든 가업이 검산 고수들에 의해 파
괴되어질 수 있었다.

검산의 힘을 너무 잘 알고 있는 석청으로선 파소의 걱정이
결코 기우가 아님을 알고 있었다. 그리고 자신의 부모형제가
그 모용세가에 속해 있다는 것도 부인할 수 없는 현실이었다.

"최악의 경우는 어떻게 되지요?"

석청이 묻자 파고가 침착한 목소리로 말했다.

"최악의 경우를 미리 걱정할 필요는 없지만, 만약 모용세가
에서 무모한 욕심을 낸다면 수백 년 이어온 모용세가의 역사
가 끝날 수도 있을 거예요."

"무천향의 힘으로 모용세가를 지켜주는 일은 없겠지요?"

석청의 말에 파소가 고개를 저었다.

"그런 일은 없을 거예요. 단지 검산의 사람들이 모용세가를
공격하기 전에 검산 고수들을 제압할 수 있다면 그 덕으로 모
용세가가 무사할 수는 있겠지요. 하지만 검산 고수들이 모용
세가를 공격한다고 해서 우리가 나서서 모용세가를 도울 수는

없어요. 내가 최대한 해줄 수 있는 것이란 결국 을밀부에서 모용세가에 준 그 힘을 그들이 사용할 수 있게 해주는 것이지요.”

“그리고 그 일이 가능할지는 저와 고모님의 판단에 따르겠다는 거고요?”

“그래요.”

파소의 말에 석청이 고개를 끄덕였다.

“좋아요. 그럼 이곳에 남기로 할게요.”

“하지만 조심해야 할 거예요. 검산에서 끌어들인 서역의 요승들까지 은밀히 활동하고 있으니 심양 주변은 무척 위험하다고 할 수 있어요.”

“서역의 요승이라뇨?”

“조산 인근의 혈사 있잖아요.”

“송 대협이 조사하던 그 사건이요?”

“그래요. 그것 때문에 우루도 조산에 나가 있다고 했지요. 어쨌든 그 사건은 서역에서 온 요승들의 짓이에요. 그들을 끌어들인 건 검산의 수뇌부고요.”

“서역의 요승이라면… 라마들을 말하는 건가요? 하지만 지금의 황교는 그런 짓을 할 사람들이 아니잖아요?”

“지금 이곳에 와 있는 자들은 현 서역삼대기문 중 하나인 황교의 라마들이 아니에요. 황교 이전에 군림했던 홍교의 무리예요.”

“홍교라면 밀천궁을 말하는 건가요?”

“밀천궁을 알고 있어요?”

“예전부터 밀천궁에 대한 소문은 강호에 많이 돌았어요. 특히 강호의 문파들은 그 여식들이 강호행에 나서게 되면 반드시 밀천궁의 요승들에 대한 경계를 시키는 것이 보통이었지요. 그들의 요악한 사술은 강호의 여인들에겐 언제나 두려움의 대상이었으니까요. 특히 그들은 채음보양을 통한 적공을 마다하지 않는 것으로 유명해요. 그 행위 자체를 득도를 위한 수련의 한 과정으로 생각하는 자들이니까요.”

“그런 자들이었나요?”

실제 파소가 강호에서 무인으로 활동한 경험은 그리 많지 않았기 때문에 밀천궁이 요승들에 대한 이야기를 자세히 듣는 것은 오늘이 처음이었다.

“서역에서 황교에 밀린 이유도 그들의 음행과 관련이 많아요. 서역의 권좌에서 밀려난 그들은 밀천궁을 세우고 강호를 떠돌며 세력을 회복하려고 기회를 노리고 있지요. 그런데 의외군요. 아무리 검산의 고수들이 무림천하에 야망을 품고 있다 해도 밀천궁의 요승들과 손을 잡을 거라곤 생각지 않았는데…….”

석청이 씁쓸한 표정을 지으며 말했다.

“야망을 가진 자에겐 결국 모든 것이 수단이 되지요. 일단 야망에 물들면 자신이 하는 모든 것을 정당화하려 하니까요.”

“그래도 밀천궁의 요승이라면 조금 심하군요.”

“어쨌든 조심해요.”

“알았어요. 조심할 테니 너무 걱정 말아요. 그리고 어쨌든 모용세가의 고수들이 나섰으니 밀천궁의 요승들도 함부로 나다니지는 못할 거예요. 그런데 언제 떠나죠?”

“곧 떠나야 할 거예요. 저들의 움직임을 따라 움직일 거니까요.”

파소의 말대로 파소와 단보가 이끄는 십여 명의 천추군 고수들은 그 다음날 새벽, 소유거 등의 뒤를 은밀히 밟아 북쪽으로 떠났다.

소유거 등이 들어 있던 마을에선 이십여 명의 인물이 소유거 등을 호위해 북쪽으로 길을 잡았다. 무천향에서 나온 검산 고수들에 더해 무천향 밖에서 검산을 위해 움직이던 마을의 고수들이 합류한 것이 분명해 보였다.

그렇게 은밀하게 길을 떠난 두 무리의 고수들은 사람들의 이목을 피해 서서히 찬바람이 불어오는 북쪽의 초원을 향해 전진했다.

第三章

흥안령

　북방의 숲이 늦가을로 접어들며 짧은 여름 동안 한껏 녹음을 자랑했던 나무들이 어느새 앙상한 뼈대를 내보이고 있었다. 그러나 침엽수로 이루어진 숲은 늦가을에도 여전히 푸름을 드러내고 있었다. 한겨울 폭설이 내려 푸른 가지를 덮을 때까지도 그 푸름은 변하지 않을 터였다.

　무성한 침엽수림으로 휩싸인 산을 넘으면 끝이 보이지 않는 초원이 펼쳐진다. 초원의 서북쪽으로 높고 가파른 산맥이 병풍처럼 휘둘러 있고, 동쪽으로는 누렇게 마른 초원의 풀잎들이 한쪽 방향으로 휘날리고 있었다.

　그 초원 위에 마치 섬처럼 군데군데 말 떼들이 어우러져 풀을 뜯고 있었다. 늦은 가을, 찬바람이 불기 시작했지만 혼란한 세상사에서 벗어난 평화로운 풍경을 드러내고 있는 이곳은 동무림의 패자 대모용세가의 홍안령 목장이었다.

따각따각!

평화로운 초원 위에 어느 순간 두 필의 말이 모습을 드러냈다. 싱싱한 초원의 풀을 먹고 자란 두 필의 말은 꿈틀거리는 근육 위에 두 명의 범상치 않은 인물을 태우고 있었다. 그중 한 사람은 백발이 성성한 노인이었고, 다른 한 사람은 사십대 후반에서 오십대 초반으로 보이는 굴강한 사내였다. 허리춤에 길게 늘어뜨린 검으로 보아 무공을 익힌 무인이 분명한 두 사내는 지는 해를 마주 보며 무성한 서쪽 침엽수림 쪽으로 말을 몰아왔다.

"이제 길고 긴 인고의 시절도 끝이 보이는군요."

두 사람 중 젊은 쪽의 사내가 입을 열었다. 비록 존댓말을 하고 있었지만 젊은 사내의 태도에선 범접할 수 없는 도도한 기운이 흐르고 있었다.

"이달 보름이라고 했던가요?"

백발노인은 젊은 쪽보다 이십여 세는 나이가 많아 보였지만 정중한 말투로 중년 사내의 말에 대꾸했다. 그렇다고 노인 쪽이 중년 사내에게 비굴한 태도를 보이는 것은 아니었다. 정중하게 대하고 있지만 노인에게선 중년 사내가 갖지 못한 연륜의 힘이 느껴졌다.

"그렇지요. 앞으로 열흘만 있으면 강호는 모용세가의 힘에 경악을 금치 못할 것입니다."

중년 사내의 눈에서 한줄기 염광이 나타났다가 사라졌다. 그러자 백발의 노인이 나직한 목소리로 입을 열었다.

"강호에 힘을 드러내고자 시도한 일이 아니지 않습니까? 우리 자신을 지키고자 시작한 일입니다. 그랬기 때문에 온갖 난관을 극복하고 오늘에 이른 것이지요."

"물론 시작은 그랬습니다. 하지만 결국 그 힘이 모용세가를 강호에 군림하게 만들 것은 분명하지 않습니까?"

중년 사내는 스스로 흘려내는 기도처럼 말투에서도 조금도 뒤로 물러나지 않았다.

"글쎄요. 이 늙은이 생각으로는 군림을 생각하기엔 그들의 힘이 너무 두렵군요."

노인의 말에 중년 사내가 살짝 아미를 모았다.

"대목장께서 이렇게 조심스러운 분인 줄은 몰랐군요."

비록 에둘러 말하기는 했으나 노인이 겁이 많음을 꼬집는 말이 분명했다. 그러나 사내의 말에도 노인의 표정은 변하지 않았다.

"예, 소가주의 말을 부인하지 않겠습니다. 전 사실 겁이 납니다. 하지만 강호무림에서 두려운 자들에게 겁을 내는 것은 부끄러운 것이 아닙니다. 오히려 살아남기 위해 꼭 필요한 일이지요."

자신의 겁을 먹고 있다는 사실을 순순히 수긍하면서도 노인은 당당함을 잃지 않았다.

"일원만류진으로도 그들을 감당할 수 없을 거라 생각하시는 겁니까?"

워낙 완고한 노인의 태도에 중년 사내가 슬그머니 목소리에 기운을 빼며 물었다.

"솔직히 모르겠습니다. 일원만류진의 힘은 내 생애에 보았던 그 어떤 힘보다도 강력합니다. 현 강호에서 강자라 불리는 동서남북 무림의 어느 대문파라도 일원만류진을 펼치는 본 가의 고수들을 단독으로 상대해 낼 문파는 없을 거란 생각합니다. 하지만……."

"하지만 그들은 다르다는 겁니까?"

"그들 단 두 사람에게 본 가에서 고르고 고른 열네 명의 고수가 일패도지했습니다. 살아 돌아온 사람이 겨우 셋. 그들조차도 운이 좋아 살아 돌아온 것이지요. 더욱이 그중 한 분은 세가 최고의 고수라 지칭되는 분이지 않으셨습니까?"

노인이 두려운 듯한 표정으로 말했다.

"물론 그 사실을 생각하면 저도 두렵습니다. 하지만… 그때와 지금의 모용세가는 다릅니다. 더군다나 그들은 단둘뿐이고, 이후 북무림이나 본 가, 아니, 강호천하 어디서도 그들을 보았다는 소식이 없었습니다. 이미 십 년이라는 세월이 훨씬 지난 일, 언제 올지 모르는 그들을 두려워한다는 건 기우가 아닐까요? 또한 그들이 다시 세가에 모습을 드러낸다 해도 일원만류진이 완성되고, 두 분, 이은(二隱)께서 출도하신 이상 그들 둘이 아니라 열이라도 능히 감당해 낼 수 있을 겁니다."

중년 사내의 얼굴이 패기로 일렁였다. 나이에 어울리지 않는 패기. 그럼에도 어색함이 없으니 다시 보면 전형적인 패웅의 모습이었다.

'모용세가에 패웅(覇雄)이 출현하는가!'

중년 사내의 말에 노인, 모용세가의 흥안령 목장을 책임지고 있는 북마가의 노고수 두지관이 등에 서늘한 한기를 느끼며 몸을 떨었다. 때마침 북방의 찬바람이 두지관의 얼굴을 스치고 지나갔다.

자신의 말에 두지관의 대답이 없자 중년 사내도 침묵을 지켰다. 그러는 사이 두 사람을 태운 말은 긴 초원을 가로질러 어느새 우거진 침엽수림 앞에 당도해 있었다.

그런데 두 사람이 침엽수림에 막 걸음을 들여놓으려는 순간 갑자기 그들 앞의 나무들이 기이한 형태로 일그러지더니 거짓말처럼 그들 앞에 한 명의 중년 사내가 모습을 드러냈다.

"소가주께서 오셨군요."

사내의 나이는 두지관과 함께 온 중년 사내, 두지관과 침엽수림에서 홀연히 나타난 사내가 소가주라 부른 자와 비슷해 보였다.

"오현 현사(賢士)셨군요. 잘 지내셨습니까?"

소가주라 불린 사내가 숲 속에서 나타난 사내의 인사에 정중하게 응대했다.

모용세가의 소가주라면 강호에서 요동일협이란 쟁쟁한 명성을 얻고 있는 모용성이다. 모용세가의 가주 모용중광은 두 명의 부인에게서 삼남일녀를 얻었는데, 모용성은 모용중광의

세 아들 중 맏이로서 모용중광의 뒤를 이어 모용세가의 가주
가 될 인물이었다.

　모용세가의 소가주라는 신분은 강호에서 어떤 활동을 하지
않아도 모르는 사이 명성이 쌓일 만큼 대단한 이름이지만 모
용성은 모용세가 소가주라는 그의 신분이 아닌, 강호에서의
협행으로 스스로 명성을 쌓은 인물이었다.

　사마(邪魔)를 용서치 않는 그의 성정과 모용세가 가전의 비
전무공인 비룡선검을 십이성 대성했다는 그의 무공은 간혹 패
도적이라는 평을 듣기는 하지만 그가 강호의 일대 영웅으로
우뚝 서는 데 가문의 후광보다 더 큰 역할을 했다고 할 수 있었
다.

　가문의 후광이 아니라 스스로의 실력으로 강호의 일대 영웅
이란 명성을 얻은 모용성이었기에 스스로에 대한 자부심도 대
단했다. 그 자부심이 지나쳐 가끔 모용세가주로부터 자중하라
는 당부를 받을 정도인 그가 이렇게 깍듯이 대하는 동년배의
인물이 있다는 것은 신기한 일이었다.

　“이제 수련 막바지라 요즘 들어서는 조금 분주했습니다.”

　침엽수림에서 나온 중년 사내가 빙그레 미소를 지으며 모용
성의 물음에 답했다. 모용성을 앞에 두고도 드러내는 여유, 그
여유를 읽은 두지관의 얼굴에 감탄의 기운이 서렸다.

　‘모용세가에 적을 두고 있는 자들 중 소가주 앞에서 이런 여
유를 드러낼 사람이 얼마나 있을까. 역시 일원만류진은 진법
으로서만이 아니라 그 진법을 연성하는 무인들 개인에게도 큰

진보를 가져오는 기진인가 보군. 진의 연성을 위해 뽑힌 현사들 하나하나가 이렇게 급격한 무공의 진보를 이루다니. 전설이 다시 현실이 되어 나타났으니 그야말로 모용세가의 홍복이구나.'

두지관이 내심 오현이라 불린 사내의 모습에 감탄하는 사이 모용성이 반색을 하며 입을 열었다.

"끝이 보입니까?"

"예정대로 이달 보름이면 이 홍안령을 떠날 수 있을 듯합니다."

"핫하하! 드디어 일의 결과를 보게 되는군요."

모용성의 입에서 호탕한 웃음이 터져 나왔다. 순간 두지관의 표정이 살짝 일그러졌다. 지금은 패기보단 진중함이 필요한 시기였다.

'너무 쉽게 명성을 얻은 것인가?

젊어서부터 모용세가의 강호행에 동행해 온 노련한 고수, 두지관의 눈에는 모용성의 패기가 오히려 가벼움으로 느껴졌다.

'큰 힘을 얻은 이때 그 힘을 믿고 기고만장하다가는 필히 낭패를 볼 것이다. 그 힘을 숨기고 강호의 정세를 살피는 것이 우선일 터인데… 강호에서 큰 고난을 겪지 않은 것이 소가주의 가장 큰 단점이 될 수도 있겠구나.'

"들어가시지요."

두지관의 걱정을 아는지 모르는지 오현이 모용성과 두지관을 침엽수림 안쪽으로 이끌었다. 두 사람은 오현이 이끄는 대로 아름드리 기둥과 하늘을 가리는 무성한 가지로 휩싸인 고목들 사이로 걸음을 옮겼다. 그러자 거짓말처럼 세 사람의 신형이 장내에서 사라졌다.

모용성과 두지관이 침엽수림 속으로 사라진 지 이각 정도가 지났을 때, 문득 침엽수림 남쪽으로 펼쳐진 광활한 초원 위에 한 무리의 양 떼가 나타났다.

본래 모용세가 홍안령 목장 인근의 초원은 풀이 좋기로 유명해서 가끔 이렇게 홀로 양 떼를 치는 유목민들이 찾아들곤 했다. 물론 모용세가의 목장 안으로 들어와 풀을 탐하지는 못했지만 그 주변에 펼쳐진 초지 또한 적지 않아서 서너 가구 크기의 유목민들이 한동안 거하며 말과 양에게 풀을 뜯기기에 부족함이 없었다.

그러나 이미 늦가을로 접어든 이 북방에 양 떼를 몰고 나타났다는 것은 한편으론 기이한 일이기도 했다. 이 계절에 보통의 유목민들은 혹한의 추위를 피해 남쪽으로 이동하기 때문이었다.

사정이야 어쨌든 양 떼를 몰고 나타난 유목민들은 천천히 초원을 거슬러 올라 두지관과 모용성이 들어간 침엽수림에서 오십여 장 떨어진 곳에 양 떼를 세웠다. 그리곤 초원 위에 양 떼를 풀어놓고 며칠 머물 채비를 하기 시작했다.

말 한 마리에 싣고 온 짐들을 풀어 금세 찬바람을 가리는 천막을 만든 목동들은 천막 앞에 작은 불까지 피워 요리를 하려는 듯 물을 담은 냄비를 불 위에 걸었다.

양 떼를 몰아온 목동의 숫자는 모두 셋. 한 명은 젊고 한 명은 늙었으며 또 다른 한 명은 오십대 중반 나이로 보이는 중년 사내였다. 그중 젊은 사내가 모닥불 위에서 끓고 있는 물 위에 마른 육포를 찢어 넣기 시작했다.

"그렇게 해서 정말 요리가 되긴 하는 거냐?"

노인이 끓는 물에 육포를 넣고 있는 젊은이에게 물었다.

"물론이죠. 제법 먹을 만할 테니 두고 보세요."

젊은 쪽이 자신있게 대답했다.

시간이 조금 흐르자 젊은이가 뜯어 넣은 육포가 끓는 물 안에서 서서히 부피를 키우기 시작했다. 그러더니 잠시 후 냄비 안이 고깃덩어리로 가득 찼다.

"허, 신기하군. 이렇게 되면 제법 먹을 만하겠는걸?"

"북방의 목동들은 여러 날 초원을 이동하기 때문에 마른 고기를 가지고 다니다가 대부분 이렇게 요기를 준비하지요."

"네가 뛰어난 목동이었다는 것이 이제야 믿어지는구나."

"이게 다 어르신이 절 이 흥안령 목장에 남겨두신 덕이지요."

"원망하는 건 아니지?"

"원망은요. 좋은 시절이었어요."

대화를 나누고 있는 청년과 노인은 검산의 고수들을 쫓아 흥안령 모용세가의 목장으로 이동한 파소와 단보였다. 그들은 초원을 이동하며 살아가는 유목민으로 변장한 채 모용세가의 홍안령 목장 주변을 살피고 있었던 것이다.

그들과 동행한 또 한 명의 중년 사내는 날카로운 눈을 가진 인물이었는데, 세 사람 중 가장 유목민의 옷차림이 어울리지 않은 사내였다.

"범우, 이 사람아. 이리 와서 앉게. 그렇게 서성이다가는 자네가 목동이 아닌 걸 모든 사람이 알게 될 걸세."

단보의 말에 천막 앞쪽에 선 채 양 떼들을 살피는 듯하며 북쪽 침엽수림을 날카로운 눈으로 주시하고 있던 중년 사내가 겸연쩍은 표정을 짓고는 파소와 단보가 앉아 있는 곳으로 다가왔다.

"이런 일은 영 익숙지가 않아서……."

범우라 불린 사내가 조심스런 목소리로 말하며 파소와 단보의 맞은편에 앉았다.

"하긴 줄곧 무천향에서 수련만 한 사람이 이렇게 변복을 하고 타인을 살피는 일에 쉽게 익숙해질 수는 없겠지. 하지만 이곳은 무천향이 아니라 강호네. 강호에선 이런 일도 능숙하게 해내야 한다네. 그렇지 못하면 목숨을 장담할 수 없지. 아무리 무공이 강해도 말이야."

단보가 차분한 목소리로 말했다.

"어르신께서야 무천향에 적을 두고 계시긴 하지만 강호에서 살아오신 것이나 마찬가지니 지금 제 모습이 우스워 보이실 겁니다."

"후후, 오해 말게. 솔직히 자네와 같은 사람들만 무천향에 있었다면 우린 강호에 나올 필요도 없었을 걸세. 자네가 우스운 것이 아니라 자네와 같은 사람도 변해야 하는 강호가 우스운 것일세. 달리 말하자면, 인간이 우스운 것이지. 그 우스운 짓거리를 하는 인간사를 피해 무천향이 열린 것인데… 쯔쯔……."

단보가 손에 든 나뭇가지로 모닥불을 들쑤시며 혀를 찼다. 어느새 모닥불 위에 올려진 냄비에서는 파소가 뜯어 넣은 마른 육포가 큰 고깃덩어리로 변해 진한 육수를 우려내고 있었다.

"이젠 맛을 봐도 되겠는데요?"

파소가 단보를 보며 말하자 단보가 입맛을 다시며 나뭇가지 두 개를 잘라 만든 젓가락으로 냄비에서 끓고 있는 고기를 건져 냈다. 그리곤 몇 차례 후후~ 분 후 입안에 넣고 천천히 씹기 시작했다. 그렇게 한참을 씹은 후 단보가 파소를 돌아보며 만족한 얼굴로 고개를 끄덕였다.

"제법이구나."

"괜찮죠?"

"이런 야지(野地)에서 먹을 수 있는 음식치고는 최상이라고 할 수 있겠구나."

"뭐, 실력이야 누구나 비슷하고, 결국 육포를 만든 고기의 질에 따라 맛이 달라지지요."

"우리가 제법 좋은 육포를 구한 모양이군. 자네도 좀 들게."

단보가 천추군의 고수 범우를 돌아보며 권하자 범우가 조심스럽게 냄비에서 고개를 꺼내 입에 물었다.

"맛이 정말 좋군요."

몇 차례 고개를 씹던 범우의 표정이 환하게 변하며 파소를 바라봤다.

"범 대협의 입에 맞으신다니 다행이군요."

"소천께선 언제 이런 요리 실력을 익히셨습니까?"

"말하지 않았던가요? 제가 무천향을 떠나 있던 시간 동안 전 이 근방에서 목동으로 살았지요. 그때 익힌 요리입니다."

"소천께서 어린 시절 이곳에 머무르셨다는 말은 들었습니다."

범우가 고개를 끄덕였다.

"자, 이야기는 나중에 하고 일단 요기들을 하지. 밖에 나오면 일단 배가 든든해야 하는 법이야."

단보가 다시 한 점의 고기를 꺼내 입에 물며 말했다. 그렇게 세 사람은 모닥불을 가운데 두고 요기를 하기 시작했다.

세 사람의 식사는 보통 목동들이 요기를 하는 시간보다 두 배 정도의 시간이 걸렸다. 그렇다고 세 사람이 식탐을 하는 것은 아니었다. 세 사람은 입에 들어온 고기를 마치 귀중한 보물이라도 되는 듯 오랫동안 꼭꼭 씹어 천천히 삼켰기 때문에 요기를 하는 데 보통 사람들보다 많은 시간이 걸렸던 것이다.

이런 식사법은 무천향 특유의 식사법이라고 할 수 있었다. 물론 강호의 몇몇 문파에서도 문도들에게 음식을 먹는 방법을 가르치기는 하지만 무천향에선 모든 사람들이 세 사람과 같은 방식으로 식사를 했다.

음식이 귀중한 이유도 있지만 그 음식에 들어 있는 영양소를 완전하게 흡수하기 위한 이런 식사법은 무천향을 연 십이조사 시절부터 전해졌다.

파소 등 세 사람이 느긋하게 식사를 마쳤을 때는 어느새 북서쪽에 높게 솟아 있는 홍안령의 봉우리들이 서서히 저녁 어둠을 만들기 시작하고 있었다.

“밤을 새야 할까?”

문득 느긋한 시선으로 북서쪽에서 남쪽으로 치우친 침엽수림을 바라보고 있던 단보가 말했다.

“그들이 쉽게 모습을 드러내겠습니까?”

파소의 말에 단보가 침엽수림 뒤쪽으로 펼쳐진 광대한 산맥을 바라보며 말했다.

“저기 어딘가에서 보고 있겠지?”

“그렇겠죠. 그들이 도착한 것이 벌써 여러 날이니 저 숲에 모용세가의 고수들이 들어 있다는 걸 지금쯤은 분명 눈치챘을 겁니다.”

파소가 고개를 끄덕였다.

“그런데도 그들이 즉시 공격하지 않는 이유는 뭘까요?”

범우가 고개를 갸웃하며 물었다.

벌써 파소와 무천향 천추군이 소유거가 이끄는 검산 고수들을 추격해 홍안령에 온 지 오 일째. 홍안령 산속 깊은 곳으로 들어간 검산 고수들은 이후 모용세가의 홍안령 목장 주변에 모습을 드러내지 않고 있었다.

"저 숲 안의 사정을 제대로 파악하지 못하고 있기 때문이겠지."

단보가 숲을 바라보며 말했다.

"사람을 보내 살피면 되지 않을까요?"

"그렇게 간단한 문제였다면 우리가 이런 모습을 하고 이곳에 와 있지 않았을 걸세. 저 숲은… 기이한 기운을 지니고 있어."

단보의 눈이 가늘어졌다. 그의 목소리에서 은은한 경계의 기운이 느껴졌다. 단보의 말에서 위협을 느꼈을까, 범우가 조금 두려운 눈으로 단보의 시선이 향한 침엽수림으로 시선을 돌렸다.

두지관과 모용세가의 소가주 모용성이 찾아 들어간 침엽수림은 마지막 노을에 물들어가고 있었다. 늦가을 숲에 지는 노을은 아름다웠다. 그러나 숲의 노을을 보고 있는 삼 인의 얼굴엔 아름다움보다 차가운 경계심이 먼저 자리 잡았다.

붉게 솟아오른 노을은 마치 무엇엔가 밀리는 듯 숲의 일정 거리 안으로 파고들지 못하고 있었다. 둥근 초가의 지붕처럼 숲을 감싸고 있는 노을은 그래서 더욱 아름다웠다. 지난 며칠간 숲을 살핀 파소 등은 이런 현상이 비단 노을이 질 때만 일어나는 현상이 아니라는 것을 잘 알고 있었다.

어두운 밤, 한줄기 달빛이 숲에 내려도 마찬가지였다. 숲은 언제나 외부에서 들어오는 빛을 밀어냈다. 하지만 보통 사람의 눈으로는 숲에서 나오는 기운이 숲으로 들어오는 빛을 밀어내는 현상을 잡아낼 수 없었다. 숲의 주변을 오가는 유목민들은 그저 언제부터인가 이 오래된 침엽수림이 다른 때보다 조금 더 아름다워 보이는구나 하는 정도의 생각을 할 뿐이었다.

그러나 그런 유목민들조차 숲이 만들어내는 기광을 즐길 때가 있었다. 비가 적은 북방의 초원이었지만 어쩌다 한 번 비라도 내려면 숲 위에는 어김없이 일곱 색깔의 무지개가 곱게 떴다. 수백 년 전부터 있어온 이름없는 숲이 최근 들어 얻은 이름은 칠보림(七寶林). 보물이라고까지 불리는 아름다움을 지닌 숲이라 불릴 정도니 비가 왔을 때 숲 위에 뜨는 일곱 색 무지개의 아름다움이란 형언할 수 없는 것이었다.

그러나 그 무지개가 숲 위로 뜨기 시작한 것은 채 십여 년도 지나지 않은 일이었다. 물론 주변의 목동과 유목민들은 그럼에도 칠보림이라는 이름을 가진 숲 위에 무지개가 뜨기 시작한 것이 아주 오래전인 것처럼 느끼고 있었지만…….

"진 때문이라면 정말 엄청난 힘을 지닌 진이군요. 빛을 밀어내는 진이라니……."

범우가 나지막이 중얼거렸다. 그 또한 지금 그들이 보고 있는 숲에 검산의 고수들이 노리고 있는 절대의 진법이 있다는 것을 알고 있었다. 비록 그 진법에 얽힌 과거사를 자세히 알고 있지는 못했지만 파소와 천추군이 이곳까지 온 이유가 모용세가가 가지고 있는 하나의 절대기진 때문이란 것은 흥안령에 온 천추군의 고수들에게 이미 전해져 있었다.

"그뿐인가. 겉모습은 모르지만 그 안쪽 오 장만 들어가도 아마 눈에 보이는 모든 것이 실제가 아닐 걸세. 앞서 숲 안으로 사라진 두 사람의 모습을 보지 않았는가?"

멀리서였지만 파소와 단보, 그리고 범우는 두지관과 모용성이 숲으로 들어가 사라지는 것을 주시하고 있었다.

"더 무서운 것은 지금 저 숲에 드러난 기이한 현상이 그 진법이 가지고 있는 힘 중 극히 일부에 지나지 않는다는 것이지요. 기실 그 진법은 사물의 모습을 달리 보이게 하거나 사람들의 모습을 숨기는 환영진이 아니라 집단으로 무공을 전개하는 합격진이니까요."

"도대체 모용세가는 어디서 그런 대단한 진법을 얻게 된 것일까요? 그리고 검산의 고수들은 모용세가에 그런 진법이 있다는 걸 어찌 알게 되었을까요?"

범우가 호기심을 드러내며 물었다. 그러나 파소와 단보, 두 사람 모두 범우의 말에 대답이 없었다. 물론 두 사람이 범우의 궁금증을 풀어줄 수는 있을 테지만 을밀부의 과거사를 세상에 언급하는 것은 조심스런 일이기에 일원만류진의 출처에 대한 이야기를 굳이 입에 올리지 않는 두 사람이었다. 파소와 단보 두 사람의 대답이 없자 범우가 다시 입을 열었다.

"보고 싶군요, 그 합격진의 위력을."

역시 무천향의 무인. 일원만류진의 위용을 보고 싶은 욕심이 범우의 얼굴에 드러났다. 무천향의 무인에게 무공은 그 무엇보다 앞서는 욕망의 대상이었다.

“보게 될 걸세.”

단보가 확신하듯 입을 열었다. 순간 범우의 눈에 숨길 수 없는 반가움이 드러났다.

“정말입니까?”

“당연한 일 아닌가. 우리가 먼저 저 숲으로 들어가는 일은 없을 걸세. 다시 말해 우린 검산의 배덕자들이 나서기 전에는 절대 나서지 않는단 말이지. 우린 그들이 모용세가가 연성한 일원만류진을 상대하는 틈을 타 일원만류진을 손에 넣을 것일세. 이번 출행의 목적은 일원만류진이 검산 무리들의 손에 들어가는 것을 막기 위함이지, 그들과 싸우는 것이 아닐세.”

“하지만 어차피 제거해야 할 자들이지 않습니까?”

“그렇긴 하지만 이번에는 때가 아닐세. 눈이 너무 많아. 그들과 우리의 일은 무천향의 일일세. 물론 일원만류진을 손에 넣다 보면 그들과 충돌할 수도 있겠지. 하지만 검산의 배덕자들을 처단하는 일은 따로 큰 그림을 그려 시행할 것일세. 그러니 오늘은 최대한 우리의 정체도 숨겨야 할 걸세. 지금은 드러내고 그들을 처단할 때가 아니네. 그러면 그들은 더욱더 깊이 숨을 테니까.”

“복면이라도 해야겠군요.”

“아마 그래야 할 걸세.”

“별거 다 해보는군요.”

“말했지 않은가? 이곳은 무천향이 아니라고.”

파소와 단보, 그리고 범우는 그 자리에서 그날 밤을 보냈다. 멀리 수백 장 떨어진 남쪽 숲에는 일곱 명의 천추군이 몸을 숨기고 파소 등의 신호를 기다리고 있었다.

하지만 하룻밤이 지나고 태양이 다시 누런 초원을 비출 때까지도 주변에선 어떤 변화도 일어나지 않았다. 삼 인은 부지런히 아침을 해결하고 천천히 양 떼를 몰아 초원을 거닐기 시작했다. 양 떼를 모는 목동이니 이리저리 양 떼들을 몰고 다니는 것은 지극히 당연한 일이었다.

파소는 북쪽 홍안령이 바라다보이는 언덕 쪽으로 양 떼를 몰았다. 그의 손에 들린 나무 지팡이가 능숙하게 양 떼를 한쪽으로 몰아갔다. 한동안 그렇게 걸음을 옮기던 파소가 문득 고개를 돌려 서쪽 초원을 바라봤다. 그의 눈에 다 허물어진 낡은 고성이 들어왔다.

"여전하군."

파소가 나직하게 중얼거렸다.

"뭐가 말이냐?"

파소의 바로 뒤에서 어슬렁거리며 걸음을 옮기고 있던 단보가 파소를 보며 물었다.

"저 성채 말입니다. 저곳에서 오랫동안 시간을 보냈지요."

"저 허물어진 성채 말이냐?"

"네. 저곳이 홍안령 쪽에서 목장 쪽으로 오는 외인을 감시하기에 제일 적당한 곳이거든요."

"이런 초원에 성이 있다는 건 이상한 일이군."

"아마 세워진 지 수백 년은 족히 됐을 거예요. 물론 버려진
지도 그만큼 오래됐을 거고요. 하지만 목장을 중심으로 초원
의 사방을 감시하기엔 정말 좋은 곳이죠. 사방으로 시야가 트
여 있거든요."

"사방으로 시야가 트여 있다? 그럼, 저 숲도 한눈에 내려다
보이겠구나."

단보의 눈에 이채가 서렸다. 순간 파소도 뭔가를 깨달은 눈
으로 시선을 돌려 다시금 고성을 바라봤다.

"지금도 저곳에 모용세가의 목동들이 있을 것 같으냐?"

단보가 의미심장한 표정으로 물었다.

"글쎄요. 그게 이 흥안령 목장의 전통이기는 한데… 오래전
그날 흥안령을 넘어 적월단의 흉적들이 공격해 온 이후 다른
자들의 침입이 없었다면 경계를 세우지 않았을 수도 있겠지
요. 물론 모용세가의 고수들이 일원만류진을 연성하기 위해
이곳에 몸을 숨기고 있으니 경계를 더욱 철저히 할 수도 있지
만, 반대로 숲에서 일원만류진을 연성하는 일이 철저히 비밀
에 붙여야 하는 일이어서 목장의 목동들에게까지 숨기려 했다
면 고성에서의 경계를 중단했을 수도 있겠지요."

"흠… 어쨌든 말이다, 이 초원에서 칠보림을 살피자면 저 고
성만 한 곳이 없단 말이야. 더군다나 칠보림에 닿을 수 있는
가장 가까운 거리에 있는 은폐물이기도 하고……."

"가볼까요?"

"아서라. 이쯤에서야 우릴 그냥 양치기로 볼 수 있겠지만 너

와 나의 얼굴은 이미 검산의 인물들에게 널리 알려져 있지 않느냐? 가까이 가면 반드시 우릴 알아보게 될 것이다.”

“그럼 계속 기다려야겠군요.”

“그렇게 해야겠지. 하지만 일단 그들이 몸을 숨기고 있을 가능성이 많은 곳이니 항시 이곳을 주시해야 할 게다.”

단보가 다시금 고성을 돌아보며 말했다.

파소와 단보, 그리고 범우는 그렇게 하루 종일 칠보림 인근의 초원을 거닐다가 저녁 늦게 그들이 칠보림 근처에 마련해 놓은 숙영지로 돌아왔다.

모닥불이 다시 피워지고 파소 등 삼 인은 하루 종일 초원을 거닐어 피곤한 몸을 모닥불에 녹이고 있었다. 차가운 북방의 바람이 늦가을을 몰아내려는 듯 매섭게 불어왔다.

“이미 겨울이 시작된 듯하군요.”

범우가 옷자락을 여미며 말했다.

“본래 북방의 겨울은 빨리 오는 법이지.”

단보 역시 다시 옷을 둘러 입었다.

“무천향과는 사뭇 다르군요.”

“무천향이야 사계절 온화한 곳이니까. 내가 강호를 떠돌면서도 항상 그리운 것이 무천향의 그 기후였네. 안에서는 모르지만 밖에서는 그곳의 날씨조차도 사무치게 그리웠지.”

“그러면서도 오랫동안 향을 비우지 않으셨습니까?”

“후후, 사람이 자신의 원한다고 모든 일을 할 수 있는 것은 아니니까."

두 사람의 대화를 들으며 파소는 다시 휘황한 달빛을 반사해 내는 칠보림과 멀리 어스름이 바라다보이는 낡은 고성을 번갈아 바라보고 있었다.

"뭘 그리 유심히 살피느냐, 그들이 움직이면 당연히 알게 될 텐데. 오늘 움직이리라는 보장도 없고."

물론 단보의 말이 틀린 것은 아니었다. 하지만 파소는 왠지 북방에서 불어오는 바람 속에서 한가닥 서늘한 기세가 느껴지는 듯한 느낌을 받고 있었다.

'왠지 무슨 일이 벌어질 것 같은 기분이야.'

"왜 무슨 기운이라도 느낀 거냐?"

자신의 말에도 파소가 여전히 칠보림과 고성 사이를 주시하고 있자 단보가 조금 달라진 목소리로 물었다.

"예감이 좋지 않아요."

"응?"

"뭔가 벌어질 것 같은 느낌이에요. 이 바람 속에… 도검의 냄새가 묻어나는 것 같아요."

"허, 소천께서 검선의 경지에 이르셨다는 것은 알고 있었지만 바람 속에서 도검의 냄새까지 읽어낼 수 있으실 줄은 몰랐습니다."

빈정거림이 아니라 정말 놀란 얼굴로 범우가 말했다.

"긴장한 탓 아니냐?"

"글쎄요. 그럴지도……."

그런데 그 순간 파소의 눈에서 유성처럼 빛이 번쩍였다. 그리고 그의 손이 가볍게 뒤로 올라갔다. 파소의 행동에 단보와 범우 역시 큰 움직임을 보이지 않는 가운데 날카로운 시선을 파소의 눈이 향한 곳으로 돌렸다. 그렇게 잠시의 시간이 흐른 후, 단보가 나직한 목소리로 중얼거렸다.

"도검의 냄새를 맡았다더니, 과연 네 예감이 틀리지 않았구나. 준비를 해야겠다."

단보의 말에 범우가 모닥불에서 불타고 있는 나뭇가지 하나를 슬쩍 빼 들어 허공에 둥근 원을 그렸다. 범우의 행동은 그저 심심풀이로 하는 행동으로밖에 보이지 않았으나 사실은 그들로부터 남쪽으로 수백 장 떨어진 숲에 은밀히 숨어 있는 천추군에게 보내는 신호였다.

아마도 범우의 신호를 본 천추군 일곱은 다음 신호를 기다리며 파소와 단보 등이 있는 곳으로 달려올 준비를 하고 있을 터였다.

달빛이 있다고는 하나 밤은 어두웠다. 희미한 달빛은 초원 위의 물체를 온전히 보여주지 않았다. 그 어스름한 달빛 속에서 구름이 만든 그림자처럼 일단의 검은 그림자가 고성을 벗어나 초원으로 내려왔다.

'마치 그날 같군.'

파소는 목동 시절 적월단의 흉적들이 흥안령 목장을 침범하던 그날의 기억을 떠올렸다. 왠지 모르게 그날의 분위기와 닮아 있는 밤이었다. 하지만 아마도 오늘 밤 이 초원에서 일어날 싸움은 그때와는 비교할 수 없을 만큼 강력하고 치열할 터였다.

스스슥!

일각 정도가 흐르자 드디어 파소의 귀로 초원 저쪽에서 만들어지는 미세한 소음이 들려오기 시작했다. 어찌 생각하면 그저 북풍에 쓸리는 수풀의 비명 소리 같기도 했지만 일정한 시차를 두고 규칙적으로 커졌다 작아지는 소리는 그것이 자연이 아닌 사람이 만든 소리란 걸 증명해 주고 있었다.

"조심하게."

단보가 조금 앞으로 나가 있는 범우에게 경고를 던졌다. 범우는 단보의 경고에 흠칫 놀라며 몇 걸음 뒤로 물러났다.

"불을 끌까요?"

뒤로 물러나던 범우가 여전히 붉게 타오르고 있는 모닥불을 보곤 단보에게 물었다.

"그냥 놔두게. 지금 불을 끄면 오히려 저들의 이목을 끌 걸세."

단보와 범우가 나직한 대화를 나누는 순간 어느새 소리의 주인공들이 세 사람 앞에 그 형체를 드러냈다.

여전히 흐릿한 그림자의 모습. 하지만 그 그림자에서 사람의 기운이 느껴질뿐더러, 강호에서 흔히 느낄 수 없는 강렬한 고수의 기운이 흘러나왔기 때문에 무공을 익힌 사람이라면 누구라도 그 그림자들이 강호 고수들이라는 것을 알 수 있었다.

“이괄, 그군요.”

파소의 입에서 나직한 말소리가 흘러나왔다. 파소의 말에 단보와 범우가 고개를 돌려 검은 그림자들의 가장 앞쪽에서 무서운 속도로 초원을 질주하고 있는 검은 인영을 바라봤다.

강풍을 맞은 듯 옷자락을 휘날리며 거의 땅에 깔리듯 달리고 있는 중년의 사내, 어떤 상황에 처하더라도 눈 하나 깜짝할 것 같지 않은 강건한 사내의 모습은 파소 등 삼 인에게 익숙한 것이었다.

이괄. 검산제일의 후기지수로 꼽히던 그가 바람처럼 초원을 가르며 칠보림을 향해 달려오고 있었다. 그 뒤쪽으로 이십여 명의 다양한 복색을 한 자들이 이괄을 따르고 있었는데, 그중 누구도 평범해 보이는 사람이 없었다.

북풍에 낮게 누운 풀들을 가볍게 밟아내며 몸을 날리는 어둠 속의 인물들은 어찌 보면 인세를 살아가는 사람들 같지 않은 풍모와 기운을 풍기고 있었다.

그렇게 이괄을 선두로 한 검산의 고수들이 어느덧 모용세가 고수들이 십 년 넘는 세월 동안 일원만류진을 연성한 칠보림의 이십여 장 앞쪽까지 들이닥치고 있었다.

그런데 검산의 고수들이 순식간에 칠보림을 뚫고 들어가려는 순간, 갑자기 그들이 향하는 칠보림 앞쪽에 늘어선 아름드리 침엽수들이 좌우로 흔들리는가 싶더니 한순간 검산 고수들을 들어갈 수 없을 만큼 촘촘한 간격으로 모아지기 시작했다.

“발견했군요.”

범우가 입에 침을 바르며 말했다. 칠보림에 펼쳐진 진이 검산 고수들의 움직임에 반응했다는 것은 곧 모용세가 고수들이 불청객들의 침입을 눈치챘다는 의미일 터였다.

"파(破)!"

칠보림의 나무들이 변화를 일으키는 순간, 갑자기 검산 고수들의 선두에 서 있던 이괄의 입에서 낮으면서도 강렬한 소리가 터져 나오더니 이괄의 신형이 믿을 수 없는 높이로 도약했다. 그리고 그 순간 그의 허리춤에서 시퍼런 빛이 뽑혀 나왔다.

발도를 하는 즉시 만들어낸 이괄의 도기가 그의 머리 뒤쪽으로 길게 꼬리를 물고 넘어가는 듯싶더니 이괄의 신형이 허공에 멈춰 선 순간 재차 빛의 꼬리를 만들며 앞쪽으로 폭주해 왔다.

쿠우웅!

조용하던 밤의 초원에 무거운 파공음이 일어났다. 이괄의 도에서 시작된 시퍼런 도기가 벼락처럼 기이한 움직임을 보이는 칠보림에 부딪쳐 갔다.

쩌저적!

땅이 갈라지는 소리가 터져 나왔다. 이괄의 푸른 도기가 거침없이 칠보림을 뚫고 들어갔다. 그러자 검산 고수들의 앞을 막아섰던 아름드리나무들이 몇 개는 자취를 감추고 또 몇 개는 허리가 동강난 채 아우성을 치며 땅에 쓰러져 내렸다.

스스슥!

검산의 고수들은 찢어진 칠보림 속으로 거침없이 뛰어들었다. 그리고 그 순간 칠보림에서 나오는 기운에 막혀 안으로 들어가지 못하고 있던 달빛이 쏘아진 화살처럼 칠보림 안으로 쏟아져 들어가기 시작했다.

“시간을 끈 이유가 있었군요.”
검산 고수들이 칠보림 안으로 돌진해 들어가자 파소가 단보를 돌아보며 말했다.
“숲에 펼쳐진 진의 모양을 살피고 있었던 모양이구나.”
“그리고 그 진의 생사문을 파악한 듯하군요.”
“후! 그럼 일원만류진의 파훼법을 알아냈다는 말인가?”
“그건 아니지요. 칠보림에 펼쳐진 진은 일원만류진의 일부에 지나지 않을 테니까요. 또한 대지에 펼쳐진 일원만류진이 사진(死陳)이라면 사람이 펼치는 일원만류진은 생진(生陣)일 테니 진의 위력으로 따지자면 비교할 수 없을 테지요.”
“그렇긴 하다만, 너무 쉽게 칠보림에 펼쳐진 진을 깨뜨리는구나.”
“대성사 소유거가 있지 않습니까?”
“휴… 물론 그라면 놀랄 일도 아니지. 어떡할까?”
“우리도 가보죠.”
“너무 서두르는 것 아니냐?”
“그런 면이 없지 않지만 모용세가의 일원만류진과 검산 고수들의 대결을 놓치고 싶지는 않군요.”

"허허, 일원만류진 때문이 아니라 싸움 구경 때문에 서두르
겠단 말이냐?"

"저도 무천향의 무인인데 다를 게 있나요."

파소가 빙긋 미소를 지었다. 그러자 단보도 한줄기 미소를
짓더니 범우를 보며 말했다.

"다시 신호를 보내게."

단보의 말에 범우가 긴장한 얼굴로 고개를 끄덕이고는 다시
금 모닥불에서 불이 붙은 나뭇가지를 꺼내 들더니 이번에는
세 개의 원을 밤하늘에 그렸다.

"그럼 가지."

범우가 숲의 천추군에게 신호를 보내자 단보가 먼저 숙영지
를 벗어나기 시작했다. 그러자 파소와 범우가 흐릿한 잔영을
남기며 단보의 뒤를 따르기 시작했다.

쿠쿠쿵!

어른 한 사람의 팔로는 두르기 어려워 보이는 굵기의 나무
세 그루가 거대한 소음을 일으키며 쓰러져 갔다. 그 충격에 낙
엽이 쌓인 숲이 한차례 흔들거렸다.

그 진동이 가라앉자 세 그루의 나무가 쓰러지며 만들어진
공간 속으로 이십여 명의 검산 고수가 거침없이 발걸음을 옮
겼다.

"겁을 먹은 건가?"

문득 숲을 향해 전진하던 검산 고수들 중 왕선모의 목소리

가 흘러나왔다. 모용세가의 비처를 공격해 들어가면서도 전혀 긴장이 느껴지지 않는 목소리였다.

"후훗, 설마 대모용세가의 고수들이 겁을 먹었겠소이까?"

언제나 도도한 소유거의 목소리였다.

"믿었던 진이 깨어졌으니 겁을 먹지 않았겠습니까?"

다시 왕선모의 득의한 목소리. 그러자 소유거의 나직한 웃음소리가 들려왔다.

"훗, 하긴 그럴지도 모르겠구려. 그런데 일원만류진이라… 역시 전설일 뿐이었나? 대단하긴 하지만 깨뜨리지 못할 진도 아닌 듯."

소유거는 아마도 칠보림에 펼쳐진 진을 깨뜨린 것으로 일원만류진을 파훼할 자신이 생긴 듯 보였다.

"그 진이 비록 천하의 을씨 가문에서 나온 진이라 할지라도 우리 또한 검산의 후예가 아닙니까? 더군다나 수백 년 전의 유물. 아마도 시간이 지나며 그 진의 위력이 조금 과장되었을 수도 있겠지요."

왕선모가 득의한 목소리로 말했다.

"그렇다면 헛걸음을 한 게 되는 것 아니오? 그런 정도의 물건이라면 우리가 이렇게 이곳까지 달려올 필요는 없었을 것인데… 응?"

소유거의 실망한 듯한 목소리가 흘러나오는 바로 그 순간 갑자기 검산 고수들 앞이 환해지더니 십여 채의 오두막이 좌우로 대칭을 이루며 모습을 드러냈다.

"다 온 모양입니다."

여전히 검산 고수들 선두에 서 있는 이괄의 목소리가 들려왔다.

"그런데 왜 아무도 마중을 안 하지?"

소유거가 고개를 갸웃거렸다.

"설마 대모용세가의 고수들께서 몸을 사리고 도주한 것을 아니겠지요?"

바로 그 순간, 왕선모의 빈정거림이 끝나기 무섭게 갑자기 열 채의 모옥 위로 불쑥불쑥 청색 무복을 입은 인영들이 솟아오르기 시작했다. 그렇게 열 채의 오두막 위에 올라선 사람의 숫자는 모두 오십. 그들의 손에는 모두 달빛을 받아 번들거리는 날카로운 검들이 검신을 드러낸 채 들려 있었다.

"음, 도주한 것은 아니었군."

소유거가 오두막의 지붕 위에 늘어선 오십 명의 고수를 보며 중얼거렸다. 여전히 전혀 긴장감이 느껴지지 않는 목소리였다. 그런데 바로 그때 가장 앞쪽의 모옥 위에 올라서 있던 인물에게서 차가운 일갈이 터져 나왔다.

"감히 대모용세가의 금역(禁域)를 침범하다니! 어디서 온 도적들이냐?"

第四章

경천(驚天) 일원만류진

오십 인의 모용세가 고수가 오두막 지붕 위에 달빛을 받으며 늘어서자 그들 사이에서 만들어진 기이한 기운이 오십 인을 비추는 달빛을 반사하는 희미한 막을 형성하기 시작했다. 산중 약초꾼이 보았다면 한밤에 달빛을 희롱하러 나온 신선들이라 착각할 정도로 신비로운 광경이었다. 그 모습을 바라보고 있던 검산 고수들의 눈에도 작지만 감탄의 빛이 드러났다.

"도적이라… 도적이란 소리까지 듣는구만."

신비로운 모용세가 고수들의 출현에 잠시 침묵이 감돌던 장내에 왕선모의 목소리가 흘러나왔다.

"후후, 틀린 말은 아니지 않소이까? 저들의 물건을 손에 넣으려 하고 있으니 도적 아니겠소."

소유거가 여전히 여유있는 태도로 말했다.

"대성사께서도 참, 이런 상황에서 농을 하시다니……."

"하하, 이럴 때일수록 여유를 가지고 이야기를 나눠야 좋은 결과가 나오는 법 아니겠소이까? 그래, 그대가 그대들의 우두머린가?"

소유거가 왕선모에게 미소를 지어 보인 후 선두에 선 이괄의 옆을 스치며 앞으로 나가 오두막 위에 늘어선 모용세가의 고수들 중 검산 사람들을 향해 일갈을 던진 노인을 보며 물었다. 순간 한밤의 침입자들을 향해 일갈을 던져 냈던 모용세가 노고수가 노한 표정으로 다시 삼엄한 질타를 던졌다.

"정말 염치가 없는 자들이구나. 남의 집에 무단으로 들어와서는 마치 주인처럼 행세를 하려 하다니. 먼저 너희들의 정체를 밝혀라. 과연 대모용세가를 멸시할 수 있는 자격이 있는 자들인지 알아봐야겠다."

모용세가 노고수의 말에 소유거가 빙긋 미소를 지었다.

"물론 궁금하다면 말해주겠소. 그러나 그렇게 멀리 있어야 어디 이야기가 되겠소? 좀 가까이 오시구려. 나이가 들어 소리 지르기도 쉽지 않을 터인데."

소유거의 말에 모용세가의 노고수의 표정이 살짝 일그러지더니 곧 아무런 대답 없이 훌쩍 몸을 띄워 올려 오두막 아래로 날아내렸다. 그 한 번의 움직임으로도 모용세가 노고수의 무공이 무천향의 노고수들에 못지 않음이 드러났다.

"과연 모용세가의 은밀한 힘을 이끌 만한 무공이구려. 그대가 혹 모용세가의 이은(二隱) 중 한 명인 모용동이오?"

정말 모용동이라면 무례하기 이를 데 없는 소유거의 말투였다.

"먼저 네 이름을 듣고 싶구나."

겉모습으로 보자면 소유거 역시 노인이었지만 그래도 모용세가의 노고수에 비하면 젊은 편이라 할 수 있었다. 모용세가의 노고수는 한눈에 보아도 백 세에 가깝거나 혹은 그 이상인 것이 분명해 보였다. 그러니 그가 소유거에게 하대를 하는 것은 얼핏 보면 무척 자연스러워 보였다. 그러나 소유거의 생각은 그렇지 않은 모양이었다.

"너라… 늙은이, 말이 거칠군."

"한밤에 남의 집에 뛰어든 너희들만 하겠느냐? 그런데 도대체 뭘 하는 작자들이냐?"

모용세가 노고수가 다시 한 번 소유거 등의 정체를 물었다. 그러자 차가운 얼굴을 하고 있던 소유거가 갑자기 빙긋 미소를 짓더니 번개처럼 모용세가 노고수를 향해 뛰어들며 낮게 소리쳤다.

"내 일격을 받아내면 말해주마!"

쇄애액!

소유거의 말이 채 끝나지도 않은 사이 소유거의 옆구리 쪽에서 만들어진 한줄기 푸른빛이 마치 살아 있는 뱀처럼 허공을 유영해 유려한 곡선을 만들며 모용세가 노고수의 몸을 잘라갔다.

“음!”

순간 모용세가 노고수의 안색이 급변하더니 그의 신형이 둥실 허공으로 떠올랐다. 동시에 그의 손에 한 자루 검이 들리며 극도로 간결한 검로를 따라 재빨리 검을 내리그었다.

쩌정!

바위 깨져 나가는 소리가 장내를 뒤흔들었다. 소유거의 허리에서 시작되었던 살아 있는 빛줄기가 모용세가 노고수의 검이 만들어내는 투명한 검기와 격돌하면서 만들어낸 굉음이었다. 그사이 삼 장 거리로 좁혀들었던 소유거와 모용세가 노고수의 신형이 번개처럼 본래의 거리만큼 떨어져 나왔다. 그리고 누가 먼저랄 것도 없이 두 사람은 적지 않은 놀람을 담은 눈으로 서로를 바라봤다.

“놀랍군. 모용세가에 그대와 같은 자가 있다니……!”

“어디서 온 자냐?”

소유거와 모용세가의 노고수가 서로를 보며 거의 동시에 입을 열었다. 그만큼 한 번의 격돌 후에 느낀 상대의 무공이 두 사람을 놀라게 만들었다는 의미였다.

“모용세가 이은의 실력이면 능히 강호를 도모할 만하다더니… 그 말이 헛소문이 아니었군.”

순간 모용세가 노고수의 얼굴이 살짝 찌푸려졌다.

“나의 이름을 알고 있는 자는 세가에서도 그리 많지 않은데… 오래전부터 본 세가를 노리고 있었던 거냐?”

“모용세가를 노린다고 할 수는 없소. 단지 그대들이 가지고 있는 하나의 물건을 원하고 있소.”

순간 세간에 알려지지 않은 모용세가 최고의 고수, 모용동의 얼굴이 차갑게 굳어졌다.

“오래전 본가에 난입해 본가와 북삼룡의 충돌을 일으켰던 자들과 한 무리냐?”

“후후, 뭐, 그렇다고 할 수 있소.”

“이제 보니 그사이 세력을 만들고 있었구나.”

“좋도록 생각하시구려. 어쨌든 이제 우리가 원하는 물건에 대해 이야기해 봅시다.”

“역시 그때 그자가 원했던 그것이겠지?”

“그렇소. 일원만류진! 우린 그 진법서(陣法書)를 원하오.”

소유거의 말에 모용동이 단호한 표정으로 대답했다.

“불가(不可)! 주인이 있는 물건이다. 더 이상 욕심내지 마라.”

“음… 애초에 그 물건의 주인은 모용세가가 아니었지 않소?”

“무슨 말이냐?”

“을밀부… 그 물건의 주인은 을밀부 아니오?”

“그것까지…….”

모용동의 얼굴에 놀란 표정이 떠올랐다. 수백 년 전 모용 씨족이 천하를 지배하는 왕조를 세울 때 을밀부로부터 일원만류진을 전해 받아 천하를 정복했다는 것은 모용세가 내에서도 극소수만이 알고 있는 사실이었다. 그런데 이 불청객들은 일원만류진을 욕심낼뿐더러 그 진법의 출처까지 알고 있었다.

"굳이 말하자면, 우린 을밀부와 무척 깊은 연관이 있는 사람들이오. 모용세가와는 비교할 수 없을 만큼 말이오. 그러니 일원만류진에 대한 권리를 따지자면 모용세가보단 우리가 훨씬 더 자격이 있다고 볼 수 있소. 그러니 그 진법서를 우리에게 넘겨주시오. 진법서를 넘기면 우린 조용히 물러가도록 하겠소."

소유거의 말투가 제법 정중해졌다. 모용동의 무공에 감탄해서이기도 하지만 거래란 상대를 존중할 때 성사될 가능성이 많기 때문이었다.

물론 소유거가 처음부터 이런 식으로 상대를 설득할 생각은 아니었다. 원래 그는 이곳에 있는 모용세가의 고수들을 전부 베어버린 후 흔적을 남기지 않고 일원만류진을 차지할 생각이었다. 소유거의 판단으론 그것이 가장 깨끗한 방법이었다. 그는 칠보림에 들어 모용세가의 고수들을 조우할 때만 해도 그 방법으로 일을 마무리 지을 자신이 있었다.

물론 그 자신감은 지금도 변하지 않았다. 하지만 모용세가 최고의 고수라는 모용동의 무공을 시험한 후 그는 생각을 바꿨다. 충돌없이 일원만류진을 손에 넣을 수 있다면 그 방법을 택하는 것으로.

모용동의 무공으로 봤을 때 이곳에서 일원만류진을 완성한 모용세가의 고수들과 격돌할 경우 싸움의 승패를 걱정할 바는 아니지만 그와 함께 온 검산의 고수들 중 일부의 손실을 감수

할 수밖에 없다는 생각이 들었던 것이다.

검산으로선 단 한 명의 고수도 아껴야 할 때였다. 이미 무천향주 을도산이 그들을 추격하기 위해 내보낸 무천향의 고수들이 강호에 나와 있는 상황이었다. 가뜩이나 전력의 열세인 지금 한 명의 고수라도 잃는다면 검산으로선 결코 좋은 일이 아니었다. 소유거가 모용동을 설득하기로 생각을 바꾼 이유는 바로 그 때문이었다.

그러나 그런 소유거의 생각을 이괄이나 왕선모 등이 알 리 없었다. 두 사람은 갑자기 변한 소유거의 태도에 의아한 눈으로 소유거를 바라보고 있었다. 그러나 소유거는 두 사람의 시선에 아랑곳하지 않고 모용동의 대답을 기다렸다.

"지금 그게 말이 되는 소리라고 지껄이고 있는 것이냐!"

백여 세에 이른 노고수 모용동의 입에서 거친 말이 터져 나왔다. 누가 생각해도 말이 되지 않은 제안. 그러나 소유거는 모용동의 노기에도 침착하게 말을 받았다.

"물론 제법 괜찮은 제안이라고 생각하오. 왜냐하면 이 제안의 대가가 이곳에 있는 모용세가 고수들 전체의 목숨이기 때문이오."

정중하지만 감출 수 없는 위협이 느껴지는 목소리. 표정 또한 급변해서 정말 당장에라도 오두막 지붕에서 장내의 상황을 바라보고 있는 모용세가 고수들의 목숨을 단번에 끊어낼 것 같은 모습의 소유거였다.

노고수 모용동은 소유거의 겁박에 잠시 반응하지 않았다.

겁을 먹은 것은 아니었다. 하지만 또한 눈앞에 있는 이 건방진 자의 말이 허언이 아니라는 것도 알고 있었다. 일 초의 겨룸에서 이자는 모용세가 최고의 고수라는 자신을 능가하는 모습을 보여줬다. 비록 비등한 모습을 보여주긴 했지만 그 비등함 속에도 미세한 우열이 존재함을 모를 리 없는 모용동이었다.

어디 그뿐인가. 오래전 일원만류진을 요구하며 모용세가에 피바람을 몰고 왔던 그 악마 같은 자는 이곳에 나타나지도 않았다. 그건 곧 이자들의 동료들이 어딘가에 더 존재한다는 것을 의미했다.

모용동이 말없이 고개를 돌려 십여 채의 오두막 위에 늠름하게 올라서 있는 모용세가의 고수들을 바라봤다. 대부분 모용 씨의 혈족으로 이루어진 오십 인의 고수. 이들은 지난 십여 년 동안 과거 천하를 정복했던 모용가의 신비스런 전설을 재현했다.

극에 달하는 고통을 견디고 초유의 인내가 필요했던 일, 세상에 존재하지 않는 인물로 알려졌던 자신과 또 다른 이은인 모용현까지 은거를 깨고 나와야 했던 일, 그러고도 십 년이 넘는 시간이 걸렸던 일. 그렇게 모용세가는 전설의 일원만류진을 거의 완성했다. 그런데 지금 그 일원만류진을 완성한 오십 명의 목숨을 걸고 거래를 요구하는 자가 나타난 것이다.

"보아하니 진이야 대충 익힌 것 같고, 진법서만 넘기면 완성된 진은 고스란히 모용세가의 것이 될 터… 진을 완성한 고수들이 이곳에서 죽어버리는 것보다야 훨씬 남는 장사가 아니겠소?"

모용동의 뒤에서 다시 그 건방진 자의 목소리가 들려왔다. 맞는 말이었다. 진법서를 넘기면 일원만류진을 완성한 오십 인의 고수를 고스란히 보존할 수 있다. 그러면 이 고수들로 모용세가는 천하를 질타할 수 있을 것이다. 어쩌면 수백 년 전의 영광을 재현할 수도 있었다.

그러나…….

'진법서가 없는 일원만류진은 기둥 없는 집이다. 비록 현 노제의 지혜로 어렵게나마 진법서에 적힌 일원만류진의 묘리를 풀 수 있었지만 그 한계는 명확하다. 현 노제조차도 진법서 없이는 다시 이 진을 재현할 수 없을 것이며, 여기 오십 인의 현사 중 한 명만 손실을 입어도 진을 복구하기 힘들 것이다. 그러니 진법서를 저들의 손에 넘기는 것은 곧 일원만류진을 포기하는 것과 마찬가지… 사람이 희생될지언정 진법서를 지키는 것이 정도다.'

사람의 지혜론 풀이할 수 없다는 일원만류진의 진법서. 하지만 모용세가는 그 진법서를 나름대로 해석했다. 세가 최고의 은거기인 모용동과 모용현이 은거를 깨면서까지. 그럼에도 일원만류진의 난해함은 극악한 것이어서 그 묘리를 사람의 뇌에 모두 담을 수 없는 것이 일원만류진이었다. 모두 백두 장의 진법서 하나하나에 담겨 있는 현기 가득한 글과 도해들, 그리고 어지러운 선형의 포진술은 서책을 필사하는 것조차 불가능하게 만드는 것이었다.

그래서 지금 일원만류진의 진법서를 잃어버린다면 모용세가가 이룩한 이 희대의 진은 얼마 지나지 않아 그 위력을 상실해 버릴 것이다.

'어디 그뿐인가. 진의 각 점을 이루는 오십 인의 무공은 진을 연성하면서 수배나 증진되었다. 하지만 진법서가 없다면 다신 이렇게 짧은 시간에 오십 명의 절정고수를 키워낼 수 없을 것이다. 역시… 사람보다 진법서가 중요하다!'

결심이 서는 순간 모용동의 신형이 빙그르르 돌더니 그의 어깨너머에서 한 줄기 검기가 사선으로 떨어져 나왔다.

파앙!

강력한 파공음과 함께 실처럼 가느다란 모용동의 검기가 거미줄처럼 소유거를 덮쳐 왔다.

"음! 늙은이의 대답이 요란하군!"

소유거가 급작스런 모용동의 공격에 놀라 급히 몸을 빼며 소리쳤다.

쉬이익!

수백 마리의 뱀 떼가 달려들 듯 모용동의 검기가 뒤로 물러나는 소유거를 따라붙었다. 가히 천망이라 불러도 좋을 모용동의 검공. 여유를 주지 않고 자신을 따라붙는 모용동의 검기들을 노려보던 소유거의 표정이 한순간 다부지게 변했다.

"요옷!"

일 장 안쪽으로 몰려드는 검기들을 앞에 두고 소유거의 입에서 날카로운 기합성이 터져 나왔다. 순간 그가 들고 있던 검이 그의 전면에서 번개처럼 회전했다. 그러자 검이 움직인 길을 따라 희미한 진기의 막이 펼쳐졌다.

따다당!

콩알 볶는 듯한 소음이 정신없이 울려 퍼졌다. 모용동의 검에서 뻗어나간 검기들이 소유거가 만들어낸 진기의 막에 막혀 사방으로 비산했다.

"늙은이, 이젠 내 차례다!"

소유거가 이가는 소리를 흘려내며 동시에 수세의 검식을 공세로 전환하기 위해 재빨리 검을 머리 위쪽으로 들어 올렸다. 그런데 바로 그 순간, 승부를 보려고 작심한 듯 소유거를 몰아 치던 모용동이 거짓말처럼 신형을 뒤로 빼며 본래 그가 나타 났던 오두막 지붕 위로 바람처럼 날아올랐다.

"발진(發陣)!"

모용동의 신형이 미처 오두막 지붕 위에 도착하기도 전에 그의 입에서 날카로운 명이 떨어졌다. 순간 오두막 위에 올라 있던 모용세가의 고수들이 강력한 기운을 흘려내며 각자의 검을 들어 올렸다. 순간 장내에 거대한 바람이 휘몰아쳤다.

우우웅!

흥안령을 넘어 불어오는 북풍이런가. 아니면 동쪽 먼바다에 서 불어오는 해풍이런가. 거대한 바람 소리는 한여름 태풍처 럼 강렬하고 한겨울 한파보다 매서웠다.

어디 그뿐인가. 일원만류진이 발진하는 순간, 오십 명의 모 용세가 고수가 올라 있는 오두막 지붕은 물론 그 아래 땅까지

하늘에서 내려오는 달빛이 굴절하며 흘려내는 신비로운 빛으
로 가득 차는 것이었다.

그 빛 속에서 모용세가 오십 명의 고수가 서로 다른 기수식
을 취하고 있었다. 어떤 자는 호랑이가 사냥감을 덮치는 듯한
모습으로, 또 어떤 자는 독수리가 땅으로 내리꽂히는 듯한 자
세로. 평범하지 않은, 그러면서도 현기가 느껴지는 기수식을
모용세가 오십 인의 고수가 선보이고 있었다.

"과연 신비롭구나."

도도한 소유거의 입에서조차 자신도 모르는 사이에 감탄사
가 흘러나왔다. 그때 진 속에서 모용동의 목소리가 들려왔다.

"보물이 필요하다면 와서 가져가 보라."

일단 진의 위용이 드러나자 모용동은 홀로 소유거를 마주할
때보다 훨씬 자신감이 넘쳐흘렀다.

"만만치가 않군요."

무천향 무극동천의 수련자였던 왕선모조차도 발진된 일원
만류진의 위세에 걱정이 앞서는 모양이었다.

"그래서 더 탐이 나는구려. 숲에 펼쳐졌던 진은 일원만류진
본래의 위력을 일 할도 내포하지 못하고 있었던 모양이오. 저
진을 손에 넣을 수 있다면……."

소유거의 눈에서 탐욕의 빛이 흘러나왔다. 펼쳐진 진에 대
한 경계심보다는 그 진에 대한 욕심이 훨씬 강력했다.

"시작할까요?"

일원만류진이 펼쳐졌음에도 여전히 자신만만한 표정의 이

괄이 소유거를 돌아봤다. 그러자 소유거가 고개를 끄덕였다.

"진 구경이야 나중에 검산 고수들이 펼칠 때 해도 늦지 않겠지. 날을 샐 수는 없으니 시작해라. 일단 괄이 네가 먼저 진을 건드려 보아라. 어찌 움직이는지 살펴야 그 대응책이 나오리라."

"알겠습니다."

이괄이 눈에서 호승심이 솟구쳤다. 소유거의 지시를 받은 이괄이 천천히 신형을 돌리더니 거뭇한 도신을 드러낸 도를 천천히 머리 위로 치켜들었다. 그 와중에 그의 발은 모용세가 고수들이 일원만류진을 펼치고 있는 십여 채의 모옥 중심을 향해 다가가고 있었다.

고오오오!

이괄이 진의 힘이 미치는 곳에 들어서자 일원만류진이 만들어내는 소리가 급변했다. 강력한 진기의 소용돌이가 이괄의 몸을 밀어내듯 이괄을 향해 몰려들었다. 순간 이괄의 신형이 일원만류진의 진세를 타고 오르듯 허공으로 솟아올랐다.

순식간에 삼 장여를 솟구친 이괄이 달빛을 밀어내고 있는 일원만류진을 향해 강력한 일도를 떨쳐 냈다. 거뭇한 이괄의 도가 만들어낸 번쩍이는 도기가 찰나의 순간 일원만류진이 만드는 진기의 장막과 격돌했다.

콰아앙!

이괄의 도기가 일원만류진에 부딪치는 순간, 강력한 파열음이 진세의 표면에서 일어났다.

우웅!

파열음에 뒤이어 묵직한 용틀임 소리. 순간 일원만류진으로 부터 상상할 수 없이 강력한 힘이 몰려나와 마치 잡아 던지듯 이괄의 신형을 밖으로 쳐냈다.

"웃!"

이괄이 진의 힘에 밀려 내동댕이쳐지듯 검산 고수들이 서 있는 곳까지 밀려 나왔다.

"이런 망할!"

이괄의 입에서 거친 욕지거리가 흘러나왔다. 무천향에서 태어나 도를 잡은 이후 단 한 번도 뒤로 물러나지 않았던 그였다. 검산이목으로 추앙받으며 무천향의 다음 대 주인 자리를 다투던 그였다. 그런데 그런 자신이 한낱 진세에 밀려 팽개치듯 뒤로 물러나다니, 검산이목 이괄로선 도저히 받아들일 수 없는 현실이었다.

"좋아, 반드시 깨뜨려 버리겠다."

이괄의 입에서 상처 입은 맹수의 으르렁거림이 흘러나왔다. 동시에 그의 눈에서 차가운 한광이 일렁이더니 그의 도신에서 순식간에 근 오 장에 이르는 도기가 만들어졌다.

"왼쪽에서 열두 번째와 열세 번째 사이로 가거라."

강렬한 투기로 가득 찬 이괄의 뒤에서 소유거의 담담한 목소리가 들려왔다. 소유거는 이괄이 일원만류진과 충돌하는 순간부터 일원만류진의 움직임을 면밀히 살피고 있었던 것이다.

소유거의 말을 들었는지 못 들었는지 이괄은 단호한 의지가 느껴지는 걸음으로 다시금 일원만류진을 향해 다가갔다.

고오오!

이괄이 다가가자 다시금 일원만류진으로부터 신비스런 기음이 흘러나오기 시작했다.

"핫!"

일원만류진의 진세가 미치는 범위 일 장 앞으로 다가선 이괄의 입에서 또다시 한마디 기합성이 터져 나왔다. 동시에 그의 신형이 유성처럼 허공으로 치솟았다. 오 장에 이르는 검기가 뒤로 젖혀진 그의 도끝에 매달려 꼬리처럼 이괄을 따라갔다.

허공으로 치솟은 이괄의 신형은 번개처럼 이동해 오십 명의 모용세가 고수 중 왼쪽에서 열두 번째와 열세 번째 인물 사이로 떨어져 내렸다. 흥분 속에서도 소유거의 충고를 마음에 새기고 있었던 것이다.

콰아아!

일원만류진을 향해 떨어져 내리는 이괄의 신형에 앞서 그의 뒤를 따랐던 거대한 도기가 그의 머리를 넘어 일원만류진을 향해 폭사했다.

"퇴(退)!"

순간 차가운 한마디 일갈이 일원만류진으로부터 터져 나왔다.

우웅!

그러자 일원만류진을 향해 부딪쳐 가는 이괄을 향해 일원만류진이 일으키는 거대한 기운이 밀려 나왔다.

쿠우웅!

그런데 결과는 처음과 조금 달랐다. 이괄이 떨쳐 낸 도기가 처음과는 달리 일원만류진의 진세 일 장 안까지 파고들어 갔던 것이다. 하지만 결국 그게 한계였다. 자신의 도기를 진세 일 장 안까지 밀어 넣었던 이괄이 다시금 진세 밖으로 밀려 나와 새처럼 허공을 날아 검산 고수들이 앞에 내려섰다.

"정말 대단하군."

이괄의 입에서 이번엔 진심이 느껴지는 감탄이 흘러나왔다. 하지만 그의 표정은 처음 일원만류진에 패퇴할 때보다는 한결 밝아져 있었다. 그가 물러나는 모습 또한 처음과는 달리 제법 여유있는 움직임이었다.

뒤로 물러난 이괄이 소유거를 돌아봤다. 그러자 소유거가 고개를 끄덕이며 입을 열었다.

"수고했다. 대충 움직임을 이해하긴 했는데……."

"문제가 있습니까?"

애초에 이괄에게 공격을 명한 것은 이괄이 혼자 일원만류진을 깨뜨리길 바라고 한 일은 아니었다. 이괄의 공격을 통해 일원만류진이 외부의 공격에 어떤 모습으로 반응하는지, 그리고 그 과정에서 진의 약점이 드러나는 곳이 있는지를 발견하기 위한 공격이었다.

그런 목적으로 보자면 이괄의 두 번 공격은 성공적이었다. 이괄의 공격에 반응하는 일원만류진을 살핀 소유거가 일원만류진이 어떻게 움직이는지 제법 자세하게 확인했기 때문이다.

더군다나 두 번째 공격에선 이괄에게 일원만류진의 취약한 지점을 말해줄 정도였으니 일원만류진을 읽어내려는 소유거의 목적은 어느 정도 달성된 것이나 마찬가지였다.

그런데 그런 소유거의 표정이 예상외로 밝지 않았다. 이괄은 그런 소유거의 표정을 읽고 그 이유를 물었던 것이다.

"약점이 있다고는 하나 그 약점조차도 괄, 널 밀어낼 정도이니 결코 만만치가 않구나. 과연 을밀부의 비전이로다."

"어차피 깨뜨려야 할 진, 시작하지요."

진에 대한 소유거의 감탄을 들은 왕선모가 소유거 옆으로 다가서며 전의를 불태웠다.

"그럽시다. 뒤로 미룬다고 다른 수가 생기는 것도 아니고. 모두 모이시게!"

소유거의 명에 이십여 명의 검산 고수가 소유거 곁으로 모여들었다.

"잘들 듣게. 저 진을 완벽히 파악하는 것은 불가능하네. 하니 이쯤에서 힘으로 진을 깨뜨리는 수밖에 방법이 없네. 하지만 진의 견고함이나 진세의 오묘함으로 볼 때 쉽게 깨뜨릴 수 있는 진이 아니네. 다행히 저 진이 십이진법을 기본으로 만들어진 것이라는 것은 알아냈네. 그래서 열두 번째와 열세 번째 사람 사이의 진세가 그나마 미약하네. 그러니 모두들 매 열두 번째 사람과 열세 번째 사람 사이로 공격을 집중하게. 보아서 알겠지만 저 진은 고대의 신비함을 지니고 있네. 다시 말해 무척 위험하단 말이지. 무천향에선 각자의 무공을 수련하는 것이 모든 것이었기에 저렇듯 진을 형성해 합격의 무공을 펼치는 것에는 익숙하지들 못할 걸세. 그러니 모두 조심들 하게. 우린 사람이 귀한 상태네. 자, 그럼 시작하지.”

소유거가 검산의 고수들을 돌아보며 고개를 끄덕이자 검산 고수들이 이괄과 왕선모를 중심으로 부챗살 모양으로 퍼져 나갔다.

“이 일은 검산의 운명이 걸린 일이네. 모두 최선을 다하시게!”

왕선모가 나직하면서도 강렬한 목소리를 흘려내더니 자신이 먼저 신형을 날아 올려 모용세가 오십 인의 고수가 펼치고 있는 일원만류진을 향해 돌진했다.

츄아악!

한순간 장내에 밀물 쏠리는 소리가 일어났다. 스무 명의 검산 고수가 일제히 왕선모의 뒤를 따라 일원만류진을 덮쳐 갔다.

고오오오!

순간 일원만류진을 형성한 오십 인의 모용세가 고수가 예의 그 기이하면서도 다양한 기수식을 펼치며 서서히 오두막의 지붕 위에서 왼쪽으로 회전했다. 그에 따라 신묘한 힘을 내포한 듯한 기음이 흘러나오기 시작했다.

진이 회전하자 진 위에 내려앉았던 달빛들도 거대한 소용돌이를 만들기 시작했다.

푸스스!

숲에 내려앉았던 낙엽들이 오두막 높이까지 떠오르더니 이 내 소용돌이를 따라 회전하기 시작했다.

진이 움직이자 일원만류진을 향해 뛰어든 검산의 고수들도 진을 따라 회전하기 시작했다. 소유거가 일러준 진의 약점을 쫓고 있는 것이었다. 그러나 움직이는 진에서 진의 약점을 정확하게 따라잡는 것을 결코 쉬운 일이 아니었다. 더군다나 일원만류진이 만들어내는 강력한 와류는 무천향에서 무도를 수련하며 평생을 살아온 검산의 고수들에게조차도 무척 위협적인 것이었다. 일단 그 진세에 한 번 휩쓸리면 쉽게 헤어 나올 수 없는 기운의 격랑이 무천향 고수들에게 은은한 두려움을 만들어주었다.

파앗!

그러나 역시 무천향은 무천향이고, 무천향의 고수는 천외천의 인물들이었다. 한순간 이괄과 왕선모가 속도를 높여 번개처럼 회전하는 일원만류진의 속도를 추월했다. 동시에 두 사람이 진의 양편에서 강력한 도기와 검기를 뻗어냈다.

쿠우웅!

이괄과 왕선모가 펼쳐 낸 도기와 검기가 거칠게 일원만류진을 파고들어 갔다가 다음 순간 강력한 반탄력에 의해 되돌아 나왔다. 두 사람의 도기가 진세에 밀려 밖으로 물러나는 순간 나머지 검산 고수들이 일제히 소유거가 말한 일원만류진의 약점을 향해 공세를 퍼부었다.

기이이잉!

스무 명의 검산 고수는 강호의 명문대파를 능히 홀로 상대할 수 있는 능력을 지닌 인물들이었다. 강호에선 상상할 수 없는 무공을 소유한 이 무성들이 일제히 공세를 퍼부어대자 그들이 만들어낸 공격의 힘이 주변 공기를 기이한 형태로 굴절시켰다.

콰콰콰콰쾅!

검산 고수들의 공세와 일원만류진의 기운이 격돌하며 천지가 무너지는 듯한 굉음이 장내를 뒤흔들었다. 싸움터를 비추던 달빛이 충돌의 충격을 이겨내지 못하고 사방으로 비산했다.

"큭!"

우우웅!

일원만류진이 급격하게 일그러지는 사이 누군가의 신음성이 흘러나왔다.

고오오오!

한순간의 충돌이 만들어낸 혼란이 지나가자 일그러졌던 일원만류진이 금세 다시 본래의 모습을 회복하며 예의 그 신비한 소리를 만들어냈다. 동시에 일원만류진을 공격했던 검산 고수들이 일제히 진으로부터 물러났다.

"으음!"

다시 몇 마디의 신음성이 흘러나왔다. 그리고 이번엔 그 신음성의 주인공이 명확하게 드러났다. 뒤로 물러난 검산 고수들 중 셋의 신형이 다른 사람들과는 다르게 심하게 흔들리고 있었고, 신음성은 그들의 입에서 흘러나오고 있었다.

"부족함을 알았으면 물러나라. 목숨을 취하진 않을 것이다."

적의 공격을 패퇴시켰다는 자신감 때문일까. 일원만류진의 안쪽에서 모용동의 서늘한 음성이 흘러나왔다. 그러나 검산의 고수들 중 누구도 모용동의 말에 응대하는 사람은 없었다. 그렇다고 일원만류진의 위력에 전의가 상실된 것처럼 보이지도 않았다. 비록 세 명의 동료가 손해를 입었다고는 하지만 나머지 검산 고수들 표정은 여전히 무표정하기 이를 데 없었다.

"좋군. 더욱 욕심이 나. 오늘 정말 제대로 된 물건을 손에 넣을 수 있겠어."

첫 공격에서 손해를 본 소유거의 입에선 오히려 욕망의 기운이 짙게 느껴졌다.

"다시 시작하지. 이번에 끝을 보고 나와야 할 걸세. 일단 진을 쪼개고 그다음 각개격파하는 것이 순서일세."

소유거가 뒤로 물러난 검산 고수들을 독려했다. 그러자 검산 고수들 눈에 강렬한 호승심이 일어나기 시작했다. 꼭 일원만류진이라는 희대의 보물 때문이 아니라 이 강력한 천고의 절진이 타고난 무공광들인 검산 고수들의 투기를 불러일으키고 있었던 것이다.

"가지!"

왕선모의 말에 다시 검산의 고수들이 일제히 허공으로 솟구쳐 일원만류진을 향해 뛰어들었다.

<u>고오오!</u>

모용세가의 일원만류진 역시 강력한 힘으로 부딪쳐 오는 검산 고수들을 향해 기이한 소음을 만들어내며 진세를 일으켰다. 그렇게 싸움은 다시 시작되었고, 이 희대의 격전은 쉽게 끝나지 않았다.

"놀랍군요."

파소가 나직하게 감탄사를 흘려냈다. 두 개의 고목이 교묘하게 얽혀 서 있는 곳. 파소와 단보, 그리고 뒤늦게 장내에 도착한 무천향의 고수들이 숲속 작은 마을에서 벌어지고 있는 거대한 격전을 바라보고 있었다.

"역시 을밀부군."

단보가 자신도 모르게 나직하게 중얼거렸다. 단보는 검산 고수들을 맞아 대등한 싸움을 벌이고 있는 모용세가 고수들의 힘을 을밀부가 전한 일원만류진 때문이라고 생각했기 때문에 모용세가가 아닌 을밀부에 대해 감탄사를 흘려낸 것이었다.

"언제까지 기다립니까?"

범우는 몸이 근지러운 모양이었다. 물론 전통적인 무천향 고수인 그가 피가 그리운 것은 아닐 터였다. 아마도 보기 힘든 강력한 격돌에 자신도 모르게 무인의 본성이 일어나고 있는 모양이었다.

"기다리게."

단보가 단호한 목소리로 말했다.

"언제까지……?"

"양측의 실력으로 보건대, 쉽게 승부가 날 싸움 아닐세. 저들의 싸움이 끝에 이르렀을 때, 그때 우리가 나설 것일세."

"하지만……."

범우의 입에서 조금 실망스런 목소리가 흘러나왔다. 아마도 어부지리를 노리는 단보의 결정이 불만인 모양이었다. 무천향의 무인으로서 정당한 실력으로 이 싸움에서 승리를 거두고 싶은 욕망이 범우의 표정에 드러나 있었다.

"잊지 말게. 우린 지금 무천향이 아니라 강호에 나와 있네. 강호에선 살아남는 자가 승리하는 것이고, 그 승리를 위한 가장 좋은 방법은 유리한 기회를 포착하는 것이네. 그건 비겁함이 아니라 강호를 살아가는 무인의 제일철칙일세."

단보는 말 안 듣는 아이를 꾸중하듯 냉엄한 목소리로 범우에게 말했다.

"알겠습니다, 어르신!"

예상외로 차가운 단보의 말에 범우가 움찔하게 고개를 숙여 보였다. 그런 범우를 향해 단보가 충고하듯 한마디 말을 덧붙였다.

"강호의 삶은 그렇게 만만한 게 아니야."

흥분한 범우를 제어한 단보가 파소의 곁으로 다가갔다.

"아직 변화가 없느냐?"

"미세하지만 전세에 변화가 일기 시작하는군요."

"오! 그래?"

단보가 눈빛을 빛내며 전장으로 시선을 돌렸다.

전장에선 파소의 말대로 조금씩 변화가 일어나고 있었다. 거친 반격에도 불구하고 계속된 검산 고수들의 공격에 견고하던 일원만류진이 검산 고수들에게 허용하는 공간이 점점 늘어나고 있었던 것이다.

물론 검산 고수들도 손해가 없는 것은 아니었다. 이미 일곱 명의 고수가 싸움을 할 수 없을 정도의 부상을 입고 소유거의 뒤쪽으로 물러나 있었다.

무천향 출신의 고수들임을 생각하면 경악할 만한 결과. 그러나 동료들의 부상에도 불구하고 이괄과 왕선모가 이끄는 공격은 더욱 그 강도를 더해가고 있었다.

우우웅!

애초 선기까지 느껴졌던 일원만류진이 만들어내는 소리는 어느새 현실의 소리로 변해 불안해진 진세를 여실히 드러내고 있었다.

"좋아, 끝을 볼 때군."

치열한 싸움을 지켜보고 있던 소유거가 어느 순간 눈빛을 빛내며 중얼거렸다. 이괄과 왕선모의 도기와 검기가 일원만류진 안으로 거의 십여 장 이상 파고들고 있었고, 나머지 검산 고수들도 더 이상 진세의 의해 부상을 입는 경우가 발생하지 않고 있었다.

일원만류진의 기운이 미치는 범위 역시 처음보다 상당히 줄어들어 이젠 십여 채의 오두막 중 다섯 채 정도의 넓이만이 진세의 범위에 들어 있었다.

진의 형태에도 변화가 있었다. 거대한 원형이던 진은 어느새 팔각의 모양을 갖추고 있었고, 외곽의 팔각 모양 안쪽에 다시 십여 사람이 만드는 소형의 원형진이 만들어져 있었다.

그리고 그 원형진 안에 다시 두 사람의 노고수가 들어 있었는데, 그중 한 명은 소유거와 일검을 겨뤘던 모용동이었다. 그리고 다른 한 명은 모용동보다는 조금 나이가 적어 보이고 키 또한 모용동에 비해 작았지만 그 움직임에 있어선 무척 여유가 넘쳐흐르는 노인이었다. 전체적으로 봤을 때 그 노인에 의해 모용세가의 일원만류진이 움직이고 있는 것이 분명해 보였다.

그때, 검산의 고수들과 모용세가 일원만류진의 격돌을 지켜보고 있던 소유거가 천천히 걸음을 옮기는가 싶더니 비호처럼 허공으로 치솟았다. 그리곤 순식간에 허공을 날아 일원만류진의 중심, 모용동과 또 다른 노인이 진을 지휘하고 있는 곳으로 날아들었다.

쿠우우웅!

어느새 소유거의 손에 들린 검에서 한 줄기 빛이 뻗어 나와 일원만류진의 중심을 파고들었다. 그 강력한 검기는 검산의 다른 고수들이 만들어내는 검기와는 차원이 다른 힘을 지니고 있었다. 소유거가 만들어낸 한줄기 검기에 장내에 충천하던

다른 사람들의 검기와 도기들이 순식간에 빛을 잃어버릴 정도
였다.

"회(回)!"

순간 모용동의 입에서 차가운 일갈이 터져 나왔다. 모용동
과 노고수가 거의 동시에 머리 위로 검을 치켜들었다.

우웅!

두 사람의 검에서 웅장한 파공음이 일어났다. 그러자 두
사람을 둘러싸고 원형진을 형성하고 있던 열 명의 모용세가
고수 역시 하늘 높이 검을 치켜들었다. 순식간에 열두 개의
검기가 밤하늘을 솟구쳐 올라갔다. 그리고 소유거의 검기가
떨어져 내리는 한 지점에서 열두 개의 검기가 하나로 합쳐졌
다.

쿠아앙!

공기를 찢어발길 듯한 굉음이 터져 나왔다. 열두 개의 검기
와 하나의 검기가 충돌하며 만들어진 화려한 폭죽이 허공에
아름다운 문양을 만들어냈다.

"음!"

그 화려한 충돌 속에서 소유거의 나직한 신음성이 흘러나왔
다. 열두 명의 모용세가 고수의 반격에 밀린 소유거의 신형이
좀 더 높은 허공으로 치솟았다. 그런데 바로 그 순간!

"지금!"

갑자기 소유거의 입에서 강렬한 음성이 터져 나왔다. 그러
자 이괄과 왕선모가 이끄는 검산의 고수들이 일제히 도기와

검기를 발해 일원만류진에 부딪쳐 갔다.

쿠우웅!

거대한 파열음과 함께 일원만류진의 한쪽이 무너졌다. 소유거를 상대하느라 진의 중심이 흐트러진 사이 약해진 일원만류진의 한쪽이 검산 고수들의 공격을 견뎌내지 못했던 것이다.

"왁!"

거의 동시에 십여 명의 모용세가 고수가 피를 토하며 진 안에서 쓰러졌다. 그러자 견고하기 이를 데 없던 일원만류진이 크게 흔들리기 시작했다.

"별진(別陣)!"

모용동의 입에서 날카로운 명이 떨어졌다. 그러자 부상을 입은 십여 명을 제외한 나머지 모용세가 고수들이 재빨리 흩어지더니 순식간에 네 개의 소형 진을 만들어냈다. 그리고 그 중 모용동과 또 다른 노고수가 이끄는 진은 번개처럼 소유거를 휘감았다.

차차창!

번개같이 이루어진 변진은 싸움의 양상을 순식간에 변화시켰다. 지금까지 집단과 집단 간에 이루어졌던 싸움이 이젠 소수와 소수, 무인과 무인 간의 싸움으로 변해 버린 것이다.

네 무더기로 분리된 싸움의 양상에서 가장 곤욕을 치르는 사람은 검산의 대종사 소유거였다. 비록 분리되기는 했지만 일원만류진의 위력은 여전해서 소유거 한 사람에게 공세를 가하는 모용동 등의 공격은 매섭기 이를 데 없었다. 무천향 뭇 고수들의 무공을 가르치는 소유거조차도 홀로 모용동 등이 만든 작은 일원만류진을 감당하기는 힘들었다.

차차창!

소유거의 검이 맹렬하게 허공을 휘저었다. 그러자 그의 주변에서 유성이 터져 나오듯 강렬한 빛들이 터져 나왔다. 몇 개의 검기가 소유거의 옷깃을 스치고 지나갔고 모용동의 검은 소유거의 목을 아슬아슬하게 비껴 나갔다.

"물러나라!"

홀로 모용동 등의 일원만류진을 상대하느라 위기에 빠진 소유거를 구하기 위해 이괄과 왕선모가 일갈을 터뜨리며 소유거를 둘러싼 일원만류진을 향해 뛰어들었다.

콰콰쾅!

강력한 파열음을 일으키며 이괄의 도기와 왕선모의 검기가 소유거를 둘러싼 일원만류진을 찢어놨다. 그 사이로 경각의 위기에 몰렸던 소유거가 번개처럼 진세를 벗어났다.

"빚을 졌어. 그럼 갚아야겠지."

소유거의 입에서 나직한 목소리가 흘러나왔다. 순간 모용동 등 모용세가의 고수들의 표정이 흠칫했다. 나직한 소유거의 목소리에서 느껴지는 살기는 그들이 강호를 종횡하며 만났던 그 어떤 존재보다도 두렵게 느껴지는 것이었다.

"피를 보자면 마다치 않으리라."

소유거가 서늘한 음성을 날리며 이괄과 왕선모에 의해 찢겨

진 진을 급히 회복하고 있는 모용세가의 고수들을 향해 바람처럼 달려들었다.

삭!

바람 가르는 서늘한 파공음이 일어났다. 순간 푸른 달빛 속으로 시뻘건 혈무가 솟구쳤다.

"큭!"

동시에 소유거를 곤경에 빠뜨렸던 진 안의 모용세가의 고수 중 한 명이 땅 위에 쓰러졌다.

"끝을 보자."

웅!

소유거의 뒤를 이어 이괄의 도기가 당황하는 모용세가 고수들의 머리 위에 번개처럼 떨어져 내렸다.

"크악!"

이번에 좀 더 강렬한 신음 소리가 터져 나오고 모용동 옆으로 중년의 모용세가 고수가 쓰러져 갔다.

"소진(小陣)!"

모용동의 입에서 다급한 목소리가 흘러나왔다. 그러자 모용세가의 고수들이 재빨리 삼 인이 한 무리를 형성하는 포진을 취했다. 그리고 그중 한 무리에 왕선모의 검이 떨어져 내렸다.

쿠쿠쿵!

강렬한 격돌음이 왕선모와 삼 인의 모용세가 고수 사이에서 터져 나왔다. 그러나 소유거와 이괄 때와는 다르게 작은 진형

을 이룬 모용세가의 고수들은 뒤로 물러서면서도 왕선모의 공
격을 견뎌냈다.
　그렇게 삼 인이 펼치는 또 다른 형태의 일원만류진이 모습
을 드러내고 있었다.

第五章
기보의 주인

"이거야 정말… 끝없이 변하는군."

삼 인이 한 개의 소형진을 이뤄 검산 고수들에게 맞서는 모용세가 고수들을 보며 소유거가 혀를 찼다. 소유거의 표정이 살짝 찌푸려졌다. 현재의 상황은 그가 생각했던 것보다 훨씬 좋지 않았다. 물론 일원만류진의 온전한 형태를 깨뜨린 것은 성공적인 결과였지만 아직 모용세가의 고수들을 온전히 무릎 꿇리지 못한 상황에서 검산 고수들의 피해가 생각보다 너무 컸다.

소진으로 변한 모용세가 고수들을 상대하고 있는 검산 고수들의 숫자는 소유거 자신을 포함해 열둘. 그사이 일원만류진의 위력에 밀려 여덟 명의 검산 고수가 목숨을 잃거나 심각한 부상을 입은 채 싸움터에서 밀려났다. 죽은 사람이 셋, 물러나 부상을 돌보는 사람이 다섯이었다.

"향을 나서며 누가 이런 싸움을 할 거라 생각이나 했겠는 가? 한 번의 싸움에서 고수 셋을 잃다니……."

소유거는 망연자실한 표정으로 전장을 바라보며 중얼거렸 다.

물론 여덟 명의 고수가 물러났다고 해도 승기는 완전히 검 산 쪽이 잡고 있었다. 비록 소진으로 분화해 검산 고수들을 상 대하고 있다고는 해도 일원만류진 본래의 위력이 급감한 상태 에서 모용세가 고수들이 무천향의 고수들을 상대할 수는 없는 일이었다.

"끄으윽!"

소유거가 싸움의 진행이 마음에 들지 않아 인상을 찌푸리고 있는 사이에도 사방에선 사람들의 비명 소리가 들려왔다. 그 리고 그 비명 소리의 대부분은 모용세가 고수들의 입에서 흘 러나오고 있었다.

"어렵겠군."

전방을 바라보고 있던 단보가 안타까움이 묻어나는 음성으 로 말했다. 오십여 명에 달했던 모용세가 고수들의 숫자가 어 느새 그 절반 이하로 줄어 있었고, 그나마도 목숨이 거의 경각 에 달린 상태였기 때문이다.

"이대로라면 몰살을 면치 못하겠군요."

　파소의 마음 또한 편치 않았다. 어쨌든 모용세가는 그가 인생의 한 시기를 보낸 곳이었다. 애정이라고까지는 말하지 못하지만 아련한 향수 같은 것이 깃들어 있는 문파고, 지금도 그곳에는 파소의 가장 오래된 친구들이 머물러 있었다.

　"지금 나설까요?"

　범우가 이젠 때가 되지 않았냐는 듯 단보에게 물었다.

　"일단 준비는 하세."

　단보가 고개를 끄덕이자 범우가 뒤를 돌아보며 나머지 칠인의 천추군 고수에게 고개를 끄덕여 보였다. 그러자 천추군 고수들이 일제히 품속에서 검은 천을 꺼내 얼굴을 가렸다.

　파소와 단보는 천추군 고수들이 얼굴을 가린 것을 확인하고는 자신들도 품속에서 검을 천을 꺼내 얼굴을 가렸다. 차림이야 이미 초원을 이동하는 유목민 복장이었기에 얼굴만 가리면 여간해선 검산 고수들이 파소 등을 알아보기 힘들 터였다.

　"가볼까?"

　단보가 파소를 보며 말하자 파소가 잠시 전장을 살피다 고개를 저었다.

　"지금은 아닌 것 같아요."

　"응?"

　"다른 움직임이 있어요."

　파소의 말에 단보가 눈빛을 가라앉히며 전장을 살폈다. 전장에선 여전히 검산 고수들과 모용세가 고수들 간의 치열한 싸움이 벌어지고 있었다. 이제 모용세가 고수들의 숫자는 이십 명 안쪽으로 줄어 있었다.

그런데 그렇게 치열한 접전이 벌어지고 있는 전장의 북쪽, 열 채의 오두막 중 마지막 두 채가 서로를 마주 보고 있는 곳에 언제부터인지 희미한 사람의 그림자가 모습을 드러내고 있었다.

"저 사람은……."

"두 대목장님이군요."

단보 역시 두지관과는 인연이 없다고 할 수 없었다. 물론 짧은 만남이었지만 그 만남을 핑계로 파소를 이곳 흥안령에 맡기지 않았던가.

"위험하군."

상황을 보건대, 두지관은 일원만류진을 펼치는 일원이 아니었다. 그런 그가 전장에 모습을 나타냈다는 것은 자칫 검산의 고수들에게 한순간 목숨을 잃을 수도 있다는 의미였다.

"다행히 혼자는 아니군."

단보의 말처럼 모습을 보인 사람은 두지관 혼자가 아니었다. 그의 곁에는 두지관과 함께 칠보림으로 들어온 모용세가의 소가주 모용성이 있었다. 그리고 그 뒤쪽으로 오두막에 가려진 곳에 몇 명의 사람이 더 있는 듯했다.

"하지만 그렇다고 하더라도 검산 고수들 앞에 모습을 드러내는 것은 위험한 일이지요."

그런데 파소의 말이 끝나는 순간 갑자기 모습을 드러냈던 모용성과 두지관이 잠시 머뭇거리는 듯하더니, 이내 오두막 뒤쪽으로 사라지는 것이었다.

"도주하는 건가?"

단보가 언짢은 기색으로 말했다.

"지켜야 할 것이 있을 테니까요."

파소의 말에 단보가 고개를 끄덕였다.

"그렇군. 일원만류진!"

"아마도 이곳을 떠나기 전에 죽음을 앞둔 세가의 고수들을 보고 가지 않을 수 없었나 보군요."

"하지만 역시 어리석은 짓이었어."

단보의 말은 사실이었다. 모용성과 두지관이 오두막 뒤로 사라지는 것을 소유거도 발견했던 것이다.

"물건이 움직인다. 쫓아라!"

소유거의 입에서 차가운 명이 흘러나오자 검산 고수들이 자신들이 상대하던 모용세가 고수들은 놓아두고 오두막 뒤로 모습을 감춘 모용성 등을 추격하기 위해 신형을 날렸다.

"막아랏!"

모용동의 입에서 날카로운 명이 터져 나오자 모용세가 고수들이 모용성 등을 향해 신형을 날리는 검산 고수들을 필사적으로 막아섰다.

"이곳을 맡아주게."

소유거가 검산 고수들이 모용세가 고수들에 의해 길이 막히자 왕선모를 보며 말했다.

"알겠습니다. 어서 놈들을 추격하십시오. 아마도 그들이 기보를 가진 듯합니다."

"괄은 날 따라오너라."

소유거의 명에 이괄이 훌쩍 신형을 날려 소유거 곁으로 다가왔다. 그러자 소유거가 모용세가의 고수들이 길을 막고 있는 방향이 아닌, 오른쪽 숲을 향해 몸을 날렸다. 그 뒤를 따라 이괄이 바람처럼 어두운 침엽수림 사이로 사라졌다.

"어쩌지요?"

범우가 사라지는 소유거와 이괄을 보며 조급한 표정으로 물었다. 그런데 단보는 뭔가를 깊이 생각하는 듯한 표정을 지은 채 범우의 말에 답을 하지 않았다.

"어르신!"

범우가 조급한 표정으로 재차 단보의 명을 청했다. 그런데 단보는 범우의 말에는 대답할 생각을 않은 채 오히려 파소에게 물었다.

"어느 쪽이라고 생각하느냐?"

단보의 물음에 파소가 심각한 표정으로 대답했다.

"어렵군요."

"도대체 무슨 말씀들을 하고 계신 겁니까?"

범우가 파소와 단보를 번갈아 보며 답답하다는 듯 목소리를 높였다. 그러자 그제야 단보가 침착한 표정으로 범우의 질문에 대답했다.

"우린 지금 일원만류진의 행방을 고민하고 있는 걸세."

"그야 당연히……."

범우가 말을 하려다 입을 닫았다. 그리곤 재빨리 장내를 한 번 살핀 후 의혹 어린 목소리로 물었다.

"설마 조호이산……?"

"아니라고 할 수 없네. 모용세가 일원만류진은 저 두 노고수에 의해 움직이고 있었네. 그리고 아마도 모용동의 곁에 있는 노고수가 바로 모용현일 걸세. 모용세가 최고의 고수들인 이은(二隱). 그들이 아니라면 누가 일원만류진의 진법서를 지키겠는가?"

"그럼 역시!"

"하지만 그것조차도 또 한 번의 속임수일 수도 있지. 도주한 자들 중 모습을 보이지 않은 이들이 있으니 그들 중에 모용세가의 또 다른 수뇌가 있을 수도 있고……."

"모용굉도 모습을 보이지 않았지요."

파소가 단보의 말을 받았다.

"그렇군. 그 또한 이 흥안령에 있다고 했는데……."

과거 백혼에게 한 팔을 잘린 모용굉은 모용세가와 검산 고수들의 싸움이 치열하게 진행되는 와중에도 장내에 모습을 드러내지 않았다. 그 정도 고수라면 싸움에 큰 도움이 될 수 있음에도…….

"우리도 도박을 해야 하는 건가?"

단보가 인상을 찡그리며 중얼거렸다.

"양쪽 다 쫓으면……."

"그건 좋지 않네. 지금은 사람을 나눌 때가 아니야."

“하면……?”

범우의 물음에 단보가 다시 입을 닫았다. 그조차도 어느 쪽으로 이동해야 할지 감을 잡지 못하고 있었다. 그때 파소가 입을 열었다.

“이곳에 남지요.”

파소의 말에 단보와 범우가 파소를 바라봤다.

“확신하는 거냐?”

“확신할 수는 없습니다. 하지만 어쨌든 모용세가의 운명을 결정지을 물건이라면 당연히 모용세가에서 가장 강한 인물이 지니고 있지 않겠습니까?”

“단순하게 생각하자는 말이군.”

“어차피 도박이니까요.”

“알겠다. 우린 이곳에 남는다.”

단보의 말에 천추군의 고수들이 끌어올렸던 진기를 풀었다. 그런데 그때 장내에 또 다른 변화가 일어났다.

“세가에서 만난다. 모두 목숨을 보전하라!”

검산 고수들과 치열한 대결을 펼치고 있던 모용동의 입에서 짧은 명이 떨어졌다. 순간 모용세가의 고수들이 진을 이룬 사람들끼리 뭉쳐서 번개처럼 장내를 벗어나기 시작했다.

“이런!”

갑작스런 모용세가 고수들의 퇴각에 왕선모가 곤혹스런 표정을 지었다. 그제야 왕선모도 모용세가 고수들의 움직임에 한가닥 의혹이 떠오른 모양이었다.

"셋은 날 따르게. 나머지 사람들은 각자 상대하던 자들을 추격하게. 반드시 목숨을 거두고 그 품속을 확인들 해야 하네."

왕선모의 입에서 차가운 명이 흘러나왔다.

"어디로 복귀합니까?"

검산 고수 중 한 명이 묻자 왕선모가 몸을 날리며 대답했다.

"이곳에 오기 전 머물렀던 성에서 보세."

왕선모의 말이 끝나기도 전에 그의 신형은 이미 모용동과 또 다른 노고수가 사라진 방향으로 사라지고 없었다.

"이젠 정말 결정을 해야겠군."

단보가 파소를 돌아보자 파소가 고개를 끄덕였다.

"당연히 그들을 따라가야겠죠."

모용동 등을 말하는 것이었다.

"그러자꾸나. 가세!"

단보의 말에 얼굴을 가린 천추군 고수들이 일제히 신형을 날렸다. 그들의 모습이 순식간에 장내에서 사라졌다.

지난 세월, 강호를 향한 거대한 야망을 꿈꿨던 이 홍안령 모용세가의 비처에서 대부분의 사람들이 떠나자 숲에는 황량한 침묵이 찾아들었다. 그리고 그 침묵 속에서 치명적인 부상을 입은 검산의 고수 몇몇이 힘겹게 몸을 움직이고 있었다.

추격은 남쪽 숲을 따라 이어졌다. 매서운 찬바람이 북쪽에서부터 밀려와 파소의 등을 떠밀었다.

‘어쩌면 이대로 흥안령을 떠나게 되겠군.’

파소의 마음속에 아쉬움이 생겨났다. 흥안령을 떠난 지 십 년이 훨씬 넘은 파소였다. 일원만류진을 찾아 흥안령에 왔지만 한편으론 자신의 고향과도 같은 곳으로 돌아간다는 설렘도 있었다. 그런데 미처 그 고향의 향수를 느껴보기도 전에 또다시 흥안령을 떠나고 있었다.

‘후, 빨리도 달리는군.’

달빛 아래 순식간에 멀어지는 대목장의 초원을 돌아보며 파소가 가볍게 한숨을 쉬었다. 하지만 언제까지 아쉬움에 매달리고 있을 수는 없었다. 파소가 달리는 속도를 높였다.

추격전은 시간이 지날수록 치열해졌다. 깊은 밤, 곤한 잠에 빠진 산짐승들이 광풍 같은 추격전에 놀라 잠을 깼다가 바람처럼 사라진 무인들을 찾지 못하고 다시 잠들었다.

“역시 왕선모군.”

단보의 입에서 감탄사가 흘러나왔다. 모용세가 최고의 고수들인 모용동과 모용현 등의 전력을 다한 도주에도 왕선모와 모용동 등과의 거리는 점점 가까워지고 있었다. 일원만류진이라면 몰라도 개인의 무공으로 보자면 아무리 모용동이 모용세가 최고의 무인이라 할지라도 무천향 무극동천의 수련자였던 왕선모를 이겨낼 수 없었다.

처음 흐릿하게 보이던 모용세가 고수들의 모습이 이젠 확연히 시야에 들어왔다. 왕선모가 이끄는 검산의 고수들은 어느새 모용세가 고수들의 십여 장 안쪽으로 다가들고 있었다. 그렇게 양측의 거리가 더 이상의 도주가 무의미할 정도로 좁혀지자 불현듯 모용세가 고수들이 달리는 것을 멈추고 왕선모 등을 향해 돌아섰다.

"역시 제법이군. 이 왕선모를 한 시진이나 달리게 하다니."

왕선모가 모용세가 고수들 앞에 내려서며 나직한 음성을 흘려냈다. 그러나 왕선모의 태도에선 상대에 대한 경계심이나 존중의 감정이 전혀 느껴지지 않았다.

"죽을 자릴 찾아왔군."

모용동이 그런 왕선모를 보며 싸늘하게 말했다.

"지금 날 유인했다고 말하고 싶은 건가?"

왕선모가 되묻자 모용동이 무표정한 얼굴로 대답했다.

"그대를 원한 것은 아니었지만 그대라도 상관없지. 물론 추격이 없었다면 더 좋았겠지만, 있다 해도 그대들 정도라면……."

모용동의 표정에도 한결 여유가 있어 보였다. 추격자는 단 넷. 그에 비해 모용동을 따르는 모용세가의 고수들은 모두 일곱이나 되었다. 더군다나 그중에는 모용동과 함께 일원만류진의 중심을 지키고 있던 노고수 모용현도 포함되어 있었다.

"훗, 숫자가 모든 걸 해결해 주지는 않아. 이미 경험하지 않았나?"

"물론 충분히 경험했다, 뼈가 저릴 정도로. 그래서 떠나기 전에 조금이나마 빚을 갚을 기회가 있기를 바랐다. 그런데 설마 그 기회를 찾아올 줄은 몰랐군."

“그래? 그럼 어디 그 빚을 갚아보도록!”

왕선모가 오연한 자세로 검을 늘어뜨리고 모용동 앞에 섰다.

“개진(開陣)!”

모용동의 입에서 나직한 명이 터져 나왔다. 그러자 모용세가의 고수들이 번개처럼 사방의 방위를 점하기 위해 움직였다.

“어딜!”

순간 왕선모의 입에서 차가운 일갈이 터져 나오며 그의 신형이 진을 펼치려는 모용세가 고수들 사이로 바람처럼 파고들었다.

구우웅!

강력한 검기를 담은 왕선모의 검이 무거운 파공음을 일으키며 모용세가 고수들 사이를 휘저었다.

“윽!”

왕선모의 신형이 모용세가 고수들 사이를 관통하자 모용세가 고수 중 한 명이 피를 흘리며 땅 위에 쓰러졌다. 당연히 모용세가 고수들이 펼치고자 했던 진법 역시 미처 시작도 하기 전에 와해됐다.

“난 이 두 늙은이를 맡을 테니 나머지는 자네들이 맡게.”

한 번의 움직임으로 모용세가 고수들의 포진을 와해시킨 왕선모가 그를 쫓아온 검산 고수들을 보며 말하고는 재빨리 모용동과 모용현 앞쪽으로 다가갔다.

"어때, 지금도 빚을 갚을 생각이 있는가?"

왕선모가 도도한 표정으로 모용동을 보며 물었다. 그러자 모용동이 노한 눈길로 왕선모를 바라보다 나직한 음성을 흘려냈다.

"물론 너희들이 무공이 강호에서 짝을 찾기 힘들 정도로 강하다는 것은 인정한다. 하지만 그렇다고 대모용세가가 그리 호락호락한 문파는 아니다."

"나도 인정하지. 대모용세가가 아니라면 그 누가 우리의 손에 지금껏 견딜 수 있었겠는가. 하지만 이제 그 운도 다한 것 같군. 더 이상 도주할 곳이 없을 테니까."

"물론 더 이상 도주할 생각은 우리도 없다. 이곳에서… 승부를 보겠다."

모용동의 눈이 차분하게 가라앉았다. 지금껏 다급하게 도주하던 사람의 모습이 아니었다. 그 침착함이 왕선모를 자극했다. 그러나 왕선모 또한 무성들이 고향이라는 무천향에서 손꼽히는 고수. 상대의 모습에 흔들릴 사람은 아니었다. 대신 그는 말꼬리를 돌렸다.

"묻자. 누구에게 일원만류진의 진법서가 있는가? 앞서 도주한 자들인가, 아니면 그대들인가?"

왕선모의 질문에 모용동이 빙그레 미소를 지었다.

"그건 그대가 우리를 제압한 후 알아보면 될 것 같군."

"뭐, 그도 나쁘지 않겠지."

애초부터 대답을 들을 생각은 없었는지 왕선모가 고개를 끄덕이고는 천천히 검을 들어 올렸다. 그러자 그를 따르던 세 명의 검산 고수 역시 자신들의 병기를 들고 모용세가 고수들을 둘러쌌다.

상황은 기이했다. 검산 고수의 숫자는 넷. 반면 모용세가 고수들은 아직 여섯이나 남아 있었다. 그러나 오히려 적은 수가 많은 수를 에워싸고 있었다. 누가 봐도 기이한 모습, 그러나 장내의 상황은 이상하게도 전혀 어색하지 않았다. 왕선모를 포함한 네 명의 검산 고수가 흘려내는 기세가 워낙 강력해서 여섯 명의 모용세가 고수를 압도하고 있었기 때문이다.

"아! 어디서 그대들과 같은 자들이 나왔는지……."

왕선모 등의 기세를 보며 모용동이 탄식을 자아냈다. 그러자 왕선모가 빙긋 미소를 지었다.

"그대가 내 검에 죽는다면 그 순간 우리가 온 곳을 말해주겠다."

"훗, 그 대답 듣지 않는 게 좋겠군."

"나도 하나 묻고 싶은 것이 있는데……."

"말해보라."

"그대들 둘 중 도대체 누가 우두머린가? 무공으로 보자면 그대가 우두머리 같은데, 칠보림에서의 싸움에서도 그렇고 지금도 그렇고, 오히려 그대의 곁에 있는 인물이 더 중요하게 느껴지니 말이야."

왕선모의 시선이 싸움이 시작된 이후 줄곧 모용동의 곁에 있던 노고수 모용현을 향했다. 그러자 모용현이 여유있는 표정으로 미소를 지으며 대답했다.

"물론 노형님께서 우릴 이끄는 분이시오."

"그대의 이름은?"

"난 모용현이라 하오."

"모용현… 모용세가에 세상에 알려지지 않은 두 명의 고수가 있어 이은(二隱)이라 부른다고 하더니, 그대가 그중 한 명이군."

"본 세가에 대해 제법 아는 것이 많구려."

"물론 아주 오래전부터 지켜보고 있었으니까."

"그대의 말이 맞소. 내가 노형님과 함께 모용세가의 이은이라 불리는 모용현이오. 세상에 나올 생각이 없었는데 그대들 덕에 이렇게 검을 들게 되었구려."

"듣기에 그대가 일원만류진을 해석해 냈다고 하던데……?"

"후후, 그건 좀 지나친 과장이구려. 일원만류진을 해석할 수 있는 사람은 아마도 현재의 강호천하에서는 찾을 수 없을 거요. 혹, 옛 을밀부의 후손이 온다면 모를까. 하지만 을밀부의 종적이 묘연한 것은 이미 수백 년 전의 일이니 그들이 아직 강호에 남아 있다고 말할 수도 없지 않겠소?"

"그러나 어쨌든 그대는 일원만류진을 완성하지 않았는가?"

"완성이라… 그렇지가 않소. 우린 결코 일원만류진을 완성하지 못했소. 일원만류진은 끝을 알 수 없는 진법이오."

"하면 오늘 밤 보여주었던 그 진법은……?"

"아마도 팔 할쯤. 만약 마지막 이 할을 채워 온전히 진이 완성되었다면 오늘 죽는 것은 우리가 아니라 그대들이었을 것이오. 그러나 그 마지막 이 할은 내게 다시 십 년의 시간을 주어도 완성하지 못할 것이오. 그러니 지금의 일원만류진이 우리 모용세가가 완성할 수 있는 최대한이라 말할 수 있을 것이오.”

“그런 말을 하니 그 진법에 점점 더 욕심이 생기는군. 내 생각엔 말이야… 모용현 그대에게 그 진법서가 있을 것 같아.”

“후후, 대답은 같소. 찾아보시길!”

“물론 마다치 않겠다.”

왕선모의 눈빛이 빛났다. 그의 시선이 모용세가의 여섯 고수를 둘러싸고 있는 검산 고수들에게로 향했다. 그러자 그의 시선을 받은 세 명의 검산 고수가 벼락처럼 모용세가 고수들을 향해 뛰어들었다.

차차창!

날카로운 굉음이 하늘로 충천했다. 모용세가 고수들은 어느새 세 명씩 짝을 지어 한쪽은 검산의 세 고수를 다른 한쪽은 왕선모를 상대하고 있었다.

왕선모를 상대하는 모용세가의 소진은 모용동이 이끌고 있었다.

쉬이이익!

왕선모의 검에서 뱀이 기어가는 듯한 소리가 흘러나왔다. 그 소리를 타고 한 줄기 가느다란 검기가 매섭게 모용동 등을 향해 닥쳐들었다.

지이잉!

그 순간 왕선모를 맞이하는 모용세가 고수들의 소형진에서 기이한 소음이 일어났다.

팟!

그리고 한순간 빛줄기가 번쩍하며 모용동이 진 밖으로 검을 뻗어내 왕선모의 검기를 잘라냈다.

"흥!"

검기가 잘리자 왕선모의 입에서 한마디 콧소리가 흘러나오더니 그의 신형이 머리를 아래에 두고 허공에서 빙글 한 바퀴를 회전했다. 그리곤 그 속도를 이용해 강력한 검기를 모용동 등이 만든 진 위에 떨쳐 냈다.

쿠웅!

무거운 파공음과 함께 왕선모의 검기가 진 안쪽으로 파고들었다. 그러자 모용동과 다른 두 명의 모용세가 고수들이 순식간에 진을 풀고 삼방의 방위를 점하며 모용동을 포위했다.

"진이 깨졌으니 이젠 무엇으로 기물을 지킬 것인가!"

왕선모가 노성을 터뜨리며 모용동을 쏠어갔다. 모용동의 얼굴은 어둡게 침잠되어 있었다.

"우두머리보다 강하구나."

모용동의 입에서 나직한 신음성이 흘러나왔다. 모용동이 말한 우두머리란 검산 고수들을 이끌고 나타났던 소유거를 의미하는 것이었다.

"후후, 지혜라면 모를까, 무공이라면 나 또한 대성사께 양보할 생각이 없지."

왕선모는 무천향 무극동천의 수련자다. 무극동천의 수련자
는 무공에 관한한 무천향 최고의 경지에 올라 있는 사람들이
었다. 그런 그였으므로 무공에 있어선 대성사 소유거를 능가
하면 능가했지, 부족하지는 않았다.

"대성사?"

모용동이 위기 중에도 호기심을 드러냈다.

팟!

그리고 그 순간 왕선모가 뻗어낸 검기가 모용동의 옷자락을
길게 잘라냈다.

"고민해 봐야 알 수 없는 말일 것이다. 그보다 지금은 그대
의 목숨을 걱정해야 할 때인 것 같군."

왕선모가 차가운 비웃음을 흘려냈다. 모용동은 왕선모의 공
세에 밀려 속절없이 뒤로 물러나고 있었다.

"놈!"

순간 모용동과 하나의 진을 형성했던 두 명의 모용세가 고수
가 노성을 터뜨리며 왕선모의 양쪽 옆구리를 향해 파고들었다.

쐐애애액!

거친 파공음을 일으키며 왕선모를 향해 닥쳐드는 두 개의
검. 그러나 왕선모의 표정에는 어떤 경계심도 드러나지 않았
다.

"진이 없다면 너희들은 버러지들일 뿐이야."

왕선모의 입에서 차가운 음성이 흘러나오는 순간, 그의 검
이 좌측에서 우측으로 번개처럼 움직였다. 그에 따라 그의 머

리위로 반달 모양의 검기가 무지개처럼 그려졌다.

"크억!"

"크윽!"

다급한 신음 소리가 터져 나왔다. 혈무가 왕선모의 검기가 그린 무지개를 따라 퍼져 나갔다. 그리고 다음 순간 왕선모를 향해 달려들었던 모용세가의 두 문도가 속절없이 땅에 쓰러졌다.

"놈!"

모용동의 입에서 노성이 터져 나왔다. 동시에 그의 검이 다섯 갈래의 검기를 만들어내며 왕선모를 위협했다. 강호에서 절대고수 소리를 듣는 자라도 쉽게 벗어날 수 없는 검기의 그물.

"미리 보따리를 내놓지 그랬나."

강력한 모용동의 공세에도 왕선모는 여유가 있었다. 이제 상대는 겨우 한 명. 지금까지 진의 위력으로 자신을 상대하던 자들이었으므로 진이 없는 상태에서, 그것도 혼자의 몸으로 자신을 상대할 고수는 모용세가 없었다. 비록 그를 향해 달려드는 자가 강호에 알려지지 않은 모용세가 최고의 고수라 할지라도.

휘류류!

달빛을 받으며 기이한 형태로 움직인 왕선모의 검에서 맑은 바람 소리가 흘러나왔다. 모용동의 검기가 달빛이 부서지듯 왕선모의 검에 의해 사방으로 흩어져 나갔다.

“핫!”

노고수 모용동의 입에서 낮은 기합 소리가 터져 나왔다. 그의 신형이 팽이처럼 다섯 번을 회전했다. 그러자 모용동의 신형이 어느새 왕선모의 등 뒤쪽으로 가 있었다.

팟!

이번엔 단 하나의 검기가 모용동의 검에서 뻗어 나왔다. 그러나 위험하기로 따지자면 앞서 그가 펼쳐 냈던 다섯 줄기의 검기를 능가했다. 모용동의 검기가 향한 곳은 왕선모의 목덜미였다. 모용동의 이 일초는 거의 완벽했다. 왕선모의 뒤로 돌아가는 신법과 왕선모를 향해 뻗어낸 일초의 움직임의 거의 동시에 일어났기 때문에 아무리 고수라 해도 결코 피해낼 것 같지 않았다. 그런데,

팟!

한순간 촛불 꺼지는 듯한 미세한 소음이 일어나더니 왕선모의 신형이 모용동의 시야에서 거짓말처럼 사라졌다.

“음!”

모용동의 입에서 자신도 모르는 사이에 신음성이 터져 나왔다. 동시에 그의 시선이 번개처럼 허공으로 향했다.

“끝이군.”

비웃음이 깃든, 그러면서도 조금은 아쉬운 듯한 목소리가 모용동의 머리 위에서 들려왔다. 고개를 든 모용동의 시야에 달빛에 가려 표정을 알아보기 힘든 왕선모의 마른 얼굴이 들어왔다. 그리고 엇갈리며 닥쳐오는 세 줄기의 검기. 모용동은

모든 것이 끝났다는 것을 깨달았다. 이 괴이한 고수의 공격을 피해낼 길을 찾을 수가 없었다.

"아! 모용가여!"

모용동의 입에서 탄성처럼 한마디 절규가 흘러나왔다. 그리고 기계적으로 그의 팔이 움직였다. 모용동의 검이 한줄기 검기를 만들며 왕선모를 향해 휘둘러졌다.

삭!

그리고 다음 순간, 소름 끼치는 절단음이 들려왔다.

"음!"

모용동의 입에서 자신도 모르는 사이에 신음성이 흘러나왔다. 허공으로 하나의 물체가 붉은 피를 뿌리며 날아갔다. 그 물체의 끝에는 검이 들려 있었다. 모용동은 허공을 날아 오 장여 밖에 떨어진 물체를 물끄러미 바라봤다. 방금 전까지만 해도 자신의 일부였던 물체, 그러나 이젠 전혀 그 감각을 느낄 수 없는 물체. 그렇게 모용동은 한 팔을 잃었다, 아주 오래전 곤산 백벽에서 모용굉이 그랬던 것처럼.

"그만 끝내자."

슈우욱!

왕선모의 목소리가 들려오고 그가 만들어낸 검기가 모용동의 목을 향해 파고들었다. 지금까지처럼 화려하진 않지만 사람의 목을 취하기에는 가장 적합한 검초! 모용동은 마치 사형을 언도받은 죄인처럼 자신이 목에 꽂혀드는 왕선모의 검을 응시하고 있었다.

"형님!"

그의 뒤쪽에서 모용현의 목소리가 아련하게 들려왔다. 죽음의 그늘은 이미 모용동을 뒤덮고 있었다. 모용동은 긴 인생을 끝마칠 준비를 담담하게 하고 있었다. 그는 모든 걸 담담히 받아들일 준비가 되어 있는 사람 같았다. 하긴 그가 세상에 태어난 지 얼추 백 년, 이쯤 되면 생명을 연장시키려 애쓰는 것도 추잡한 나이였다.

모용동이 눈을 감았다. 죽음은 어떤 색일까 하는 여유있는 상념이 그의 머리를 스치고 지나갔다. 그 순간,

깡!

쇠 부러지는 소리가 눈을 감은 모용동의 귀에 선명하게 들려왔다. 그 소리가 너무도 강렬해 모용동이 감았던 눈을 떴다.

'살아 있는 건가?

여전히 변함없는 푸르스름한 달빛과 키를 덮는 나무들, 그리고 살아 있음을 증명하는 오른쪽 어깨 어림의 은은한 통증! 모용동은 자신의 목숨이 아직 붙어 있다는 것을 깨닫는 순간 재빨리 신형을 날려 떨어져 나간 오른팔에 매달린 자신의 검을 왼손으로 집어 들었다. 그리곤 번개처럼 장내에서 십여 장 뒤로 물러났다. 그리곤 그제야 무슨 일이 벌어졌는지를 살폈다.

검은 천으로 얼굴을 가린 열 명의 사내. 얼굴을 가렸으니 당연히 그 나이도 짐작할 수 없다. 그리고 그 복면인 중 한 명이 자신의 목을 노리던 적의 검을 막고 있었다.

“누구……?”

모용동이 자신도 모르게 중얼거렸다. 그러나 그의 의문에 대답할 사람은 장내에 없었다. 더군다나 비록 자신의 목숨을 구해줬다고는 해도 이 불청객들이 적인지 아군인지 구분할 수 없었다. 한 가지 확실한 건 적어도 모용세가 고수들은 아니라는 것이었다. 모용세가의 문도라면 자신의 앞에서 얼굴을 가릴 이유가 없었다.

불현듯 등장해 자신의 목숨을 구한 복면인들에 대한 궁금증이 모용동의 머리를 가득 채우고 있을 때, 파소는 왕선모의 검을 막은 채 그의 눈을 바라보고 있었다.

‘향주께서 추천해 무천향에 들었다고 했던가.’

무천향을 놓고 검산과 정종이 일대 격전을 벌일 때 눈앞의 노고수는 검산을 대표해 의방의 도움을 구하고자 무천향주 을도산을 찾아왔었다. 한때 을도산에 의해 무선의 재목으로 인정받았던 그가 자신과 검을 맞대고 있다고 생각하니 파소의 마음은 착잡하기 이를 데 없었다.

“웬 자들이냐?”

필멸의 마음으로 모용동의 머리를 갈라갔던 자신의 검을 막아선 복면인을 앞에 두고 왕선모가 차가운 표정으로 물었다.

“그건 알 거 없고… 일원만류진을 찾았나?”

파소가 일부러 목소리를 굵게 해 물었다. 왕선모가 목소리를 통해 자신의 정체를 알아챌 수도 있기 때문이었다. 파소의 반문에 왕선모는 물론 모용동까지도 놀란 표정을 지었다.

“일원만류진을 알고 있군.”

“워낙 유명해야지 말이야. 이렇게 떼거리로 몰려다니며 욕심을 내는 물건인데…….”

그러나 왕선모와 모용동은 알고 있었다, 일원만류진의 존재를 아는 사람은 강호에 거의 없다는 사실을. 그리고 그것이 모용세가의 손에 있다는 것을 아는 사람은 더더욱 드물었다.

“도대체 어디서 온 자들이냐?”

왕선모가 대답을 듣지 않으면 목이라도 자르겠다는 듯한 표정으로 물었다. 하지만 파소가 답을 줄 수 없는 질문.

“일원만류진은 손에 넣었나?”

다시금 파소가 같은 질문을 던졌다.

“궁금하면 직접 찾아보라.”

왕선모도 더 이상 대화로는 상대의 입을 열게 하기 어렵다고 생각했는지 파소에 의해 막혔던 검을 들어 파소를 가리켰다.

“물론 그 방법도 있겠지.”

파소가 고개를 끄덕이며 단보를 돌아봤다. 그러자 단보가 역시 변성을 한 채 나직한 목소리를 흘려냈다.

“어차피 정리해야 할 사람들이다.”

“그렇군요.”

파소가 가볍게 고개를 끄덕이고는 다시 왕선모를 바라봤다. 그리곤 천천히 입을 열었다.

“그대의 말대로 직접 찾아보지.”

“가능하겠느냐?”

왕선모가 가소롭다는 듯 물었다.

“결과를 보면 알겠지.”

천천히 자신을 향해 걸어오는 파소의 모습을 지켜보던 왕선모의 표정이 변했다. 한 올의 진기도 느껴지지 않는 상대. 그럼에도 빈틈이 없다. 머리를 치면 머리를, 다리를 치면 다리를, 심장을 찌르면 심장을 내줄 것 같으면서도 또한 도저히 원하는 곳을 칠 수 없을 것 같다는 육감이 온몸으로 느껴졌다.

“강호에 그대와 같은 자가 있을 줄은 몰랐군.”

왕선모는 무극동천에 든 고수다. 걸음걸이 하나만 보고도 상대의 무공을 가늠할 수 있는 그였다. 그런 그에게 파소의 움직임은 예사롭지 않아 보였다. 무천향에서조차 흔치 않은 움직임. 자신의 검을 막아낸 건 결코 우연이 아니었던 것이다.

“강호의 기인이사야 모래알만큼 많지 않겠소?”

파소가 여전히 왕선모에게 다가서며 말했다.

“그래, 그렇다고 하더군. 그래서 더 나와보고 싶었는지도 모르겠어.”

왕선모가 스스로에게 하는 말처럼 낮게 중얼거릴 때 파소의 검이 움직였다.

쐐액!

섬뜩한 파공음이 일어났다 싶은 순간 파소의 검에서 생겨난 흰 빛줄기가 순식간에 왕선모의 허리를 잘라갔다.

"읏!"

왕선모의 입에서 다급성이 터져 나왔다. 비록 상대의 무공이 대단할 것이라 생각하긴 했지만 직접 그 공격을 당하자 자신이 생각했던 것 이상의 무공이라는 걸 금세 알아챘던 것이다.

왕선모의 신형이 바람처럼 하늘로 솟구쳤다. 파소의 검에서 뻗어나간 검기는 그런 왕선모의 발끝을 아슬아슬하게 스치고 지나갔다.

"얼굴이나 가리고 다닐 실력이 아니구나."

이런 무공을 지니고도 얼굴을 가리고 있다는 것에 대한 비웃음. 그러나 파소는 왕선모와 더 이상 말을 섞고 있을 생각이 없었다. 특히나 자칫하면 다른 곳에서 모용세가 고수들을 추격했던 검산 고수들이 이쪽으로 들이닥칠 수도 있었다. 도주한 모용세가의 고수들 중 모용동과 모용현 정도의 인물은 없을 터이므로 그쪽의 승부가 이곳에서보다 훨씬 빨리 결정될 것은 분명했다.

팟!

왕선모의 발끝을 스치고 지나간 파소의 검기가 한순간 방향을 바꿔 아래에서 위로 솟구치며 왕선모의 신형을 반으로 갈라갔다.

"지나치군."

왕선모는 자신의 말엔 대꾸도 않고 연이어 공세를 퍼붓는 파소가 마음에 들지 않는 듯 얼굴을 굳히며 자신을 향해 다가

드는 파소의 검기를 향해 맹렬하게 검을 휘둘렀다.

우웅!

왕선모의 검에 공기가 찢어지며 거친 파공음이 일어났다. 그리고 다음 순간 파소와 왕선모의 검기가 거침없이 격돌했다. 그런데,

쉬이익!

갑자기 파소의 검에서 기이한 소음이 일어나더니 파소가 만든 검기가 왕선모의 검기를 옆으로 흘려내며 그대로 왕선모의 몸에 꽂혀들었다.

"큭!"

순식간에 검로를 변경시킨 파소의 검기가 여지없이 왕선모의 칼 든 팔을 깊이 베어냈다. 왕선모의 입에서 신음성이 터져 나오더니 그의 신형이 비틀거리며 허공에서 떨어져 내려 대여섯 걸음 뒤로 물러났다. 파소는 그런 왕선모에게 쉴 틈을 주지 않고 재차 검을 휘둘렀다.

팟!

가볍게 휘두른 파소의 검이 왕선모의 신형 앞에 초승달 모양의 검기를 만들어냈다. 이미 부상을 입은 왕선모가 상대하기엔 너무 빠르고 강한 공격, 왕선모의 얼굴빛이 사색으로 변했다. 잠시 전까지만 해도 모용세가 최고의 고수라는 모용동에게 자신이 가했던 방식의 공격을 이번엔 고스란히 자신이 당하고 있었다.

왕선모의 시선이 무의식적으로 검산 고수들에게로 향했다.

누구라도 일 초의 도움만 준다면 상대의 공격을 피할 수 있을
터였다. 그러나 장내의 상황은 왕선모의 바람대로 진행되지
않았다. 그와 함께 모용세가 고수들을 추격했던 검산 고수들
역시 단보와 다른 여덟 명의 정종 고수에 의해 그 목숨이 이승
을 떠났기 때문이다.

"아아! 어쩌다……."

왕선모의 입에서 자신도 모르게 탄식이 흘러나왔다.

"그러게 향을 떠나는 게 아니었소."

파소가 왕선모만이 들을 수 있는 목소리로 말했다. 순간 왕
선모의 눈이 화등잔처럼 커졌다.

"너… 큭!"

왕선모가 미처 할 말을 다 못하고 입을 다물었다. 어느새 파
소가 만들어낸 검기가 그의 몸 깊숙한 곳을 관통하더니 허공
에서 사라졌다. 치명적인 일격을 허용한 왕선모의 얼굴에서
급격하게 생기가 사라져 갔다. 물론 그의 입 또한 더 이상의
말을 내뱉지는 못했다.

"맞소. 내가 바로 당신이 생각하는 그요."

파소가 등 뒤에서 땅에 쓰러져 내리는 왕선모를 향해 나직
한 목소리로 말했다. 그러나 왕선모가 파소의 말을 들었는지
는 알 수 없었다. 어쩌면 그전에 숨이 끊어졌을지도 모르는 일
이었다.

파소가 왕선모를 베었을 때는 이미 단보와 범우 등 천추군
의 고수들 역시 세 검산 고수의 목숨을 거둔 후였다. 그렇게

한바탕의 싸움이 끝나자 장내가 긴 침묵에 빠져들었다. 살아남은 모용세가의 고수들도, 검산의 배신자들을 벤 무천향의 고수들도 서로를 향해 어떤 말도 꺼내지 않았다.

그렇다고 모용세가 고수들이 원하는 곳으로 갈 수 있는 상황이 아니라는 것은 한 팔을 잘린 모용동도, 길게 옷자락이 잘려 나간 모용현도 잘 알고 있었다. 이 무소불위의 무공을 지닌 복면인들에게도 어떤 목적이 있으리라. 세상에 이유없이 벌어지는 일은 없다. 그러니 복면인들도 분명 모용세가에게 어떤 요구를 할 것이다. 이런 의문들이 머릿속을 가득 채우자 결국 그 의문이 입을 통해 흘러나왔다.

"그대들의 정체는 뭔가? 본 세가에서 무엇을 원하는가?"

모용동의 목소리가 불안으로 잘게 떨리고 있었다.

第六章

보물은 주인에게로

무천향
鄉天武

　"일원만류진!"

　파소의 입에서 냉정한 음성이 흘러나왔다. 순간 모용동과 모용현의 표정이 급변했다. 모용세가의 고수들 중 살아 있는 자는 두 사람을 포함해 겨우 넷. 그런데 자신들의 목숨을 구해 준 이 무서운 무공의 소유자들은 모두 열이나 된다. 그리고 그들은 앞서 자신들을 공격했던 자들과 마찬가지로 세가의 기보, 일원만류진을 요구하고 있었다.

　"늑대를 피하니 호랑이가 나타난 격인가?"

　지혈을 했다고는 하나 모용동의 잘려 나간 팔의 상태는 심상치 않았다. 아마도 조금만 더 있다가는 반드시 목숨을 잃게 될 터였다.

“형님, 이곳은 제가 맡겠습니다. 어서 상처를…….”

모용현이 모용동 곁으로 다가오며 모용동에게 뒤로 물러나 상처를 돌볼 것을 권했다. 그러자 모용동이 고개를 끄덕였다.

“그렇게 하세나. 이런 음흉한 자들과 말씨름을 하는 것 자체가 내 체질에 맞지 않아.”

모용동이 지친 표정으로 고개를 끄덕이며 십여 장 뒤로 물러나 아름드리나무에 몸을 기댄 채 상처를 돌보기 시작했다. 그러자 모용세가 고수 중 한 명이 재빨리 모용동에게 달려가 그를 도왔다.

“일원만류진을 원한다고 했소?”

모용현의 침착한 표정으로 물었다.

‘역시 대단한 심기를 지닌 인물이군. 내가 모용세가주라면 바로 이 사람에게 일원만류진의 진법서를 맡겼을 것이다.’

파소는 궁지에 몰린 상황에서도 침착하게 자신을 상대하고 있는 모용현을 보며 내심 감탄했다. 하지만 오늘은 아무리 모용현이라 해도 일원만류진을 내놓을 수밖에 없는 날이었다.

“그렇소!”

“일원만류진에 대한 소문이 강호에 이렇게 많이 퍼져 있는 줄 몰랐구려. 휴, 비밀을 지키기 위해 이 흥안령까지 온 것인데…….”

모용현이 허탈한 표정을 지으며 고개를 저었다.

“그대가 그 물건을 가지고 있소?”

파소가 모용현의 머릿속을 꿰뚫어 보기라도 하려는 듯 날카

로운 눈빛으로 모용현을 바라봤다. 순간 모용현의 안색이 파
소의 눈빛에 크게 흔들렸다. 그러나 이내 신색을 회복하며 탄
식을 흘려냈다.

"아, 정말 대단한 사람들이구려. 도대체 어디서……?"

모용현은 현명할 뿐 아니라 강호의 고금 역사에 통달한 사
람이었다. 그런 그의 머릿속에도 오늘 그들을 침범한 자들과
지금 눈앞에 서 있는 자들에 대한 어떤 단서도 떠오르지 않았
다.

"난 그 물건의 뿌리와 연관이 있는 사람이오. 그 물건, 그대
가 가지고 있소?"

일원만류진을 요구하는 파소의 태도에는 당당함이 서려 있
었다. 그런데 파소의 말이 끝나는 순간 모용현의 눈에 크게 떠
지며 그의 몸이 잘게 떨렸다. 아마도 적지 않은 충격을 받은
모양이었다.

"일원만류진의 뿌리와 연관이 있다고 했소?"

모용현이 확인하듯 물었다.

"그렇소. 당신은 그 물건이 어떻게 모용세가에 들어가게 되
었는지 알고 있소?"

"물론 나 또한 모용세가의 사람이니 이 물건이 모용세가에
있게 된 연유를 모르지 않소."

모용현이 무겁게 고개를 끄덕였다.

"그렇다면 그 물건이 이미 수백 년 전에 모용세가를 떠났어
야 하는 물건인 줄도 알고 있겠구려."

파소의 목소리는 여전히 차가웠다. 그러자 모용현의 표정이 여러 번 변하더니 침착한 목소리로 말했다.

"물론 왕업이 쇠퇴하면서 기보가 본 세가를 떠났어야 했다는 건 알고 있소이다. 하지만 본 세가에서도 지난 수백 년 동안 이 물건의 행방을 모르고 있었소이다. 우린 당연히 물건의 원주인이 기보를 회수했을 거라 생각하고 있었소. 그런데… 십여 년 전 물건이 주인에게 회수된 것이 아니라 세가의 고대 유적에 묻혀 있다는 것을 알게 되었소. 해서……."

"그 정도로 세세히 알고 있다니 물건이 주인에게 돌아갈 때라는 것 또한 인정하겠구려."

파소의 말에 모용현의 표정이 다시 변했다. 한순간 그의 얼굴에 탐욕의 빛이 스치고 지나갔다. 어느 누가 욕심이 나지 않을 수 있을 것인가? 과거 소수의 씨족으로 천하를 지배하는 왕조를 세울 수 있게 해준 물건이었다. 오늘날 다시 왕조를 세울 수 없다곤 해도 강호를 쟁패할 힘을 줄 수 있는 물건이기도 했다.

특히 물건의 위력은 오늘의 싸움에서 명확하게 증명되었다. 과거 단 한 사람의 괴인에 의해 농락당했던 모용세가 고수들이 비록 패퇴하기는 했으나 그 괴인의 동료인 스무 명의 적을 맞아 하룻밤을 견뎌내고 있었다. 이것은 오로지 일원만류진의 도움 덕분이었다. 그런 물건은 어찌 쉽사리 내놓을 수 있을 것인가?

"그대들이 물건의 원주인이라는 걸 어찌 믿을 수 있겠소, 백

두 현문이 강호에서 사라진 것은 이미 수백 년 전의 일인 것을."

백두의 현문이란 을밀부를 부르는 다른 호칭일 터였다.

"굳이 그걸 그대에게 증명할 필요는 없을 것 같구려."

"그걸 증명하지 못하면 물건의 주인을 자처할 수 없소."

"물건이 그대에게 있긴 한 모양이구려. 제대로 짚은 모양입니다."

파소가 단보를 돌아봤다. 그러자 단보가 고개를 끄덕이며 입을 열었다.

"보시오. 그대도 보았으니 우리가 그대에게서 그 물건을 회수하는 것이 그리 어려운 일이 아니란 걸 잘 알 것이오. 그러니 서로 험한 꼴 보지 말고 그 물건을 우리에게 넘기시구려. 솔직히 말해, 그 물건이 누구나 쉽게 내놓을 수 없는 물건이란 건 알고 있소. 우리가 그 물건의 원주인과 관련이 있는 사람들이라 해도 말이오. 하지만 그 물건을 계속 모용세가에서 소유하고 있다간 모용세가는 멸문을 면치 못할 것이오."

"모용세가에 이 물건을 지킬 능력이 없다고 보시오? 모용세가는 천하를 지배하는 가문 중 한 곳이자 동무림의 패자요."

모용현이 노기를 드러내며 일갈했다.

"휴… 이보시오, 모용 노사. 당신은 몸으로 겪고도 아직 깨닫지 못했소이까? 오늘 그대들을 공격한 자들은 그들이 전부가 아니오. 그들 뒤에는 그들보다 더 무서운 자들이 도사리고 있소이다. 그들이 독하게 마음먹는다면 모용세가는 단 하룻밤

사이에 멸문에 이를 것이오. 그 물건을 욕심내려다가 멸문의
화를 자초할 생각이오?"

모용현은 현명한 자였다. 그는 상대의 말이 자신을 위협하
기 위함이 아님을 알아챘다. 진심을 말하는 상대의 마음을 읽
을 만큼의 심기는 충분히 가지고 있는 모용현이었다.

"정말 오늘 온 자들이 전부가 아니란 말이오?"

"물론. 또한 이제 곧 강호는 그들을 추종하는 자들로 넘쳐
날지도 모르오. 하면 과연 모용세가에서 무슨 힘으로 그 물건
을 지킬 것이며, 세가의 멸문을 막을 수 있겠소이까? 옛말에
보물이 모든 화(禍)의 근원이라 했으니 모용 노사는 이 말을 깊
이 되새기기 바라오."

단보의 말에 모용현이 잠시 생각에 잠겼다가 입을 열었다.

"당신들은 그들과 어떤 관계요?"

"보다시피 서로 피를 봐야 할 관계요. 우리가 저들을 제압한
것은 그 기물 때문만은 아니오. 우린 그들이 강호를 쟁패하려
는 것을 막으려 하는 사람들이라오."

단보가 조금 누그러진 목소리로 말하자 모용현이 깊은 생각
에 잠겼다가 역시 낮아진 목소리로 물었다.

"오늘 물건을 내놓지 않겠다면 어찌 되는 거요?"

"아마도… 서로 원치 않은 일을 해야 할 것이오."

"알겠소이다. 잠시만 기다려 주시오."

모용현이 고개를 끄덕이고는 상처를 치유하고 있는 모용동
의 곁으로 다가갔다. 그리곤 모용동과 뭔가 심각한 대화를 나

누기 시작했다. 그렇게 일각이 흐르자 모용현이 결연한 모습으로 신형을 일으켜 파소와 단보 앞으로 다가왔다. 그리곤 품속에서 보통의 서책보다 반 정도 크기의 그리 두껍지 않은 서책을 꺼내 파소에게 내밀었다.

"물건을 내드리겠소. 그대들이 백두 현문과 관계가 있는 사람들이란 확신은 없소. 하지만 그 물건이 본 세가에 복보다는 화가 될 것이란 건 맞는 말인 것 같소이다."

"잘 생각하셨소이다."

파소가 모용현의 손에서 일원만류진의 진법서를 건네받았다. 그리곤 소중하게 품속에 넣었다.

"자, 물건까지 넘겼으니 이제 우린 그만 가야겠소. 설마 길을 막진 않으리라 믿겠소."

모용현은 아직도 파소 등에 대한 경계심이 남아 있는 모양이었다.

"당연히 길을 막는 일은 없을 것이오. 조심해 가시구려."

파소가 고개를 끄덕였다. 그러자 모용현이 살아남은 모용세가 고수들에게 명을 내렸다.

"세가로 돌아간다."

짧은 모용현의 명에 모용세가 고수들이 모용동을 부축해 걸음을 옮기기 시작했다. 모용현은 세가의 무사들이 모용동을 데리고 숲을 떠는 것을 지켜보고 있다가 문득 파소를 돌아보며 물었다.

"그들이 다시 찾아온다면 오늘의 일을 말해줘도 되겠소?"

“상관없소이다.”

“좋소. 그들이 다시 찾아오면 기물은 본래 주인의 손에 들어갔다고 말하겠소이다. 그럼!”

모용현이 날카로운 눈으로 파소와 단보를 바라보고는 신형을 돌렸다.

“잠깐!”

모용현이 막 걸음을 옮기려는 순간, 파소가 급히 모용현을 불렀다.

“더 하고 싶은 말이 있소?”

“돌아가시거든 모용세가주께 자중하시라 권하시오.”

“협박이오, 충고요?”

“당연히 충고요.”

“충고 고맙소!”

모용현이 차갑게 대답하고는 이내 숲 속으로 사라졌다.

“충고를 들을 것 같지는 않구나.”

“모르죠. 심기가 깊은 사람이니 오늘 검산 고수들을 상대하고 나서 느낀 바가 있을 겁니다. 그럼에도 불구하고 조심하지 않는다면 그건 스스로 멸문을 선택하는 것이니 어쩔 수 없는 일이지요.”

“다른 곳은 어찌 되었을까?”

단보가 그들이 떠나온 흥안령 쪽을 바라보며 중얼거렸다.

“소유거 대성사와 이괄의 도검을 피하긴 쉽지 않을 겁니다.”

“아마도 그렇겠지?”

“대목장님이 걱정이군요. 부디 무사해야 할 텐데.”

“그러게 말이다. 그들을 그대로 보낸 것이 마음에 걸리는구나.”

파소와 단보, 두 사람은 한동안 그 자리에서 북쪽을 바라보고 있었다. 아마도 지금쯤 숲의 어딘가에선 모용세가 고수들과 검산 고수들의 치열한 추격전이 여전히 벌어지고 있을 터였다.

일원만류진을 회수하는 것으로써 홍안령행의 목적을 달성한 파소와 단보는 올 때와는 다르게 느린 속도로 남쪽으로 향했다. 그들의 움직임이 느려진 것은 목적을 달성했다는 안도감 때문이기도 했고, 대목장 두지관에 대한 걱정 때문이기도 했다. 하지만 두지관을 구하기 위해 홍안령의 산록을 헤매고 다닐 수는 없었다. 그저 두지관에게 운이 따르길 바랄 뿐. 그렇게 십여 일을 이동한 일행은 요수를 앞에 두고 걸음을 멈췄다.

요수의 강변에선 반가운 얼굴들이 그들을 기다리고 있었다.

“왔어요?”

짧은 인사지만 그 속에 담긴 진심이 느껴지는 석청의 말. 파소가 말없이 고개를 끄덕이며 석청의 손을 잡았다.

“저런, 마치 몇십 년 만에 만나는 부부 같구나.”

본래 을향은 농이 없는 여인이었다. 과거 파소의 부모가 죽은 이후 을향의 얼굴에선 미소가 사라졌고, 을향의 입에선 가벼운 농조차 흘러나오지 않았었다. 그러던 것이 파소와 석청을 만난 이후 잃었던 과거의 밝은 성정을 되찾은 을향이었다.

을향의 말에 파소와 석청이 얼른 떨어졌다. 그러자 을향이 작은 웃음소리를 흘리며 물었다.

"호호, 그래, 갔던 일은 잘 끝났느냐?"

을향의 물음에 파소가 고개를 끄덕이며 품속에서 일원만류진의 진법서를 꺼내 을향에게 건넸다. 그러자 을향이 조금 굳어진 표정으로 진법서를 건네받으며 중얼거렸다.

"이게 바로 그 문제의 진법서인가 보군."

"고모님께서 보관해 주십시오."

"내가?"

"을씨 가문의 물건이니……."

"그 을씨 가문의 후계자는 네가 아니냐?"

을향의 되물음에 파소가 의미를 알 수 없는 미소를 지었다. 그리곤 재빨리 화제를 바꿨다.

"심양의 상황은 어떻던가요?"

자신의 말을 무시한 파소의 물음에 을향이 눈을 흘기며 입을 열었다.

"썩 좋지는 않은가 보더라."

"무슨 일이 있나요?"

"자세한 건 강을 건너며 네 정인에게 듣도록 하려무나."

을향이 미소를 지으며 말하고는 훌쩍 요수를 건너기 위해 준비해 놓은 배에 올랐다. 파소와 석청은 겸연쩍은 미소를 지으며 을향을 따라 배에 올랐다.

을향과 석청이 준비해 놓은 배는 모두 세 척. 그리 크지 않은 배였기에 한 척에 다섯 이상은 탈 수 없는 크기였다. 파소는 비좁은 배에 올라 석청과 나란히 앉은 후 느리게 흘러가는 요수를 바라보며 배가 강변에서 멀어지기를 기다렸다. 파소가 입을 연 것은 배가 물길을 헤치고 나가기 시작한 지 얼마가 지난 후였다.

"심양엔 가봤어요?"

"며칠 머물렀어요."

석청이 담담한 목소리로 대답했다.

"어때요?"

파소의 질문에 석청의 표정이 모호하게 변했다.

"같은 듯하면서도 변했더군요."

"무슨 말이죠?"

"모용세가는 여전히 동무림의 패자고 오대외가는 그 모용세가를 든든히 받치고 있는 다섯 개의 기둥이었어요. 그런데 그런 겉모습과는 달리 오대외가 사람들의 모용세가에 대한 충성심은 많이 엷어진 듯해요."

"어떤 면에서요?"

"일단 심양에 머무는 오대외가 고수들의 숫자가 십여 년 전보다 훨씬 많아졌어요. 과거엔 오대외가의 고수 절반 정도가 심양에 머물렀지요. 그런데 지금은 칠 할쯤은 되어 보이더라구요."

“특별한 이유라도⋯⋯?”

“아마도 그 일원만류진 때문인 것 같아요.”

“일원만류진 때문이라고요?”

“그래요. 모용세가에선 일원만류진을 연성하기 위해 세가 내에서 뛰어난 고수들을 모두 홍안령에 보낸 듯해요.”

“그렇겠지요. 일원만류진을 익히기 위해선 뛰어난 고수가 필요하니까요.”

“그런데 홍안령으로 간 고수들 거의 대부분은 모두 모용 씨 본가의 인물들이라고 하더군요. 그들은 과거 모용세가 곳곳에서 세가를 든든히 지켜온 자들이지요. 그런데 그들이 모두 빠져나가자 당연히 세가엔 문제가 생겼어요. 결국 그들이 지키던 자리를 오대외가에서 채우게 되었지요.”

“그럼 더더욱 본가와 오대외가의 관계가 가까워져야 하는 것 아닌가요?”

“얼핏 보면 그렇지요. 하지만 깊게 생각하면 꼭 그런 것도 아니에요. 오대외가는 비록 모용세가에 종속되어 있긴 하지만 결국 그 자신들도 강호의 한 문파잖아요. 그러니 그들에게도 자신들의 문파를 유지해 나갈 사람들이 필요하죠. 그런데 그런 오대외가의 사정을 살피지 않고 모용세가주는 무리하게 오대외가의 사람을 끌어다 쓴 것 같아요. 그러는 과정에서 오대외가의 가주들과 보이지 않는 신경전이 있었고, 모용세가주는 일이 자신의 뜻대로 진행되지 않자 힘으로 자신의 뜻을 관철시킨 것 같아요.”

"그렇다면 문제가 되겠군요. 아무리 외가라 해도 문주의 뜻을 물어 일을 처리해 온 것이 모용세가의 전통이었는데……."

파소가 어두운 얼굴로 고개를 끄덕였다.

"사람만이 아니에요. 일원만류진을 연성하는 동안 모용세가는 진이 완성되었을 때를 대비해 강호 곳곳에 거점을 마련해 온 모양이에요. 그 과정에서 막대한 자금이 들어갔는데, 그 자금들이 어디서 나왔겠어요?"

"역시 오대외가가 짐을 졌겠군요."

"그래요. 그래서 지금 오대외가의 사정은 극히 어렵다고 해요. 해마다 늘어나는 본가의 요구에 문파의 기둥뿌리까지 뽑아야 하는 것 아니냐는 푸념이 나오고 있다고 하더군요."

"음… 모용세가주가 무리하게 욕심을 내고 있군요."

"그래요. 그도 모용세가가 동무림이 패자로 군림하려면 오대외가의 도움이 꼭 필요하단 걸 모르진 않을 거예요. 그런데도 오대외가의 감정을 상하게 하면서도까지 강호로 나아가려는 것을 보면 일원만류진에 대한 기대가 크다는 뜻이겠지요. 달리 생각하면 일원만류진만 완성하면 오대외가쯤은 모용세가에 그리 중요하지 않은 존재라 생각할 수도 있고요."

오대외가 동호문 출신인 석청으로선 모용세가주의 그런 행보가 달가울 리 없었다. 석청의 표정이 어두워진 것은 당연한 일이었다.

"그렇다면 현재의 모용세가는 일원만류진을 소유할 자격이 없겠군요."

파소가 담담한 표정으로 말했다.

"모용세가는 어찌 될까요?"

모용세가주의 독선적인 처신은 불만스러웠지만 여전히 동호문은 모용세가의 한 축이었다. 모용세가의 흥망성쇠는 곧 동호문의 생멸과 관계가 있었다. 이래저래 모용세가의 안위가 걱정스러울 수밖에 없는 석청이었다.

"그들의 운명은 그들 스스로에게 달려 있다고 할 수 있지요. 과욕을 부리면… 음, 일단 모용세가로서는 검산 고수들이 일으키는 혈풍에서 비껴나 있을 필요가 있지요. 그래서 이번 홍안령에서의 일이 오히려 그들에게 득이 될지도 모르겠어요. 적어도 일원만류진이 깨진 이상 강호에 대한 욕망은 한풀 꺾일 테니까요."

"검산이 그런 모용세가를 먼저 노리지 않을까요?"

"일원만류진이 그들의 수중에 있을 때는 모르지만 일원만류진이 없어진 이상 모용세가를 공격하는 일은 없을 거예요. 아직은 그들도 그늘 속에서 힘을 키워야 할 때니까요."

"그렇다면 다행이군요. 하면 결국 싸움은 천추군과 검산의 싸움으로 좁혀지겠군요."

"한동안은 그렇겠지요. 두 분 종성께서 그들의 본거지를 찾아내기만 한다면 일은 생각보다 쉽게 끝날 수도 있어요."

을천목과 소법이 이끄는 천추군은 지금 죽림의 고수 고승을 앞세우고 무천향을 떠난 검산 고수들의 정착지를 찾아 북방을 여행하고 있을 터였다. 만약 북쪽으로 향한 천추군이 검산 고수들의 정착지를 찾아낸다면 싸움은 한 번의 대회전으로 끝날 수도 있었다. 그러나 정착지를 찾지 못한다면 결국 오늘과 같은 싸움이 계속될 터였다.

파소와 석청이 모용세가에 대한 이야기를 나누는 사이 배는 어느새 요수를 건너 반대편 강변에 다다라 있었다. 그러자 그곳에서 대성사 을지행이 파소 일행을 맞이했다.

"물건을 회수했다고?"

"다행히 손에 넣었습니다."

"잘됐군. 특히 사람의 손실이 없었다는 것이 다행이로구나."

"모용세가의 전력이 생각보다 강하더군요. 덕분에 검산의 사람들이 고생을 좀 했지요. 우린 좀 더 수월하게 진법서를 회수했고요."

"과연 일원만류진이군. 검산 사람들을 힘들게 만들다니."

"제 눈으로 봐도 욕심이 날 만한 물건이더군요. 검산 사람들을 상대하는 일원만류진은… 정말 대단했습니다."

"그 출처가 어디더냐? 천하에서 가장 신묘한 능력을 지니고 있다는 을밀부가 아니냐? 을밀부에서 나온 물건 중 어느 하나 심상치 않은 것이 없단다."

을지행 역시 을밀부의 후손. 그의 말에서 은연중에 을밀부에 대한 자부심이 느껴졌다.

"일단 대요산으로 가야겠지?"

을지행과 이야기를 나누고 있던 파소의 옆으로 다른 배에 탔던 단보가 다가오며 물었다.

"그래야겠지요. 그런데 북쪽으로 간 사람들에게선 소식이 있었습니까?"

파소가 을지행에 묻자 을지행이 어두운 낯으로 고개를 저었다.

"쉽지 않은 모양이더구나. 워낙 은밀하게 움직인 자들이라 고승 그도 추격의 속도를 높일 수 없는 모양이더라."

"얼른 그들의 근거지를 찾아야 할 텐데요. 그렇지 않으면 그들이 또 어떤 사단을 일으킬지 모릅니다. 더군다나 흥안령에서 왕선모를 비롯한 검산의 인물들이 당한 것이 알려진다면 더더욱 어둠 속으로 숨어들 것입니다."

"아무래도 그렇겠지. 하지만 지금은 달리 방법이 없으니 기다릴 밖에."

"이쪽에서도 추적을 시작할 수 있을 겁니다."

"무슨 말이냐?"

"대요산 기슭에 머무는 자들은 어떤 식으로든 검산의 본진과 연락을 하고 있을 테니까요."

"음, 생각해 보니 그렇구나. 어쩌면 이쪽에서 꼬리를 잡는 게 더 빠를 수도 있겠구나."

"더군다나 그들은 이번에 흥안령에서 큰 손해를 봤으니 필히 검산의 본진과 긴밀한 연락을 주고받으며 향후의 일을 대비할 겁니다."

*　　　*　　　*

　대요산이 요기가 흐르는 붉은 석양에 물들어갔다. 파소는 동굴 앞에서 대요산의 노을을 바라보고 있었다. 어찌 보면 극에 달한 아름다움일지도 모르는 대요산의 저녁 풍경. 그러나 파소는 그 핏빛 노을이 이상하리 만치 마음에 걸렸다.
　'노을은 노을일 뿐, 내 마음이 뭔가를 두려워하는 모양이군.'
　자연이야 언제나 그 자리 그 모습 아니겠는가? 변하는 것은 사람의 마음이고 사람은 자신의 마음이 변한 줄 모르고 자연의 변화만 탓하는 것이 보통이었다.
　그때 한 마리 이름 모를 새가 대요산 위를 한 바퀴 돌더니 이내 대요산 기슭에 자리 잡고 있는 검산 인물들의 마을로 날아내렸다.
　'전서구?'
　파소의 눈이 한순간 반짝였다. 마을로 날아든 저녁 새가 전서구라면 어쩌면 검산 본진의 꼬리를 잡을 수 있을지도 몰랐다. 파소의 신형이 재빨리 숙영지를 벗어났다.
　"어딜 가요?"
　파소의 뒤에서 석청의 목소리가 들려왔다.
　"곧 돌아올게요."
　파소의 대답이 들려왔을 때 파소의 신형은 이미 석청의 시야에서 사라지고 없었다.

"무슨 일이지?"

석청이 고개를 갸웃하며 파소가 바라보고 있던 대요산의 석양으로 시선을 주었다. 그러나 석청은 노을 진 산 이외에 어떤 것도 발견할 수 없었다.

파소의 신형이 우거진 숲을 통과해 마을 서쪽으로 펼쳐진 긴 능선을 따라 이동했다. 그렇게 이각여를 달려 파소는 검산의 대요산 거점인 산골 마을의 북서쪽에 다다랐다. 그리고 그때부터 파소의 움직임이 변했다.

파소가 조심스런 움직임으로 마을을 향해 접근해 갔다. 어느새 대요산의 노을도 사라지고 사위가 어둠으로 물들고 있었다. 덕분에 파소의 신형 또한 그 어둠 속에 파묻혔다.

"이쯤이 좋겠군."

파소는 마을이 한눈에 내려다보이는 작은 구릉 위에서 신형을 멈췄다. 그리곤 재빨리 십여 장이 넘는 높이의 나무를 타고 올라갔다. 나무에 오르자 마을이 더욱 확연하게 들어왔다. 비록 어둠에 싸였다고는 하나 파소의 눈은 마을의 초옥 하나하나를 살피는 데 큰 어려움이 없었다.

"이젠 기다리는 일만 남았군."

파소가 거대한 나뭇가지에 등을 기댄 채 마을을 주시하며 중얼거렸다.

파소는 나무 위에서 반 시진가량을 머물렀다. 그동안 마을
에선 어떤 움직임도 일어나지 않았다. 몇몇 오두막에 불빛이
켜졌다 꺼졌을 뿐, 마을은 평온한 촌락의 모습을 보여주고 있
을 뿐이었다.

"지루하군."

파소의 인내심이야 단보와 을지행도 인정한 것이지만 그런
그에게도 이렇게 아무 일 없이 나무 위에 올라앉아 있는 것은
제법 곤욕스런 일이었다.

"잘못 생각했나?"

파소가 고개를 갸웃거리며 나무에서 등을 뗴었다. 그런데
그 순간 파소의 눈이 반짝였다.

"잘못 생각한 것은 아니군."

파소의 입가에 득의한 미소가 지어졌다.

"준비를 해야겠군. 바람처럼 달려야 할 테니."

파소가 살짝 몸을 일으켰다. 그리고 그 순간 마을의 초옥 중
한 곳에서 한 마리 새가 날아올랐다. 자세히 살피지 않아도 그
새가 노을을 타고 마을로 찾아든 그 전서구임을 짐작할 수 있
었다.

오두막에서 날아오른 새는 천천히 마을을 한 바퀴 돌더니
파소가 있는 작은 구릉을 향해 날아왔다. 그 순간 파소의 신형
이 움직였다. 파소는 재빨리 나무에서 내려오더니 발이 땅에
닿는 순간 바람처럼 북쪽 산기슭을 치달아 오르기 시작했다.

슈우욱!

파소는 발이 땅에 닿지 않는 듯 움직였다. 그러나 자세히 보면 파소는 오 장여 간격으로 가볍게 땅을 박차며 신형을 대요산 중턱으로 밀어 올리고 있었다.

파소는 전력을 다해 경공을 펼치면서도 가끔씩 고개를 돌려 자신의 뒤쪽 하늘에서 낮은 높이로 산기슭을 날아오르는 밤새의 위치를 확인하곤 했다.

그렇게 마치 밤새에게 쫓기듯 산 중턱에 도달한 파소는 산의 흐름이 꺾여 서쪽으로 비탈져 내려가는 지점에서 신형을 멈췄다. 그리곤 재빨리 허리춤에서 검을 꺼내 들었다.

새는 파소의 기척을 전혀 느끼지 못했다. 새는 아무런 두려움 없이 파소가 서 있는 산등성이까지 날아왔다. 파소와 새의 거리는 겨우 십여 장. 본래 낮게 나는 새는 아니었지만 대요산의 높이가 워낙 높아 새와 지면의 거리는 그리 높지 않았다.

파소는 자신을 향해 날아오는 새를 보며 깊게 숨을 들이쉬었다. 그리곤 천천히 새를 향해 검을 들어 올렸다. 잠시 후 마을의 오두막에서 출발한 새가 막 대요산의 서쪽 능선을 넘어갔다. 그 순간 파소의 검이 움직였다.

팟!

미세한 파공음. 그 파공음이 채 사라지기도 전에 새가 깃털을 날리며 땅으로 떨어져 내렸다. 순간 파소의 신형이 바람처럼 움직여 새가 떨어져 내리는 지점으로 이동하더니 새가 미처 땅에 떨어지기도 전에 허공에서 낚아챘다.

"역시!"

파소의 얼굴에 작은 미소가 지어졌다. 그의 시선이 죽어 있는 새의 발목을 향했다. 그 발목에는 작고 검은 전통 하나가 앙증맞게 매달려 있었다.

파소가 조심스런 손길로 새의 발목에서 전통을 풀어냈다. 그리곤 전통의 뚜껑을 열자 그곳에 기름을 먹인 얇은 종이가 돌돌 말린 채 모습을 드러냈다.

파소가 서슴없이 기름종이를 꺼내 펼쳤다. 종이에는 깨알 같은 글씨가 삼십여 자 정도 쓰여 있었는데, 파소는 그 글씨들을 하나하나 찬찬히 읽어 내려갔다.

"생혼단이라… 뭘 말하는 걸까?"

파소가 고개를 갸웃했다.

"생혼단의 준비가 완성될 때까지는 움직이지 않겠다고 했으니 검산 사람들에겐 무척 중요한 물건일 것 같은데……."

그러나 아무리 생각해도 생혼단이란 이름은 처음 접하는 것이었다.

"대성사께서는 알고 계실지도 모르지."

파소가 고개를 젓고는 전서를 품속 깊이 집어 넣었다. 그리곤 죽어 있는 새를 바라보며 우울한 목소리로 말했다.

"미안하구나. 하지만 주인을 잘못 만났으니 어쩔 수 없는 일이었다. 휴, 살려두는 게 나았을지도 모르겠군. 전서구를 쫓으면 검산의 은거지를 알 수 있었을지도. 아니야. 지금이야 대요산을 날아 넘으려 했기에 잡을 수 있었지만 일단 대요산을 벗어나면 추격하는 것이 불가능했을 거야. 나는 새를 무슨 수로 따라잡을 것인가."

나직하게 혼잣말을 내뱉은 파소가 죽은 새를 땅에 묻고는 훌쩍 신형을 날려 장내를 벗어났다.

파소가 천추군의 숙영지인 대요산 남서쪽 동혈에 돌아왔을 때는 이미 달빛이 서쪽으로 한참 기울어져 있을 때였다.

"생혼단?"

을지행이 놀란 얼굴로 파소를 바라봤다.

"예."

파소가 고개를 끄덕이자 을지행이 파소를 보며 놀란 얼굴로 되물었다.

"생혼단은 왜?"

"이걸 보세요."

파소가 전서구에서 찾아낸 전서를 을지행에게 내밀었다.

"어디서 난 거냐?"

"저녁 무렵 마을에 전서구가 날아들었습니다."

"그 전서구를 잡았단 말이냐?"

"예."

"호, 어떻게? 설마 하늘을 날 재주까지 있지는 않을 텐데?"

을지행의 물음에 파소가 미소를 지으며 고개를 저었다.

"대요산 서쪽 능선에서 잡았습니다. 산이 높으니 새도 낮게 날게 마련이지요."

"흠, 그랬구나."

을지행이 고개를 끄덕이며 파소에게서 건네받은 전서구를 펼쳤다. 그리곤 전서구에 써 있는 글씨를 재빨리 읽어냈다.

"생혼단이라……."

"알고 계시는 물건입니까?"

"음… 알고 있지."

"어떤 물건입니까?"

"이건 마승(魔僧)의 물건이다."

을지행이 어두운 표정으로 말했다.

"마승이라뇨?"

파소가 되묻자 곁에서 두 사람의 대화를 듣고 있던 단보가 불쑥 두 사람 대화에 끼어들었다.

"혹, 사백 년 전 서역에서 건너와 천하를 피에 잠기게 했던 그 마승을 말씀하시는 건지요?"

단보의 물음에 을지행에 고개를 끄덕였다.

"자네도 기억하고 있구만. 맞네. 바로 그 마승을 말하는 것일세."

"전 마승은 알아도 생혼단은 모르겠습니다만……."

"생혼단에 대해 알고 있는 사람은 극히 드물지. 자네, 마승의 혈겁을 누가 종식시켰는지 아는가?"

"강호에선 그가 다시 서역으로 돌아간 것으로 전해지지 않았습니까? 그래서 지금도 마승은 불패의 전설로 남아 있는 인물이고요."

"강호엔 그렇게 전해지고 있지만 사실 마승은 불패의 인물이 아닐세. 그가 서역으로 돌아간 건 스스로의 선택에 의해서가 아니라 한 인물에게 패했기 때문일세.”

을지행의 말에 단보가 크게 놀란 표정을 지었다.

“그게 정말입니까? 마승은 지금도 고금제일인의 후보 중 한 명으로 꼽히는 인물인데 누가 그를……?”

“마승을 서역으로 돌려보낸 사람은 바로 무천향의 시조이신 을조인 대종사실세. 물론 을조인 대성사께서 무천향을 연 것은 마승을 패배시킨 후에도 수십 년이 지난 후의 일이지. 을조인 대종사께서 마승을 패배시켰을 때는 그 나이가 겨우 서른 살에 지나지 않으셨을 때라네.”

“아! 그런 일이 있었습니까? 그런데 왜 강호엔 그 이야기가 전해지지 않았을까요?”

“그야 당연히 을조인 대종사와 마승 두 사람이 입을 다물었기 때문이지. 자네도 알다시피 을조인 대종사께서는 강호에 자신의 이름이 알려지는 것을 무척 꺼려하셨던 분이거든. 그래서 무천향이란 강호와 단절된 세계를 만드신 것이고.”

“그렇군요. 그런데 강호사에 전혀 관여치 않으신 것으로 알려진 을조인 대종사께서 왜 마승의 일에는 직접 나서신 걸까요?”

“그 이유가 바로 여기 적힌 생혼단 때문이라네.”

을지행의 말에 파소와 단보의 얼굴에 짙은 호기심이 떠올랐다. 생혼단이 도대체 어떤 물건이기에 강호무림을 등진 대종사 을조인까지 검을 들게 했단 말인가? 파소와 단보, 두 사람의 얼굴을 한차례 바라본 을지행이 천천히 입을 열었다.

"자네도 알겠지만 마승의 행보는 서무림에서 시작해 북무림을 거쳐 남무림으로 향했다가 다시 동무림으로 움직였네. 그가 서북남동 무림을 종횡하는 동안 그를 막아선 이는 모두 죽임을 당했지. 그의 무공은 그야말로 막강해서 아무도 그의 걸음을 멈추게 할 순 없었네. 더군다나 그의 무공은 잔혹하기 이를 데 없었지. 그의 손에 죽임을 당한 사람은 누구나 피골이 상접한 상태로 죽음을 맞이했다네."

"흡정공을 익힌 모양이군요."

단보의 말에 을지행이 고개를 끄덕였다.

"틀린 말은 아니네. 그가 자신이 죽인 자의 정기를 취한 것은 사실이니까."

"극악한 자였군요."

이번엔 파소가 얼굴을 찌푸리며 말했다. 흡정공을 익힌 자들이 강호에 나타나 강호를 어지럽힌 예는 간혹 있었다. 그런 자들은 흡정을 통해 자신의 공력을 높이고자 했는데, 그 말로가 대부분 좋지 않았다. 여러 사람의 상이한 정기를 흡수해 주화입마에 빠지거나, 혹은 무림의 공적으로 몰려 강호 고수들에게 추살되는 것이 보통이었다. 마승 역시 그런 흡정공을 익힌 자였던 것이다.

"그 행위를 보면 극악하다 할 수 있겠지. 하지만 일반적으로 흡정공을 익힌 자들은 무림인이나 일반인 가리지 않고 흡정을 위해 살인을 하는 것이 보통이지만 마승은 달랐다. 그는 오로

지 정당한 비무를 통해 자신의 손에 죽은 자의 정기만을 취했
지. 또한 그는 상대의 정기를 흡수해 자신의 공력을 높이지는
않았다."

"그럼 왜 흡정을 했죠? 강호무림에 두려움을 주기 위해서였
나요?"

"아니다. 그에게도 흡정의 목표는 분명히 있었다."

"그게 뭔가요?"

"그는 흡정을 통해 하나의 단환을 형성하고 있었다. 스스로
말하기를, 일천 고수의 정기를 하나로 모아 천하에서 가장 강
하고, 가장 신묘하며, 신의 경지에 도달할 수 있는 신단을 만들
겠다고 호언했었지."

"설마 그 신단이……?"

파소가 눈빛을 번뜩이며 을지행을 바라봤다.

"오냐. 그가 만들고자 했던 신단이 바로 생혼단이다. 그가
왜 그 신단을 만들려고 했는지는 알 수 없다. 하지만 그가 강
호에 나온 이유는 바로 그 생혼단을 만들기 위해서였지."

"그런 사실이 왜 강호엔 알려지지 않은 것입니까?"

단보가 고개를 갸웃하며 물었다.

"그 이유는 그가 이러한 사실을 오직 을조인 대종사께만 털
어놓았기 때문이네. 그는 대종사께 패한 이후 생혼단에 대한
미련을 접었다고 했네. 또한 그 스스로 자신 저지른 악행의 굴
레가 얼마나 큰 것인지 깨달았다고 하더군. 그는 참회했고, 서
역으로 돌아갔네. 아마 그는 그 이후 순수한 라마로서 살아갔

을 것이네. 을조인 대종사께서는 참회한 그의 죄를 더 이상 입에 올리지 않으셨을 것이고. 해서 생혼단에 대한 이야기는 마승의 전설에서 빠지게 되었던 것이네.”

“그런 뒷이야기가 있었군요. 을조인 대종사께서는 참으로 선인이셨군요. 그런 마인조차 스스로 참회토록 만드셨으니……”

“하지만 그 후손들은 그렇지 못했나 보네.”

“그 후손이라시면……?”

“아마도 우리가 이곳으로 오는 동안 보았던 조산 인근의 혈겁은 반드시 이 생혼단과 관계가 있을 것이네. 마승의 뿌리가 라마교였으니 조산 인근에 나타나 혈겁을 저지른 홍교 밀천궁의 라마승들은 생혼단의 연성을 시도하고 있는 것이 분명해 보이네. 물론 그런 그들과 검산의 배덕자들이 연관되어 있을 것이고… 어쩌면 검산의 배덕자들이 먼저 홍교의 라마승들에게 생혼단의 연성을 요구했을지도 모르겠군. 이 전서에 쓰여진 대로라면 말이야.”

을지행의 말이 끝나자 장내에 잠시 침묵이 감돌았다.

“못난 자들 같으니, 아무리 야망을 위해 무천향을 배신했다고는 해도 설마 그런 마물을 만들려고 하다니… 그래도 어제까지 무천향에서 무도를 수련하던 자들이. 에잇!”

단보가 화를 참지 못하겠는지 말아 쥔 주먹으로 그가 앉아 있던 바위를 쳤다. 그러자 그의 주먹이 닿은 바위의 표면에 선명하게 그의 손자국이 만들어졌다.

　"이 일은 무척 심각한 일일세. 전해지는 이야기가 사실이라면 검산의 배덕자들에게 생혼단이 들어가는 순간, 그들과의 싸움은 무척 어려워질 수도 있을 걸세. 자네도 알다시피 강호의 싸움이란 결국 절대고수의 존재 여부에 의해 승부가 나는 법일세. 생혼단의 효능이 어떤지 눈으로 확인한 것은 아니지만 검산의 고수들 중 생혼단의 힘을 빌려 무선의 경지에 이르는 자가 나온다면 이 싸움의 승패는 쉽게 예측하기 어렵게 될 것일세."
　"결국 놈들이 생혼단을 만드는 걸 막아야겠군요."
　파소가 굳은 얼굴로 말하자 을지행이 고개를 끄덕였다.
　"아마 그래야 할 게다."
　"그럼 다시 조산으로 가야겠군요."

第七章

괴승(怪僧)

“말이 되질 않아!”

우루가 거칠게 탁자를 내려쳤다. 그 힘에 못 이겨 나무로 만
든 허름한 탁자가 두 동강 났다.

“각주! 고정하시게.”

초로의 고수 악전이 우루를 진정시켰다.

“지금 진정하게 됐습니까? 철수라니요? 어떻게 얻은 조산인
데, 더군다나 모용세가만 바라보는 사람들은 어쩌란 말입니
까? 저들에게 그냥 죽기만을 기다리고 하란 말입니까?”

우루가 마치 악전이 명을 내린 것처럼 악전을 보며 쏘아붙
였다.

“어쩌겠는가? 우리는 세가주의 명을 따라야하는 사람들인

데… 무슨 사정이 있겠지.”

“어떤 사정인지 모르지만 오늘 이 조산에서 퇴각을 한다면 모용세가의 명성은 땅에 떨어지게 될 겁니다.”

“그 명예보다 중요한 것이 있는 모양이지. 그리고 우리가 퇴각을 해도 풍청 삼각이 여전히 놈들의 뒤를 쫓고 있으니 아직 놈들을 잡을 기회는 있을 걸세.”

“글쎄요. 우리에게 조산에서 철수하란 명을 내렸는데 풍청 삼각이라고 다르겠습니까? 아마 이 조산의 일에서 완전히 손을 떼려는 생각일 겁니다.”

“무슨 사정이 있겠지.”

“젠장, 사정이 있다면 그 사정이 뭔지 설명을 해야 할 것 아닙니까?”

“휴, 요즘 들어 세가에서 명을 내릴 때 그 이유를 상세하게 설명하는 경우가 거의 없지 않은가?”

“도대체 무슨 일을 꾸미는 것인지. 오대외가는 점점 말라가는데 세가는 점점 강해지고… 이러다가 무슨 일이 나도 크게 날 겁니다.”

“각주, 말조심하시게. 듣는 귀가 있을지도 모르니.”

“하긴 최근 들어 세가주께서 각 외가를 은밀히 감시하고 있다는 말이 있기는 하더군요.”

“각주!”

“아아, 알았습니다. 목숨이라도 제대로 붙어 있으려면 말조심해야지요.”

우루가 한참 비꼬인 말투로 말했다.

"어쨌든 명이 내렸으니 철수 준비를 해야지 않겠나?"

"그래야죠."

우루가 부서진 탁자를 밀쳐 내며 신형을 일으켰다. 그리곤 작은 오두막 문을 부술 듯 밀어젖히며 소리쳤다.

"본가로 철수한다. 모두 준비해! 오늘 저녁 내로 떠날 테니 서둘러라. 늦는 자는 죄를 물을 것이다."

우루의 목소리가 조산을 뒤흔들었다.

"원 성질하고는… 저러다 정말 큰 화를 당하는 게 아닌지 모르겠어."

우루의 뒤에서 악전이 걱정스런 눈으로 우루를 바라보며 중얼거렸다.

파소는 조산을 벗어나는 모용세가의 고수들을 멀리서 바라보고 있었다. 그의 뒤쪽으로는 단보와 석청, 을향, 그리고 범우와 언제나처럼 석청의 곁을 따르고 있는 고담이 서 있었다. 나머지 천추군은 을지행의 지휘 아래 대요산에 남아 심양 인근의 동태를 살피고 있었다.

"물러나는군요."

석청이 씁쓸한 표정으로 말했다.

"어쩔 수 없었을 거네. 흥안령에서 적지 않은 피해를 입었으니 조산을 지키기는 어려웠을 거야."

"그래도 자신들을 철석같이 믿고 있는 조산 인근 사람들을 한순간에 버리다니, 매정하군요."

"그게 세상이지."

"그렇게 된다면 결국 조산 인근 마을은 고스란히 그 흉악한 밀천궁 요승들에게 노출되게 되겠군요."

"거련 형이 이끄는 풍청 삼각이 있잖아요."

파소가 위로하듯 말했다. 그러나 석청은 파소의 말에 고개를 저었다.

"조산을 포기한다는 건 결국 이곳에서 일어난 혈사에 대한 조사를 포기한다는 말일 거예요. 그러니 아마 송 대협도 고수들을 이끌고 세가로 돌아가게 되겠지요."

맞는 말이었다. 홍안령에서 모용세가가 입은 피해는 적지 않았다. 어떤 면에서는 치명적이라 할 수 있을 정도의 피해였다. 동무림의 강자로 자족할 모용세가라면 모르지만, 강호를 향해 야망을 불태우는 모용세가라면 홍안령의 손실은 뼈아픈 것이었다.

검산의 고수들에게 죽어간 세가의 고수들도 고수들이지만 일원만류진의 진법서를 잃은 것은 모용세가주로선 견디기 힘든 일일 터였다. 그동안 일원만류진의 완성에 대비해 강호에 벌여놓은 사업들을 지키는 것도 현 상황에선 힘겨운 터에 조산을 지키고 있을 여력이 잃을 리 없는 모용세가였다. 그러니 모용세가주가 조산에 나와 있는 세가의 정예를 거둬들이는 것은 당연한 일이었다.

"새옹지마라고… 어쩌면 이 일이 모용세가엔 오히려 득이 될지도 모를 것이네. 만약 그들이 흥안령에서 타격을 입지 않았다면 그들을 분명 강호 쟁패에 나섰을 것이고, 그리되면 필연적으로 검산의 사람들과 충돌했을 테니 말일세. 그들이 동무림에 안주한다면 그야말로 일원만류진의 덕을 톡톡히 보게 되는 것이지. 물론 그들이 원하는 방식은 아니지만 말이네.”

단보의 말이 옳았다. 아무리 일원만류진을 완성했다고 해도 모용세가가 검산의 고수들을 감당할 수는 없었다. 그러니 일원만류진이 깨지고 고수들이 상한 것이 모용세가에 꼭 화(禍)가 되는 일은 아니었다.

“하여튼 저들이 떠났으니 우리가 조산에 들어갈까?”

을향이 파소를 보며 물었다.

“그것도 좋겠지요. 어쨌든 이 인근에서 조산만큼 머물기 좋은 곳은 없으니까요. 그런데 그들은 여전히 조산 인근에서 활동하고 있을까요?”

밀천궁의 요승들의 행방이 궁금한지 파소가 고개를 갸웃하며 물었다.

“모용세가 풍청의 추격을 지금까지 피하고 있다면 두 가지 상황을 가정할 수 있겠지. 하나는 조산에서 멀리 도주했을 가능성, 다른 하나는 오히려 등하불명이라고… 조산 인근에 완벽한 은신처를 가지고 있을 가능성. 이렇게 말이다.”

단보의 말에 더해 을향이 파소를 보며 말했다.

“어느 경우든 모용세가 고수들이 떠난다면 그들이 다시 조산으로 돌아올 가능성이 클 것 같구나. 모용세가가 발을 빼다

면 조산은 그야말로 무주공산인 곳, 강호의 시선을 받지 않고
생혼단을 연단하기에 최적의 장소라 할 수 있겠지.”

“그런데 이상한 것이 있어요.”

문득 석청이 입을 열었다.

“뭐가 말인가?”

“과거 마승은 천하 고수들의 정기를 뽑아내 생혼단을 만들
려고 했잖아요.”

“그렇지.”

“그런데 왜 밀천궁의 요승들은 일반인을 대상으로 살겁을
저지르는 것이죠?”

“흠, 나도 사실 그 이유가 궁금했었네. 그래서 대성사께 넌
지시 여쭤봤지. 대성사께서 말씀하시길, 그 이유는 간단하다
고 하시더군.”

“이유가 뭐죠?”

“한마디로 말하자면, 밀천궁의 요승들에게는 과거 천하를
오시한 마승만큼의 능력이 없다는 것이네. 마승은 스스로의
힘으로 천하의 고수들을 제압할 능력이 있었지만 밀천궁의 요
승들에겐 그런 힘이 없다는 거지. 그래서 그들은 자신들의 취
하기 쉬운 일반인을 대상으로 살겁을 저지르고 있는 것이라고
하시더군.”

“그렇게 만들어진 생혼단이 과연 효과가 있을까요?”

무림의 절대고수와 일반인의 정기는 큰 차이가 있다. 일반
인 백 인의 정기를 모아봐야 강호의 절대고수 한 명의 정기를

감당하지 못한다.

"분명 과거 마승이 만들고자 했던 생혼단과는 그 효능에서 큰 차이가 있을 걸세. 더불어 더 많은 목숨, 더 많은 정혈이 필요하겠지. 하지만 그렇다고 해도 생혼단이란 물건은 여전히 무서운 물건일 걸세. 아직 생혼단의 강호에 나온 경우가 단 한 번도 없었기에 그 물건이 어떤 위력을 보일지는 모르겠으나 만약 그 생혼단을 검산의 누군가가 복용하게 된다면… 그 결과는… 음……!"

단보가 나직하게 침음성을 흘려냈다. 생혼단이 검산 고수들에게 주어졌을 때 검산 고수들의 무공 진보는 짐작하는 것조차 두려운 일이었다.

"어쨌든 생혼단이 완성되는 것을 막아야 한다는 거군요."

파소의 말에 단보가 고개를 끄덕였다.

"그래야지. 만약 그들이 생혼단을 얻는다면 아마 향주께서도 강호에 나오셔야 할 것이다."

파소는 단보가 한 말의 의미를 짐작할 수 있었다. 단보가 향주 을도산이 강호에 나와야 할지도 모른다고 말한 것은 검산 사람들에게 생혼단이 주어진다면 을밀부가 무천향에 들어가기 전 봉인한 기물들을 꺼내야 할지도 모른다는 의미였다.

"가볼까요?"

을향이 입을 열었다. 어느새 우루를 선두로 한 모용세가의 고수들이 조산을 완전히 벗어나고 있었다.

'우린 언제나 엇갈리게 되는군. 하지만 언젠가는 네 앞에 서

있을 때가 있을 거야. 그때까지 잘 지내라고, 친구!'

파소가 멀어지는 우루에게 마음속으로 작별을 고한 후 천천히 조산을 향해 움직이기 시작했다.

조산은 험했다. 왜 모용세가가 북삼룡과의 종전(終戰)의 대가로 조산을 원했는지 조산에 오른 파소의 일행은 단번에 알 수 있었다.

대요산에 비하면 그야말로 산이라고 말할 수도 없을 만큼 작은 산. 그러나 조산은 기암절벽이 산의 옆구리를 두르고 있고 산봉우리 또한 거친 바위와 괴목들로 이루어져 있어 천연으로 만들어진 난공불락의 요새였다.

"좋군요."

파소가 조산 정상에 올라서며 입을 열었다.

"모용세가가 욕심낼 만한 곳이구나. 이곳이라면 북쪽이나 서쪽에서 침범해 오는 적을 맞아 소수의 고수로 능히 수개월을 싸울 만하구나. 더군다나 대흑산과 가까우니 모용세가로서는 탐나는 곳이 아닐 수 없을 것이다."

단보도 파소와 같은 생각인 모양이었다.

"그런 곳을 포기했으니 모용세가주가 무척 당혹해하고 있는 것이 분명하군요."

석청이 조금 차가운 음성으로 말했다. 심양에서 모용세가와 오대외가의 사정을 살핀 이후 석청은 모용세가에 대해 예전과 같은 애정을 느끼지 못하는 모양이었다.

일행은 조산의 정상에서 한 시진 정도를 머물렀다. 조산을 중심으로 펼쳐진 작은 마을들을 일일이 헤아렸고, 각 마을에 이르는 산길 역시 꼼꼼히 챙기기를 잊지 않았다. 만약의 경우, 싸움이 벌어졌을 때 지형을 정확하게 숙지하고 있는 것은 커다란 이득이 되기 때문이었다.

"마을이 삼십여 개니 적지 않군요."

"그 말은 다시 말해 아직 밀천궁의 요승들이 노릴 만한 곳이 많다는 의미겠지."

"거련 형이 조사한 것을 전해 들을 수 있다면 그들을 찾는 데 큰 도움이 될 텐데요."

"그렇다고 그들 앞에 나설 수는 없는 문제 아니냐."

"결국 처음부터 시작해야 하는 건가요?"

"어쩔 수 없는 일이지."

단보의 말에 파소가 가볍게 한숨을 내쉰 후 좌우를 돌아보며 입을 열었다.

"일단 한곳에 자리를 잡아 지낼 곳을 마련한 후 밀천궁의 요승들이 혈사를 벌였던 마을을 찾아 그들의 흔적을 쫓기로 하죠."

"하지만 그들이 일을 벌인 것은 이미 오래전의 일이라 흔적이 남아 있겠어요? 차라리 이곳에서 그들이 다시 모습을 드러낼 때를 기다리는 게 낫지 않을까요?"

석청의 말에 파소가 고개를 저었다.

"물론 그 말이 맞긴 하지만 저들이 다시 나타나길 기다린다는 건 조산 인근 마을 사람들의 죽음을 기다린다는 말과 같은 것이니 힘들더라도 미리 조사를 해 혈사를 막을 수 있다면 막는 것이 좋겠지요.”

파소의 말에 석청이 얼른 고개를 끄덕였다.

“그렇군요. 제 생각이 짧았어요.”

“그런데 어디에 숙영지를 마련할 생각이냐?”

단보가 묻자 파소가 손을 들어 남동쪽 능선에 불쑥 튀어나온 바위를 가리켰다.

“저곳이 좋겠어요.”

“하지만 그렇게 되면 북서쪽을 살필 수 없게 되지 않느냐?”

“북서쪽은 초원이니 은밀히 움직이는 자들이 그곳을 택해 움직이지는 않을 거예요. 그리고 밀천궁의 요승들이 검산 사람들과 한 배를 탔다면 대요산과 연결이 되고 있을 겁니다.”

“듣고 보니 그렇구나. 그럼 저곳에 여장을 풀자.”

단보가 동의하자 일행은 서둘러 조산 동남쪽 능선을 타고 내려가기 시작했다. 그렇게 이각여를 이동해 파소가 지목한 장소에 도착하니 산봉우리에서 보던 것보다 훨씬 시야가 넓게 펴져 있었다.

“좋구나.”

단보가 고개를 끄덕였다.

“머물기에도 적당한 것 같아요.”

석청의 말대로 불쑥 튀어나온 바위 아래쪽은 아늑한 공간이 형성되어 있어서 여섯 사람이 머물기에는 충분해 보였다. 파

소와 일행은 서둘러 바위 밑에 여장을 풀었다. 따로 손볼 필요
가 없을 만큼 바위 아래는 아늑했다.

여장을 풀고 난 파소는 훌쩍 바위 위로 뛰어올라 사방을 살
폈다. 멀리 동남과 동북으로 이어진 산길이 눈에 들어왔다. 동
남쪽 길을 따라가면 대요산이, 동북쪽 산길을 따라가면 대흑
산이 나온다. 그러고 보면 조산은 의외로 동서남북 사통팔달
의 요지라고 할 수 있었다.

'역시 모용세가주가 이곳을 포기하기는 쉽지 않았겠어. 그
러나 어쩔 수 없었겠지. 문파의 생존이 우선이었을 테니까.'

조산은 어느새 노을에 물들어가고 있었다. 서쪽으로 펼쳐진
광활한 초원과 그 너머의 사막은 조산의 해를 길게 만들지만
그건 조산 서쪽의 문제였다. 조산 동쪽은 스스로의 그림자에
의해 다른 곳보다 이르게 저녁이 찾아왔다.

조산의 그림자가 동쪽으로 이어지는 두 개의 길을 따라 점
점 길어졌다. 파소는 그 길어지는 그림자를 따라 시선을 옮기
고 있었다. 그런데 어느 순간 파소의 눈이 반짝였다.

'저건!'

파소가 재빨리 바위 앞쪽으로 한 걸음 더 걸어나갔다. 그리
곤 안력을 높여 조산 그림자가 끝나는 지점을 주시했다. 그러
자 몇 개의 붉은색 덩어리들이 은밀하게 조산 그림자 끝을 타
고 움직이는 것이 눈에 들어왔다.

'놈들이다!'

파소는 단번에 붉은색 덩어리들의 정체를 알아챘다. 강호나

세속에서 붉은색 옷을 입는 사람은 극히 드물다. 그리고 이 조산 인근의 마을은 그리 풍족하지 않기 때문에 붉은색 옷감을 구하기도 힘들뿐더러 설혹 옷감이 있다 하더라도 옷을 만들어 입는 사람은 없었다. 아니, 조산 인근뿐 아니라 천하를 뒤져도 붉은색의 옷을 해 입는 사람은 극히 드물었다.

'그러나 오직 한 곳의 무리는 항상 붉은색 옷을 걸쳐 입지. 바로 서장 라마들! 생각보다 일찍 고기가 걸렸구나.'

파소가 훌쩍 바위 위에서 날아내렸다. 마침 저녁 요기를 준비하고 있던 일행이 갑작스런 파소의 등장에 놀라 파소를 바라봤다.

"식사는 나중에 해야 할 것 같습니다."

"무슨 일이 있느냐?"

"요승들이 나타난 것 같습니다."

"어디에?"

단보가 급한 표정으로 물었다.

"동남쪽에서 조산으로 이어지는 길목에 요승들의 모습이 보입니다. 아마도 조산에서 모용세가의 문도들이 물러간 것을 알고 다시 조산으로 돌아오는 것 같습니다."

"그래? 그럼 저녁이나 먹고 있을 때가 아니지. 가보자."

단보가 즉시 자리를 털고 일어났다. 나머지 사람도 서둘러 자리를 정리하고는 자리를 박차고 바위 아래서 뛰어나왔다. 그사이 파소는 이미 멀찍이 앞서 조산 능선을 따라 달리고 있었다.

동무림의 권역에는 수많은 종류의 사람들이 살아간다. 고려인부터 시작해서 한인과 북쪽 몽고인들, 서쪽의 회족까지. 혹은 멀리 서역에서 넘어온 대상들도 간혹 모습을 드러내는 곳이 동무림이었다.

그런데 지금 조산으로 은밀히 스며드는 자들의 행색은 수많은 종류의 사람들이 모여드는 동무림에서도 쉽게 볼 수 없는 모습이었다. 한쪽 어깨를 드러내고 온몸을 휘감은 피처럼 붉은 가사(袈裟)에 귀를 뚫어 금빛 고리를 달았다. 눈은 반쯤 감겨 항시 무엇인가를 생각하는 듯 보였다.

산을 타고 움직이는 그들의 움직임 또한 신묘했다. 거의 무릎을 굽히지 않고 움직이는 듯 보였지만 그 속도는 무척 빨랐다. 그건 곧 공력이 출중한 자들이란 의미였다.

"역시 그들이군."

을향이 나직하게 입을 열었다. 그러자 곁에 있던 단보가 고개를 끄덕였다.

"예전에 서역을 여행할 때 황교의 수도승들을 본 적이 있지요. 물론 저들은 황교의 수도승과는 같은 듯하면서도 조금 다른 모습을 하고 있지만 말입니다. 밀천궁의 요승들이 분명해 보입니다."

"그런데 그들만이 아니군요."

단보의 말이 끝나자 석청이 나직하게 파소에게 말했다. 파소 역시 밀천궁 요승들의 뒤쪽에 보이는 색다른 복장의 삼 인을 이미 발견한 후였다.

"검산의 사람들 같군요."

"역시 그렇지요?"

"그런데 저들의 이름을 알 수가 없군요. 본 적이 없는 사람들이에요. 밀천궁의 요승들과 함께 움직일 정도라면 분명 검산에서도 중요한 위치에 있는 자들일 텐데……."

파소의 말에 단보가 입을 열었다.

"저들은 검산 육가 중 불괴 무인의 무학을 이은 자들이다."

"하면 종성 무무경을 따르는 사람들이란 말인가요?"

"글쎄, 조금 다른 특징을 가진 사람들이긴 하지만 종성 무무경과 한 집안 사람들인 것은 맞다."

"무슨 말씀이시죠?"

"저들이 무무경과 함께 불괴 무인의 무공을 이었다지만 무무경과는 다른 길을 걷는 사람들이란 말이다."

"어떤 사람들이기에……?"

"본래 불괴 무인의 무공은 두 갈래로 전해져 내려온단다. 하나는 도법으로, 너도 알다시피 무무경이나 무자경, 그리고 이괄 등이 그 무공을 전승하고 있지. 사실 불괴 무인 조사의 무공을 잇는 검산 고수들은 대부분 무무경 등과 마찬가지로 그 도법(刀法)을 이어받고 있다 해도 과언이 아니다. 하지만 사실 불괴 무인 조사에겐 도법 말고도 또 다른 신묘한 무공이 있었다."

"무슨 무공이죠?"

역시 무인이란 어쩔 수 없어서 무공에 대한 이야기가 나오자 석청이 눈을 반짝이며 단보의 말을 재촉했다.

"불괴라는 별호에서도 알 수 있듯이 무인 조사는 도법과 함께 불괴의 몸을 연성하기 위해 평생을 노력한 분이셨네."

"외공을 수련하셨단 말인가요?"

파소가 묻자 단보가 고개를 저었다.

"보통의 사람들은 불괴지신을 연성한다고 하면 철갑공 같은 외공을 떠올리지만 무인 조사의 불괴공은 그런 외공과는 차원이 다른 것이었다고 전해지지. 정심한 내공을 바탕으로 몸의 안과 밖을 금강석처럼 만드는 진정한 의미의 불괴공을 연성하신 분이 불괴 무인 조사셨다고 한다. 그러나 그 연성 방법이 지나치게 복잡하고 까다로울 뿐 아니라 평생을 수련해도 불괴공의 연성에 실패할 가능성이 많은 기공인지라 무인 조사의 후예들 중 불괴공을 연성하는 자는 극히 드물었단다. 마치 정종 을씨가에 선검을 익힌 인물이 거의 없는 것처럼 말이다."

"불괴공의 맥이 끊긴 건가요?"

"그건 아니다. 저들이 바로 그 불괴공의 맥을 잇는 자들이니까 말이다."

단보가 밀천궁의 요승들 뒤를 따르고 있는 삼 인의 초로인을 가리켰다. 파소와 석청이 호기심 가득한 표정으로 단보가 가리킨 삼 인을 바라봤다. 그러나 삼 인의 모습에선 전혀 불괴공을 익힌 사람들의 모습이 느껴지지 않았다. 오히려 그들은 보통의 무인들보다도 연약한 몸을 가지고 있는 듯 보였다.

"외양으로는 불괴공을 익혔는지 전혀 알 수 없군요."

"나도 저들이 과연 불괴공에 어느 정도 진보를 이루었는지는 알지 못한다. 하지만 저들이 검산 비처에서 평생 불괴공을 수련한 것은 분명한 사실이다."

"그런데 그런 저들이 왜 밀천궁의 요승들과 함께 움직이고 있는 거죠?"

"음, 본래 불괴 무인 조사의 불괴공 중에는 연단의 술(術)이 큰 비중을 차지한다고 알려져 있단다. 의방의 고수들이 이탈한 이상은 불괴공을 수련하는 사람들이 연단에 관한한 최고의 능력자들이지. 아마도 그래서 저들이 밀천궁의 요승들과 함께 움직이고 있는 것일 게다."

"검산 사람들도 밀천궁의 요승들을 온전히 믿는 것은 아닌 모양이군요. 굳이 저들을 붙여놓은 걸 보면……."

"탁발로는 몰라도 대성사 소유거가 믿는 사람은 아마 천하에 아무도 없을 게다."

단보가 쓸쓸한 미소를 흘렸다. 그러는 와중에 밀천궁의 요승들과 삼 인의 검산 고수가 파소 일행이 신형을 감추고 있는 곳을 지나쳐 조산으로 접어들었다.

"조산으로 갈 생각인가 본데요?"

파소가 의아한 표정으로 말했다.

"그러게 말이다. 이상하구나. 조산에 무슨 볼일이 있을까? 모용세가의 고수들이 물러간 이상 조산 인근 마을을 공격할 줄 알았는데……."

단보 역시 밀천궁 요승들의 움직임이 언뜻 이해되지 않는 모양이었다.

"일단 따라가 보죠."

파소가 나직하게 말을 흘려내고는 은밀하게 신형을 옮겼다. 그 뒤를 따라 단보 등이 어두운 숲으로 스며들었다.

조산으로 들어선 밀천궁의 고수들은 의외로 모용세가 고수들이 머물던 산 중턱의 목채로 향했다.

'도대체 무슨 속셈인지 모르겠군.'

파소가 모용세가 고수들이 지내던 목채로 들어가는 밀천궁 요승들을 보며 고개를 저었다. 하지만 일단 그들이 목채로 들어간 이상 그들의 목채 안에서 무슨 일을 하는지 살펴볼 필요가 있었다.

파소가 재빨리 목채의 오른쪽을 따라 이동했다. 그리곤 밀천궁 요승들이 들어간 남쪽 정문의 반대쪽에서 훌쩍 목채를 날아 넘었다. 단보 등 다른 사람들도 파소와 거리를 두지 않고 목채 안으로 들어섰다.

모용세가의 고수들이 지내던 목채에는 다섯 채의 오두막이 세워져 있었는데, 네 채는 크기와 모양은 서로 비슷했지만 가운데 있는 한 채의 크기는 다른 네 채의 오두막에 비해 배는 컸을 뿐 아니라 그 모습도 제법 모양을 낸 것으로 보아 아마도 조산에 나와 있는 모용세가 고수들의 수뇌부가 머물던 곳인 듯했다.

　파소 등은 가운데 서 있는 커다란 오두막의 지붕 위로 가볍게 날아올랐다. 그와 거의 동시에 밀천궁의 요승들이 파소 등이 올라선 건물 안으로 들어왔다.

　요승들의 숫자는 모두 열다섯. 거기에 검산의 고수 삼 인을 더해 모두 열여덟 명이 들어섰지만 오두막 내부 공간은 오히려 여유가 있어 보였다.

　"정말 모두 물러갔군."

　요승들의 뒤를 따라 오두막 안으로 들어선 검산 고수 중 한 명이 입을 열었다.

　[무영경이란 자다. 불괴공을 익히는 자들 중 가장 뛰어난 인물로 알려져 있지.]

　오두막의 지붕은 설게 지어져 있어 작은 틈으로 오두막 내부가 어렵지 않게 들여다보였다. 단보가 지목한 무영경이란 자는 육십대 중반의 노고수였는데, 멀리서 봤던 호리호리한 몸에 비해 제법 강단있는 듯한 모습을 하고 있었다. 하지만 그럼에도 그가 불괴공을 익히는 인물이라고는 믿을 수 없는 체구였다.

　"이곳에 머물기로 한 생각은 탁월한 선택이었던 것 같소이다."

　무영경의 말을 받아 밀천궁의 요승들 중 가장 연장자로 보이는 자가 입을 열었다.

　"홍첸 라마께서 흡족하시다니 다행입니다."

　무영경이 무천향 고수라는 신분이 어울리지 않는 공손함으로 밀천궁 요승의 비위를 맞췄다.

[저자가 홍첸이군.]

[아는 잡니까?]

단보의 전음에 파소가 물었다.

[얼굴을 보는 것은 오늘이 처음이다. 하지만 소문은 많이 들었지. 밀천궁 최고의 고수라고 알려진 자다. 본래 홍교의 라마들은 기이한 술법에 능한 것으로 알려져 있다. 황교에서는 그 술법들을 오로지 종교의식에만 사용하지만 홍교에선 그 술법들을 적을 상대로 사용하지. 상대를 현혹시키는 것은 물론, 일반인들은 그 술법에 이끌려 홍교의 광신도가 되기도 한다. 홍첸은 바로 그 술법에 있어서 홍교와 황교를 통틀어 최고의 고수로 알려진 자다.]

[제법 유명한 자였군요.]

[술법에 능하다는 것은 곧 서역 불교의 교리와 역사에 정통하다는 것이니 아마도 마승의 생혼단을 재현하는 일은 저자의 머리와 손에 의해 이루어지고 있을 것이다.]

[결국 저자를 제거하면 되는 일이군요.]

[모르지. 알려지지 않은 다른 인물이 있을지도. 하지만 현재까지 알려진 바로는 홍첸 저자가 가장 중요한 인물이라고 할 수 있다.]

파소의 시선이 다시 오두막 안으로 향했다. 단보가 홍첸이라 부른 밀천궁의 요승은 다른 요승들에 둘러싸여 한쪽에 좌정하고 있었다. 그는 반개한 눈으로 무심히 앉아 있었는데, 그

의 실체를 모르는 사람이라면 분명 득도의 문턱에 다다른 고
승이라 생각할 만한 모습을 보여주고 있었다. 그런데 문득 그
의 입에 가늘게 열렸다.

"소 대야께서 추진하신 일이 틀어졌다고 했소이까?"

어색한 한어. 하지만 자신의 의사를 분명히 밝힐 정도로 정
확한 발음이었다.

"그렇습니다."

"소 대야께선 무척 치밀하신 분인데 그분께서 실패하는 일
도 있으시구려."

홍첸의 눈이 조금 더 크게 떠졌다. 그러자 그의 눈에서 붉은
혈광이 흘러나왔다.

"일에는 언제나 변수가 있게 마련이고 신이 아닌 이상은 그
모든 변수를 통제할 수가 없는 법이지요. 소유거 대성사께서
도 어쩔 수 없는 변수가 발생했으니 운이 없었다고 할 수 있지
요."

'밀천궁의 요승이 소 대야라 부른 사람은 대성사 소유거인
모양이군. 그렇다면 이번 일에 밀천궁을 끌어들인 인물 역시
대성사 소유거란 의미. 참으로 독한 사람이구나. 수많은 피가
흐를 줄 알면서도 밀천궁의 요승들을 끌어들여 생혼단을 만들
려 하다니……'

파소의 얼굴이 절로 찌푸려졌다. 밀천궁을 끌어들여 생혼단
을 만드는 일은 지금까지 소유거가 꾸몄던 일들과는 차원이
다른 일들이었다. 생혼단을 만들기 위해서는 수백, 수천의 목

숨이 필요했다.

"소 대야께선 운에 운명을 맡기는 분이 아니시지요."

홍첸의 다시 입에서 나직한 음성이 흘러나왔다. 그의 목소리에선 대성사 소유거에 대한 굳은 믿음이 느껴졌다.

'도대체 소유거는 어떻게 밀천궁의 요승들의 마음을 얻은 것일까?'

한편으로 대단한 능력이라고 할 수 있었다. 무천향 밖으로는 거의 나오지 않았던 소유거가 어떻게 강호를 떠도는 밀천궁의 고수들을 끌어들일 수 있었는지는 확실히 풀리지 않은 의문이었다.

"그래서 더더욱 이번 일이 중요하다고 말씀하셨습니다."

무영경이 다짐을 받으려는 듯 말했다.

"모든 것은 부처의 뜻에 따라 이루어질 것이오. 소 대야께서도 그 사실을 잘 알고 계실 것이오. 부처께서 천하를 불국정토로 만들길 원하신다면 당연히 이번 일은 이루어질 것이오."

홍첸이 은은한 혈광을 흘려내며 말했다.

'흥, 과연 부처께서 천인의 피를 뿌리는 너희들의 악행을 보살피실지 모르겠구나. 그나저나 홍첸 저자의 공력이 심상치 않게 느껴지는군. 얼핏 보기엔 불괴공을 수련한다는 무영경 저자와 비슷한 공력을 지닌 듯하군.'

파소가 홍첸의 괴변에 실소를 흘리면서도 그가 흘려내는 기세에 내심 감탄했다.

"언제 출행할 생각이신지……?"

무영경이 조심스런 목소리로 홍첸에게 물었다. 무영경이 홍첸에게 예를 다하는 것은 그가 생혼단의 연단에 가장 중요한 인물이기 때문만은 아닌 듯했다. 대무천향의 고수인 무영경이 조심할 정도로 홍첸의 기운은 특별했던 것이다.

'무천향의 초청을 받았으면 능히 은하의 계곡을 통과하고도 남음이 있는 인물이다.'

파소가 홍첸 라마의 기운에 감탄하는 사이 홍첸이 무영경의 질문에 대답했다.

"오늘은 이미 날이 저물었으니 쉬도록 합시다. 출행은 내일 이른 아침에 서둘러 하지요. 그간 모용세가의 추격자들이 있어 생혼단의 연성이 꽤 지체되었으니 서둘러야지 않겠소이까?"

"알겠습니다. 그렇게 하지요. 그리고……."

무영경이 조심스레 홍첸의 표정을 살피자 홍첸이 고개를 끄덕이며 말했다.

"하실 말씀 있으면 어려워 말고 하시오. 이젠 한 식구나 다름없는데 못할 말이 뭐가 있겠소이까?"

홍첸의 말에 무영경이 안도하는 표정으로 입을 열었다.

"대성사께서 각별히 조심하라는 전언이 있으셨습니다."

"흠, 지금도 충분히 조심하고 있지 않소이까? 해서 모용세가의 그 하찮은 추격에도 몸을 숨겼던 것이고……."

"대성사께서 걱정하시는 것은 모용세가가 아니라 제삼의 인물들입니다."

“제삼의 인물이라면 누굴 말하는 것이오?”

“그것이… 어쩌면 향에서 나온 사람들이 조산 인근에 있을 수도 있다는 전언이셨습니다.”

“향이라면… 무천향을 말하는 것이오?”

“그렇습니다.”

무영경이 고개를 끄덕였다. 그런데 홍첸의 입에서 흘러나온 무천향이란 말은 파소와 단보 등을 놀라게 하기에 충분했다.

‘무천향의 존재를 이야기해 줄 만큼 그렇게 가까운 사이였단 말인가? 그저 한 번 이용하고 버릴 존재들이 아니란 말이군.’

검산 사람들이 밀천궁의 요승들에게 무천향의 존재와 그 안에서 일어난 내분을 이야기했다는 것은 의외의 일이었다. 비록 그들이 무천향을 뛰쳐나왔다 하더라도 무천향의 존재는 쉽사리 외부에 흘릴 수 있는 것이 아니었다. 그런데 밀천궁 요승들에게 무천향의 존재가 전해졌다는 것은 결국 밀천궁과 검산이 그만큼 밀접하단 의미였다.

“무천향이라… 물론 소 대야과 탁발 노야 등 검산의 고수들을 보았으니 무천향이란 곳의 사람들이 보통 사람들이 아님은 충분히 알겠소이다. 하지만 이 홍첸 또한 천하에 그 누구도 두려워하지 않으니 너무 걱정하지 말라 전해주시구려.”

“물론 대사의 신변을 걱정하는 것은 아닐 것입니다. 단지 그들로 인해 이번 일이 방해를 받을까 그걸 걱정하는 것이지요.”

“알겠소이다. 소 대야께선 모든 것에 철저한 분이시라는 걸 알고 있으니 그런 의미에서 그 걱정, 고맙게 받아들이겠소이다. 충분히 조심해서 움직일 것이라 전서를 보내주시구려.”

“알겠습니다. 그럼 편히 쉬십시오.”

“내일 봅시다.”

홍첸 라마가 고개를 끄덕이자 무영경이 공손하게 허리를 숙여 보인 후 오두막을 벗어났다. 오두막을 벗어난 무영경은 홍첸 라마가 들어 있는 오두막 왼편의 작은 오두막으로 들어갔다.

무영경이 오두막을 벗어나는 순간 파소 등도 홍첸이 들어 있는 오두막의 지붕에서 물러났다. 홍첸의 오두막에 남아 있어보았자 이제부터 그들은 서장말로 대화를 나눌 테니 더 이상 그들에게서 얻을 정보가 없었다. 대신 파소 등은 재빨리 무영경 등이 들어간 오두막 지붕에 올랐다.

“어서 전서를 써서 대성사께 보내시게.”

파소 등의 막 무영경 등이 들어간 오두막의 지붕에 올랐을 대 무영경의 목소리가 들려왔다.

“알겠습니다!”

무영경과 동행한 검산 고수의 목소리가 들려오더니 잠시 후 오두막 창을 통해 한 마리 전서구가 밤하늘로 날아올랐다.

“다들 수고하셨네. 오늘은 푹 쉬세. 내일부터는 다시 바빠질 테니까.”

“그런데 우린 언제까지 저 요승들의 시중을 들어야 하는 겁니까?”

검산 고수 중 한 명이 무영경에게 불만을 토로했다.

“생혼단이 완성될 때까지는 어쩔 수 없는 일이지.”

“생혼단이란 물건이 그토록 대단한 물건입니까?”

“대단한 물건이지. 마승의 전설은 자네도 알고 있지 않은가?”

“하지만 전설은 전설일 뿐이지 않습니까?”

“꼭 그렇지도 않은 것이, 이미 현재까지 연단한 것만으로도 을씨가의 을밀선단에 버금갈 것이라는 게 대성사님의 판단이셨네. 물론 사람의 정혈을 뽑아 연단한 것이니 선기에 있어서는 도저히 을밀선단에 비할 바 아니지만 말일세.”

“휴, 전 사실 이렇게까지 해야 하는가 싶은 생각도 듭니다.”

검산 고수의 말에 무영경이 달래듯 말했다.

“자네들의 심사를 모르는 것은 아닐세. 하지만 어쩌겠는가. 이미 우린 천하를 향해 달리기 시작했네. 천하를 얻는 일이 어찌 깨끗하기만 하겠는가?”

“하지만 생혼단은 너무 많은 피를 요구합니다. 그것도 무공을 모르는 일반인을 상대로…….”

“이건 무천향에 있을 땐 상상조차 할 수 없었던 일이지요.”

“어쩌겠는가. 일단 받은 명이니 따를 수밖에…….”

“요즘은 가끔 대성사님에 대한 회의가 들기도 합니다.”

“이 사람! 말조심하게. 세 분 종성님과 대성사님의 대한 불경은 곧 죽음으로 이어질 수 있음을 잊지 말게.”

“언제부터 이렇게 말조심을 해야 됐는지도 모르겠습니다. 무천향에서는…….”

“이곳은 무천향이 아닐세. 이곳은 강호야. 또한 우린 더 이상 무도를 수련해 무선에 이르려는 수련자들이 아닐세. 천하를 욕심내는 야심가들이란 말일세. 그러니 무천향의 향수는 그만 잊게. 우리가 세 분 종성님과 대성사님을 따라 무천향을 떠나는 순간 우리의 운명은 다른 쪽으로 결정되었다는 걸 잊어서는 안 되네. 다신 그런 말 하지 말게.”

“알겠습니다. 하지만 답답한 마음은 어쩔 수 없군요.”

“휴, 나도 그렇다네. 일단은 빨리 생혼단이 완성되길 바라야겠지. 그래야 저 음흉한 요승들에게서 벗어날 테니까.”

“그런데 생혼단이 완성되면 그 생혼단은 누구에게 전해지는 것입니까? 설마 밀천궁의 요승들이 주인이 되지는 않겠지요?”

“물론 그들에게 생혼단이 돌아가는 일을 없을 걸세. 그래서 우리가 이곳에 있는 것 아닌가? 생혼단이 완성될 즈음에는 대성사께서도 이곳으로 오실 것일세. 아직은 누가 생혼단의 주인이 될지 모르는 일이지만 예상컨대 이목(二木)이 그 주인이 되지 않겠는가?”

“그럴 가능성이 가장 많겠군요. 이목(二木)은 검산의 미래를 책임질 사람들이니까요. 그렇게만 된다면야……”

“어쨌든 그런 고민은 나중에 해도 늦지 않을 걸세. 일단 내일의 일을 준비해야겠지.”

“이번엔 어딥니까?”

“무나촌일세.”

　말을 하면서 무영경이 지도가 그려진 두루마리를 펼쳤다. 나무 지붕 틈으로 파소의 눈에도 무영경이 펼친 지도가 어렴풋이 들어왔다.

　"크군요."

　"지금까지의 마을 중에는 가장 크지."

　"위험하지 않을까요?"

　"모용세가의 추격이 있을 때라면 모를까, 일단 그들이 조산을 떠난 이상 걱정할 것은 없네."

　"조산에 있던 자들만 있는 것은 아니지 않습니까? 오히려 모용세가 풍청의 인물들이 더 걱정 아닙니까?"

　"모용세가가 조산에서 발을 뺐다는 것은 곧 이 일에서 손을 뗀다는 의미일 걸세. 그러니 풍청의 인물들도 추격을 중지했을 걸세. 최근 들어 풍청 인물들의 모습이 보이지 않는 것도 그 이유일 걸세."

　"그렇다면 일단 걱정할 필요는 없겠군요."

　"그렇기는 한데……."

　무영경의 말투가 왠지 모르게 불안했다.

　"달리 걱정되시는 것이라도……?"

　"이번 홍안령의 일 말일세. 대성사께서 가시고도 실패를 했단 말이네. 물론 모용세가에 큰 타격을 입혀 그 덕에 우리의 일이 편해지기는 했지만 애초의 목적은 달성하지는 못했다고 하더군."

　"대성사께서 직접 나서신 일이 실패하는 경우는 거의 없었지요."

"그래서 걱정이란 것일세. 대성사께선 제삼의 인물이 개입했을 가능성이 크다고 보시는 듯하네."

"제삼의 인물이요?"

"아무리 모용세가 최고의 고수들이 나섰다 해도 왕 노사께서 돌아오시지 못할 수 있다고 보는가?"

무영경의 말에 그와 대화를 나누고 있던 검산 고수가 잠시 침묵을 지키다가 대답했다.

"그렇군요. 왕 노사라면 모용세가의 그 누구도 상대가 되지 못하지요."

"더군다나 왕 노사 혼자가 아니었네. 왕 노사와 그분을 따르는 사람들 모두가 돌아오지 못했어. 결국 누군가 중간에 개입했다는 말이지."

"누가……?"

"휴, 제일 가능성이 큰 사람들이 있네. 그리고 솔직히 그 때문에 대성사께서도 걱정하고 있는 것이고……."

"그럼 역시?"

"그렇다네. 우린 모두 무천향의 추격자들을 걱정하고 있다네."

파소와 단보 등이 과거 모용세가의 고수들이 쓰던 목채를 떠난 것은 제법 밤이 깊어서였다. 그들은 일단 조산 동쪽의 숙영지로 돌아왔다. 그리고 짧은 잠을 청한 후 미처 해가 뜨기도

전에 다시 숙영지를 떠나 밀천궁의 요승들이 머물고 있는 목
채에서 조산 아래로 내려가는 길목에 자리를 잡고 있다가 새
벽처럼 목채를 나서는 밀천궁 요승들의 뒤를 따르기 시작했
다.

第八章
송거련

조산에서 남쪽으로 오십여 리 산길을 달리면 무나촌이 나온다. 조산 인근에선 가장 큰 마을로 호구 수만 백여 호에 살아가는 사람이 도합 오백여 명, 워낙 벽지에 위치한 조산이기에 오백여 명의 인구는 결코 적은 수가 아니었다.

더군다나 무나촌은 조산 인근 마을들의 중심으로 한 달에 두 번 큰 장이 서는 곳이기도 했다.

"대담하군, 무나촌을 노리다니. 눈이 많은 곳인데……."

단보가 빠르게 움직이며 나직한 목소리를 흘려냈다.

"홍안령에서의 실패로 서두르는 것 같아요."

파소가 앞을 가로막는 아름드리나무를 왼쪽으로 감아 돌며 말했다. 달리는 속도는 한숨도 줄어들지 않은 상태였다.

“우리의 존재를 느끼고 있을 게다.”

“그렇겠지요. 그들의 행보를 방해할 존재는 우리밖에 없다고 생각할 테니까요.”

“흠, 북쪽으로 간 사람들이 조심해야 할 터인데…….”

“걱정하지 않으셔도 될 겁니다. 을천목 종성님이라면 어떤 상황도 여유있게 대처하실 겁니다. 그리고 검산의 전력 또한 사방으로 분산되어 있으니 전력으로 보면 오히려 천추군이 앞선다고 할 수 있고요.”

“그래 을 종성님이라면 믿을 수 있지.”

단보가 고개를 끄덕이는 사이 일행은 푹 꺼진 분지를 향해 내리 달리고 있었다. 눈부시던 햇살이 분지로 들어서는 순간 하늘을 가린 나무에 의해 어둠으로 변했다. 음습한 습기가 사방에서 몰려왔다. 음지에서 자란 키 큰 나무들이 밤처럼 빛을 가렸다.

“이런 곳이 있었나?”

어둑한 숲을 달리며 단보가 고개를 갸웃거렸다. 본래 조산은 서쪽 초원과 사막에 접해 있어 습하기보다는 건조한 지역이었다. 그래서 산에도 숲보다는 암벽이 많았다. 그런데 지금 일행이 들어선 곳은 그런 조산의 본래 풍경과는 너무도 상이했다.

“마치 남만의 숲에 들어온 느낌이군.”

단보가 다시금 그들이 들어선 숲의 풍광에 의아한 기색을 드러낼 때 갑자기 파소의 손이 머리 위로 올라갔다. 순간 무섭

게 달리던 일행이 거짓말처럼 움직임을 멈추고 자세를 낮췄
다.

"뭐냐?"

단보가 나직한 속삭임으로 파소에게 물었다. 그러자 파소가
손을 들어 밀천궁의 요승들이 달려나가고 있는 앞쪽 능선의
서쪽 산비탈을 가리켰다.

"저건!"

단보의 입에서 나직한 탄성이 흘러나왔다. 파소의 손이 향
한 서쪽 산비탈, 푸른빛이 감도는 무복을 입은 일단의 인물들
이 밀천궁의 요승들을 향해 빠른 속도로 치달아 내리고 있었
다. 그대로 내려온다면 아마도 일각 후 양쪽이 정면으로 충돌
할 것이 분명했다.

"모용세가의 문도들이에요."

석청이 다급한 목소리로 말했다.

"모두 퇴각한 것이 아니었나?"

을향의 목소리에서 걱정이 묻어났다.

파소는 산비탈을 달려 내려오는 모용세가 무사들을 일견하
고는 이내 그들의 정체를 알아봤다. 아무리 멀어도 송거련의
모습은 다른 사람들과 구별된다. 껑충 큰 키에 마른 체구, 그리
고 수십 장 밖에서도 느낄 수 있는 그 쓸쓸함.

"거련 형……."

파소가 자신도 모르게 나직한 목소리를 흘려냈다.

"풍청 삼각이란 말이에요?"

석청이 놀란 얼굴로 파소의 어깨를 잡으며 물었다. 파소가 무겁게 고개를 끄덕였다.

"어떡하죠? 저대로 두면 밀천궁의 요승들과 그대로 마주치게 될 텐데……."

"아마 거련 형은 그걸 원하고 있는 모양이에요."

"요승들의 움직임을 알고 움직였다는 말인가요?"

"아마도 그럴 거예요. 지금까지 그들을 쫓고 있었으니까요. 밀천궁의 요승들이 모용세가 고수들이 모두 퇴각한 것으로 알고 방심한 사이 풍청 고수들에게 꼬리가 잡힌 거지요."

"어쩌죠? 밀천궁 요승들의 무공은 알 수 없지만, 저들 중에는 검산의 고수가 셋이나 있잖아요."

무영경 등 검산 고수 삼 인이라면 송거련이 이끄는 풍청 삼 각의 고수들이 감당해 내기 힘들 터였다.

"다시 한 번 얼굴을 가려야겠군요."

파소가 침착한 목소리로 말했다.

"관여할 생각이냐?"

단보가 조금 걱정스런 표정으로 물었다.

"어차피 오늘 저들의 행보를 막을 생각이었잖아요."

"하지만 그리되면 모용세가에 우리의 모습이 너무 많이 노출되는 것 아니겠느냐? 이미 흥안령에서 모용동 등에게 우리의 존재가 알려졌는데……."

"그렇다고 거련 형이 위험에 빠지는 것을 두고 볼 수는 없지요."

“너에게 그토록 중요한 사람이냐?”

“아마도 다섯 손가락 안에 들걸요.”

“그 다섯 손가락 안에 나도 있느냐?”

단보가 심각한 분위기에 어울리지 않게 농을 던졌다.

“글쎄요?”

파소가 고개를 갸웃하더니 훌쩍 숲 속으로 뛰어들었다. 파소의 손에는 이미 검은 천이 들려져 있었다.

“원 녀석……..”

단보가 그런 파소를 보며 서운한 듯 말을 흐리자 석청이 단보를 지나치며 말했다.

“서운해 마세요. 아마도 저 사람의 마음속에 가장 크게 자리 잡고 있는 사람은 어르신일 테니까요.”

위로의 말을 던져낸 석청의 신형이 어느새 파소를 따라 숲으로 사라지고 있었다.

“흠, 아무래도 그렇겠지? 하지만 어디 석부인만 할까. 후후.”

단보가 얼굴에 흡족한 미소를 짓고는 두 사람의 뒤를 따랐다.

파소 일행이 밀천궁 요승들을 따라 잡았을 때는 이미 모용세가 풍청 삼각의 고수들과 밀천궁의 요승들이 팽팽하게 대치한 후였다.

“드디어 만났군.”

밀천궁 요승들 앞에 나와 선 사람은 당연히 풍청 삼각의 각주인 송거련이었다. 송거련의 몸에서는 강호 대협의 기운이 물씬 흘러나오고 있었다.

'모용굉 어른께 가르침을 받았다더니 헤어질 때와는 천지 차이구나.'

파소 자신의 무공도 송거련과 만무시에 도전할 때와는 다른 경지였지만, 송거련 역시 그때의 그와는 완전히 달라져 있었다. 백혼의 추격에서 사경을 헤매는 모용굉을 호위해 구사일생 살아 돌아온 이후 송거련은 북마가를 떠나 모용굉의 곁에서 수년을 머물렀다.

모용굉은 그런 송거련에게 아낌없이 무공을 전수했다. 본래 무공에 관한 탁월한 재능을 지니고 있던 송거련은 모용굉의 가르침을 솜이 물을 빨아들이듯 흡수했다.

그렇게 오 년이 지나 송거련은 모용굉의 곁을 떠나 풍청의 각주가 되었다. 당시 모용굉은 자신의 곁을 떠나는 송거련을 보며 향후 십 년이 지나면 동무림 최고의 검객이 될 것이라 자신했다고 한다. 송거련이 풍청의 각주가 된 것도 모용굉이 모용세가주에게 풍청의 한 각을 맡길 것을 청했기 때문이었다.

본래 풍청각 세 명의 각주는 모용세가의 혈족이 맡는 것이 원칙이었으나 모용세가주 모용중광은 모용굉의 청을 흔쾌히 수락했다. 그가 보기에도 송거련의 능력이 범상치 않아 보였고, 또한 사경을 헤매는 모용굉을 끝까지 포기하지 않고 데리고 돌아왔으니 모용세가에 대한 충성심도 의심할 바 없다고 생각한 묘용중광이었다.

그렇게 풍청 삼각의 각주가 된 지도 어느새 다시 오 년이 훌쩍 지나 십 년을 바라보고 있는 나이, 이제 모용세가에서 이 타성의 풍청 삼각주를 가볍게 보는 사람은 아무도 없었다.

모용세가의 직계 혈족인 모용가의 후기지수들도 송거련만은 극히 어려워하는 것이 작금의 현실이었다.

물론 개중에는 송거련의 거만해 보일 수도 있는 무심함을 못마땅해하는 사람들도 있었지만 그 감정을 송거련 앞에서 드러낼 만한 사람은 드물었다.

그렇게 모용세가가 강호에 자랑할 만한 고수로 성장한 송거련이 밀천궁의 요승들 앞에서 무심한 시선을 흘리고 있었다.

"함정이었나?"

홍첸의 입에서 송거련만큼이나 무심한 목소리가 흘러나왔다. 행적을 따라 잡힌 자의 당혹감이나 길을 막아선 자에 대한 분노 같은 것은 한 올도 느껴지지 않았다. 누군가 홍첸의 모습을 본다면 정말 득도한 것인가라는 의문을 떠올릴 만큼 무심한 모습.

"함정?"

송거련이 살짝 감정을 드러냈다.

"조산을 포기하고 떠난 듯 함정을 파고 우리가 조산에 나타나길 기다린 것인가?"

홍첸이 좀 더 알아듣기 쉽게 자신의 생각을 말했다.

"뭐, 결과는 비슷하지만 의도한 것은 아니오."

"의도하진 않았다?"

"난 그저 어떤 자들이 이런 흉악한 일을 벌였는지 그 정체를 알기 전엔 돌아가기 싫었을 뿐이오. 해서 세가의 명을 며칠 어기기로 한 것이오. 그리고 그 결과는… 만족스럽군."

송거련의 말에 홍첸이 호기심을 드러내며 가만히 송거련을 응시했다. 그렇게 얼마간의 침묵이 흐른 뒤 홍첸이 천천히 말했다.

"특이한 친구군. 불문에 드는 것도 좋을 듯……."

"한때는 중 노릇을 해볼 생각도 있었지만 그대와 같은 혈승이 되길 원한 것은 아니었지."

"껄껄껄, 혈승이라… 생사의 경계가 존재하지 않는다는 걸 알면 혈승이든 마승이든 가릴 게 없다는 걸 이해하게 될 터인데……."

"궤변이나 듣고자 기다린 것은 아니고!"

"그래, 원하는 것이 뭔가?"

"일단 이유를 듣고 싶구려. 도대체 왜 아무 죄 없는 양민을 학살한 것이오?"

송거련의 눈 깊은 곳에서 한 줄기 차가운 분노가 흘러나왔다. 그러나 그 분노는 송거련의 겉모습이 흘려내는 무심함에 이내 허공으로 희석되어 날아갔다.

"음… 글쎄, 어찌 대답해야 할까? 아마 죽은 자들이 전생에 나에게 큰 빚을 진 모양이지. 이생에 죽음으로 갚아야 할 만큼!"

"훗, 망할 놈의 땡 중 같으니, 그러니 제집에서 쫓겨났지."

"놈!"

송거련의 차가운 비웃음에 무심하던 홍첸의 얼굴에도 분노의 감정이 드러났다.

"밀천궁의 마승들이겠지?"

홍첸의 분노에 아랑곳 않고 송거련이 차갑게 쏘아 붙였다.

"호기가 지나치구나."

"밀천궁의 마승들이 천하를 떠돌며 강호를 어지럽힌다는 말은 예전부터 들어왔지. 하지만 무공을 모르는 사람들을 떼로 도륙할 만큼 타락한 중들인 줄은 몰랐군. 고향에서 쫓겨난 자에겐 쫓겨날 만한 이유가 있었던 것이야."

송거련의 말은 홍교의 후신인 밀천궁이 서장불법의 정통을 황교에 내어주고 서장에서 밀려난 것을 비꼬는 것이었다.

"그 말이 널 죽음으로 이끌 것이다."

홍첸의 눈에 혈광이 일렁였다. 비록 주류에서 벗어났다고는 하나 홍첸은 과거 무천향을 세운 대종사 을조인과 겨뤘던 마승의 유학을 이은 자, 그 몸에 깃든 공력은 당금 강호 최강자 중 하나라 할 만했다. 그러나 그런 홍첸의 분노에도 송거련은 전혀 동요하는 빛이 보이지 않았다.

"생과 사의 경계가 존재하지 않는다 했으니 죽음을 두려워할 필요는 없지 않겠는가?"

"그렇다면 죽는 걸 억울해하지는 않겠구나."

“누가 적멸의 세계에 들지는 두고 봐야겠지.”

“좋다. 네게 본 궁을 능멸할 자격이 있는지 보아야겠다.”

홍첸이 차가운 말을 내뱉고는 좌우에 늘어선 밀천궁의 라마들 중 한 명에게 시선을 주었다. 그러자 홍첸의 뒤에 시립해 있던 초로의 라마가 홍첸에게 합장을 해 보이고는 천천히 송거련 쪽으로 걸음을 옮겼다.

“난 목의라 하오.”

홍첸보다도 더 어눌한 한어. 그러나 흘려내는 기세는 무상한 홍첸과 반대로 강렬하기 이를 데 없었다. 밀천궁 라마가 자신의 이름을 말하자 송거련이 고개를 까딱였다. 마치 타락한 요승과는 말도 섞고 싶지 않다는 듯, 그러자 목의라 이름을 밝힌 밀천궁 라마의 표정이 변했다. 호탕한 듯하던 그의 얼굴에 한 줄기 마기가 스치고 지나갔다.

“시주가 원한 죽음이니 날 원망치 마시구려.”

라마 목의의 말에 송거련이 지루하다는 듯 다시 한 번 고개를 끄덕였다. 순간 목의의 눈에서 붉은 혈광이 번뜩이더니 가볍게 손을 털었다. 그러자 입고 있던 붉은 가사 안에서 두 자루의 괴도가 흘러나오더니 자연스럽게 그의 손에 들어갔다.

길이는 그의 팔보다 짧았으나 도면은 거의 한 뼘에 이르는 괴도(怪刀), 중간중간 물고기 지느러미와 같은 비늘을 달고 있어 한눈에 보아도 위험하기 이를 데 없는 물건이었다.

본시 이런 괴도를 사용하는 사람은 둘 중 하나다. 병기의 괴이함으로 상대를 위협하려는 하수거나, 혹은 그 괴이한 병기를 능숙하게 다룰 줄 아는 고수.

라마 목의가 괴도를 손에 들자마자 순간 붉은 가사를 휘날리며 송거련을 향해 뛰어들었다.

송거련은 자신을 향해 화조(火鳥)처럼 날아드는 요승을 변함없이 무심한 시선으로 바라보고 있었다. 그는 허리에 찬 검조차 아직 뽑아 들지 않고 있었다.

"오옴!"

라마 목의의 입에서 기이한 기합성이 흘러나왔다. 동시에 양손에 들고 있던 그의 괴도가 바람개비처럼 회전하기 시작했다.

우우웅!

거친 파공음이 괴도를 타고 흘러나왔다. 목의가 날아가는 길목은 그의 가사가 만들어내는 붉은빛과 괴도가 만들어내는 눈부신 은빛으로 번쩍였다.

한순간 송거련이 가볍게 뒤로 손짓을 했다. 그러자 그를 따르는 아홉 명의 모용세가 풍청 고수가 재빨리 십여 장 뒤로 물러났다. 수하들을 뒤로 물린 송거련은 요승 목의가 만들어내는 강렬한 빛 속에 홀로 서 있었다.

그리고 잠시 후 목의가 만들어내는 붉은빛과 은빛의 광풍이 송거련을 단번에 휩쓸었다. 그 순간, 한 줄기 푸른빛이 송거련의 허리춤에서 허공을 향해 사선으로 뻗어 올라갔다. 막 비추기 시작한 아침 햇살이 송거련이 만들어낸 푸른빛에 반으로 쪼개졌다.

"웃!"

순간 누구에게선지 모를 다급한 목소리가 흘러나왔다. 그러나 목소리의 주인공은 금세 가려졌다. 송거련의 허리춤에서 푸른 검기가 허공을 향해 뻗어나가는 순간, 그를 감쌌던 붉은 색과 은빛의 요기로운 광채가 한순간 사라져 버리면서 라마 목의가 달려들던 속도의 배 이상으로 송거련으로부터 물러났던 것이다.

"산방에서 참선이나 할 것이지!"

송거련이 물러나는 목의를 그대로 둔 채 혀를 찼다. 목의의 붉은색 가사는 어느 틈에 길게 갈라져 단단하게 단련된 그의 근육을 고스란히 내보이고 있었다.

"제법이구나."

송거련의 번개 같은 반격에 뒤로 물러난 목의가 송거련을 노려보며 말했다. 한차례 격돌에서 손해를 보았지만 목의의 표정에선 전혀 패배를 인정하는 기색이 보이지 않았다.

"고집이 세군."

여전히 전의를 드러내는 목의를 보며 송거련이 차갑게 말했다. 그러자 목의가 다시금 혈광을 흘려내며 살기 어린 음성을 흘려냈다.

"이번엔 결코 쉽지 않을 것이다."

어눌한 말투 속에 차가운 살기, 그러나 송거련은 미동이 없다. 그런 송거련을 붉은 눈으로 노려보던 목의가 그 자리에서 천천히 자세에 변화를 주기 시작했다.

우우웅!

다시금 그의 손에 들린 괴도에서 파공음이 일어났다. 목의가 한 손의 괴도는 땅으로, 다른 한 손의 괴도는 하늘을 향해 치켜들었다. 그러자 괴도와 괴도 사이에 은은한 은색 기운이 채워지기 시작했다.

그렇게 팽팽하게 진기를 끌어올린 목의가 한순간 일갈을 터뜨리며 두 개의 괴도를 송거련을 향해 던져 냈다.

"요옴!"

라마 목의의 특유의 고함 소리가 깊은 산속을 뒤흔들었다.

휘류류류릉!

목의의 손을 떠난 두 개의 괴도가 마치 하나로 붙은 듯 열십자 모양으로 회전하며 송거련을 향해 날아갔다. 무공의 끝이라는 이기어도는 아니었다. 목의가 시전한 무공은 뛰어난 비도술이었다. 그러나 목의의 비도술은 이기어도(以氣馭刀)가 부럽지 않을 만큼 정교하면서도 강력했다.

보통의 경우 비도술을 사용하는 자들은 작은 비도를 빠르게 날려 보내 상대의 급소에 꽂아 넣는다. 그런데 라마 목의의 비도술은 여타의 비도술과는 상이했다. 일단 그의 도는 비도술에 어울리지 않게 크고 무거웠다. 그런데 그런 목의의 괴도가 목의만의 독특한 비도술을 만들어내는 이유였다.

목의의 도가 가진 넓은 도신과 중간중간 튀어나온 비늘들로 인해 목의는 이기어도가 아님에도 이기어도에 버금가는 무척 정교한 비도술을 시전할 수 있었던 것이다.

그 화려한 비도가 송거련의 몸을 두 동강 낼 듯이 달려들었다. 순간 송거련의 검이 움직였다. 그의 검은 날렵했으며 한 올의 군더더기도 없었다. 그의 검은 두 개의 괴도가 교차되어 있는 지점, 마치 하나의 도로 연결되어 있는 듯한 그 지점을 거침없이 베고 지나갔다.

쩡!

순간 정에 돌 깨지는 소리가 일어나더니 하나로 붙어 열십자 모양을 형성하고 있던 목의의 도가 허공에서 두 개로 분리됐다.

차앙!

순간 맑은 마찰음이 일어나더니 송거련의 검이 두 개의 도를 마치 검에 붙인 듯 휘젓다가 그대로 목의를 향해 날려 보냈다.

“엇!”

목의의 입에서 다시 다급성이 터져 나왔다. 그의 도가 자신의 의지와 달리 자신을 향해 달려들고 있었다. 이 황당한 상황에 목의가 붉은 가사를 휘날리며 허공으로 치솟았다. 허공으로 치솟는 목의의 가사 자락을 송거련이 되돌려 보낸 두 개의 괴도가 두 갈래로 찢어놓았다.

“으음…….”

목의가 찢어진 채 바람에 휘날리는 가사 자락을 부여잡으며 낮은 신음성을 흘려냈다. 붉게 상기된 얼굴로 자신의 가사를 벤 후 뒤쪽 아름드리나무에 날아가 박힌 자신의 도를 재빨리 뽑아 든 후 다시금 송거련을 향해 달려들려 했다.

"그만!"

그런 그의 움직임을 홍첸이 막았다. 그의 표정은 처음보다 무척 굳어져 있었다. 송거련의 무공이 생각보다 훨씬 고강했기 때문이었다. 특히나 목의의 비도를 되돌려 보내는 수법은 가히 강호절정의 검객에게서나 볼 수 있는 수법이었다.

놀란 것은 홍첸만이 아니었다. 멀리 떨어져 송거련과 목의의 대결을 보고 있던 파소 역시 내심 크게 놀라고 있었다. 애초에 송거련의 기세에서 그의 무공이 예전과 많이 달라져 있다고 느끼기는 했지만 이 한 번의 싸움에서 보여준 송거련의 무공은 파소가 예상했던 것 이상의 경지를 보여주고 있었다.

'더군다나 검이 변했어.'

파소가 알고 있는 송거련의 검은 북마가의 절예 북풍검이었다. 북풍검의 특징은 북풍한설이 몰아치는 듯한 거칠음, 그 앞을 막는 것이 무엇이든 강력한 검풍으로 날려 버릴 듯한 강맹함이었다. 그런데 지금 목의를 상대하는 송거련의 검에서는 그 북풍검의 특징이 전혀 엿보이지 않았다.

오히려 송거련의 검은 흠 하나 없이 매끄러웠으며 한편으론 부드럽기까지 했다. 파소는 과거 그런 검을 본 적이 있었다.

'예전 곤산 백벽에 갔을 때 모용굉 그의 검이 딱 그러했었지. 그렇다면 결국 거련 형은 북마가의 무공을 버리고 모용세가의 검을 얻었구나. 그렇게… 거련 형은 북마가와의 인연을 정리한 것인가?

파소의 마음 한쪽에 쓸쓸한 기운이 차올랐다. 그와 송거련, 그리고 두우루는 북마가를 중심으로 이어진 인연이었다. 그런데 그중 한 명인 송거련이 그 북마가와의 인연을 완전히 정리한 듯 보였다.

'하긴 당연한 일이겠지. 초산 누이를 그렇게 보냈으니 어찌 북마가와의 인연에 연연할 것인가?'

그렇게 이해를 하면서도 파소의 마음 한쪽에는 송거련이 북마가의 무공을 버렸다는 것에 일말의 서운함이 남아 있었다. 그건 아마도 여전히 북마가의 소가주가 두우루이기 때문일 터였다.

"과연 본 궁의 앞을 막아설 자격이 있군. 예상외야. 모용세가에 그대와 같은 젊은 고수가 있을 줄은 몰랐어."

홍첸 라마가 목의의 패배에도 불구하고 오히려 담담한 미소를 지어내며 송거련에게 칭찬을 늘어놨다.

"모용세가는 동무림의 패자요. 강호무림의 패자(覇者)가 되는 것은 그리 간단한 일은 아니지 않겠소? 몰락이 무엇인지 경험해 보았으니 잘 알 것 아니오?"

송거련이 홍첸의 심기를 긁었다. 강호의 패자로 군림하는 모용세가와 서장을 떠나 강호를 떠도는 밀천궁의 처지를 비꼰 말이었다. 평소 송거련의 성격으로 보자면 이런 심계를 쓸 사람은 아니었지만 송거련 역시 눈앞의 괴승이 만만치 않은 자란 걸 느끼고 있었기에 그가 할 수 있는 모든 걸 동원해 홍첸을 흔들고 있었다. 강호란 이렇게 가끔은 마음에 들지 않아도 동원할 수 있는 모든 수단을 동원해 싸워 이겨야 하는 곳임을 송거련은 너무 잘 알고 있었다.

"독심까지. 좋아! 만약 모용세가의 개가 아니었다면 강호에 일가를 이뤘을 것이다."

홍첸이 천천히 몸을 일으키며 독한 말을 해댔다. 그러나 송거련은 홍첸의 도발에 미동도 하지 않았다.

"대사, 저희가 맡지요."

홍첸이 신형을 일으키자 검산의 고수 무영경이 한 걸음 앞으로 나서며 싸움을 자청했다. 그로서는 생혼단을 연성하는 데 가장 중요한 인물인 홍첸이 혹시라도 실족할 것이 두려웠기 때문이다.

무영경이 나서자 파소 일행의 안색이 급변했다. 지금은 비록 홍첸의 비위를 맞추느라 자신을 낮추고 있지만 무영경은 불괴 무인의 무학을 이은 고수였다. 그가 나선다면 아무리 모용굉의 무공을 전수받은 송거련이라 할지라도 싸움을 승리로 이끌기는 어려웠다. 무천향과 강호의 차이는 그렇게 바다와 강의 차이처럼 멀었다. 그러나 파소 등의 걱정은 홍첸에 의해 사라졌다.

"아니오. 이 대단한 모용세가의 젊은 고수는 본 궁을 모욕했고, 이 홍첸은 본 궁에 대한 모욕을 타인에게 갚아달라고 부탁할 정도로 약하지 않소."

　단호한 홍첸의 말에 무영경이 무슨 말인가를 꺼내려다 이내 입을 닫고 뒤로 물러났다. 무영경 역시 이 늙은 요승의 고집을 꺾을 자는 대성사 소유거밖에 없다는 것을 알고 있었다.

　무영경을 물러나게 한 홍첸이 세 걸음 앞으로 나서더니 갑자기 두 팔을 들어 올렸다.

　우웅!

　순간 길게 늘어져 있던 그의 붉은 가사 자락이 공기가 가득 찬 것처럼 부풀어 오르기 시작했다. 한껏 진기를 머금은 붉은 가사에선 가는 진기의 마찰 소리가 날카롭게 흘러나오고 있었다.

　"아주 오래전 천하는 본 궁의 선조 앞에 무릎 꿇었다. 법륜이란 분이지. 그러자 그분께 능멸당한 강호는 가소롭게도 그분께 마승이란 이름을 붙였다. 후후, 능멸당한 자의 치졸한 자존심 같은 거겠지. 오늘날 그분의 존재를 기억하는 무림인은 거의 없고, 더불어 서장 무공의 무서움을 아는 자도 드물다. 하지만 이제부터 천하는 알게 될 것이다. 강호를 무릎 꿇린 법륜라마의 무공이 여전히 서장에 전해지고 있음을!"

　홍첸의 눈에서 붉은 혈광이 일렁였다. 모든 것을 태워 버릴 만큼 뜨거운 홍첸의 안광 앞에서 송거련의 표정 또한 딱딱하게 굳어졌다. 홍첸의 기세는 앞서 송거련을 상대했던 목의에 비할 바 아니었다. 송거련이 천천히 검을 가슴 앞으로 들어 올렸다. 그리곤 홍첸의 기세에 밀린 듯 두 걸음 뒤로 물러났다.

　"역시 좋군. 승한 기운은 맞서는 것보다 일단 피하는 것이 좋지. 그 이치를 알고 있으니 너의 경지가 보통이 아님을 인정할 수밖에 없다. 하지만 네가 날 감당할 수는 없을 것이다. 네가 내 손에 십 초를 버틴다면 네 목숨을 살려주마."

홍첸의 입에서 절대자의 기운이 묻어나는 목소리가 흘러나왔다. 그러나 여전히 송거련은 말이 없었다.

"준비를 해야겠어요."

석청이 파소 곁으로 바싹 다가들며 말했다. 석청이 보기에 송거련이 홍첸을 이겨낼 수 없을 것 같아 보이는 모양이었다.

"기다려 봐요."

그런데 파소는 생각이 다른지 석청의 어깨를 잡았다. 그러자 석청이 파소를 돌아봤다.

"송 대협이 저 요승을 이길 거라고 보시는 거예요?"

"이기진 못해도 십 초는 버틸 수 있을 것 같아요."

그러자 석청이 더 걱정되는 표정으로 물었다.

"저 요승이 약속을 지킬 것 같아요? 저들은 타고난 마인들이라고요."

"마인도 자존심은 있지요. 그리고 그가 약속을 지키지 않으면 그때 뛰어들어도 돼요."

"그럴 기회가 있을까요?"

"거련 형은 그렇게 약하지 않아요."

파소의 대답에 석청이 한 걸음 뒤로 물러났다. 걱정이 사라진 것은 아니지만 언제나 파소의 말을 신뢰하는 석청이었다.

그사이 홍첸이 독수리가 사냥감을 향해 날아들 듯 송거련을 향해 가사를 활짝 펼치고 날아들었다. 홍첸의 손에는 어떤 병기도 들려 있지 않았다.

웅!

적수공권으로 순식간에 송거련의 머리 위까지 날아온 홍첸이 팽팽하게 솟구친 가사 자락을 강하게 떨쳐 냈다. 그러나 마치 쇠처럼 단단해진 가사 자락이 송거련의 머리를 단번에 부술 듯 닥쳐들었다.

"핫!"

순간 송거련의 입에서 기합성이 터져 나오더니 그의 두 발이 매끄럽게 움직이며 홍첸의 가사 자락을 머리 위로 흘려보냈다. 동시에 가슴 어름에 있던 그의 검이 하늘로 솟구쳤다.

팟!

검기라고 하기엔 미약한 가느다란 빛줄기가 홍첸의 신형을 아래에서 위로 뚫고 올라갔다.

"역시 좋군."

홍첸의 입에서 다시 탄성이 흘러나왔다. 힘보다는 속도를 우선한 송거련의 검기가 아슬아슬하게 홍첸의 가사를 스치고 지나갔다. 그런데,

창!

홍첸의 가사 자락에 스친 송거련의 검이 마치 쇠에 부딪친 듯 날카로운 소성을 일으켰다. 반대로 날카로운 송거련의 검에 스친 홍첸의 가사는 아무런 손상도 입지 않은 채 본래의 모습을 유지하고 있었다.

"엄청난 공력이군요."

파소의 뒤에서 석청이 혀를 내둘렀다. 비록 급히 만들어내기는 했지만 송거련 정도의 고수가 뻗어내는 검기에 스치고도 멀쩡한 홍첸의 가사는 홍첸의 공력이 그만큼 고강하다는 것을 증명해 주고 있었다.

팟!

송거련의 검기가 홍첸의 가사 자락에 밀리며 방향을 틀어 허공으로 솟구치는 사이 홍첸의 신형이 번개처럼 회전하며 그의 강력한 각법이 펼쳐졌다. 홍첸의 발뒤꿈치가 마치 잘 벼려진 검처럼 허공으로 떠오르는 송거련의 하체를 노렸다.

툭!

송거련이 급히 두 발을 모아 올렸지만 찰나의 차이로 송거련의 발끝이 홍첸의 발뒤꿈치에 걸렸다. 순간 송거련의 신형이 허공에서 무섭게 회전했다. 홍첸의 발에 실린 강력한 공력에 대항하지 않고 오히려 그 기운을 이용해 번개처럼 회전하며 신형을 더 높이 띄워 올리는 송거련이었다.

"이화접목이라!"

단보의 입에서 나직한 탄성이 흘러나왔다. 무공도 무공이지만 고수와의 싸움에서 임기응변으로 대응하는 송거련의 노련한 투술은 수십 년 강호를 종횡한 노강호가 울고 갈 지경이었다.

파파팟!

그사이 홍첸으로부터 이 장여의 거리를 벌린 송거련이 군더더기없는 세 개의 검초를 홍첸을 향해 뻗어냈다.

쐐애액!

일체의 화려함이 배제된 초식, 그만큼 송거련의 검초는 쾌속했다. 세 갈래로 갈라진 쾌속한 검기가 홍첸을 날카롭게 찔러갔다. 그러나 송거련이 펼치는 회심의 검초를 맞이한 홍첸의 표정에는 여유가 있었다.

웅!

다시금 홍첸의 가사 자락이 거친 바람 소리를 만들었다. 순간 홍첸의 붉은 가사가 깃발처럼 날리더니 자신을 향해 꽂혀드는 송거련의 세 가닥 검기를 그대로 휘감았다.

팡!

그리고 다음 순간 홍첸의 가사에 휘감긴 송거련의 검기가 강렬한 파열음을 내며 허공에서 사라졌다.

"대단하다."

파소의 옆에서 두 사람의 격돌을 지켜보고 있던 단보가 다시 탄성을 자아냈다. 적수공권으로 검기를 펼치는 고수의 공세를 막아내는 홍첸의 무공은 무천향의 웬만한 고수에 버금가는 것이었다.

그렇게 가볍게 송거련의 검기를 와해시킨 홍첸은 재차 신형을 날려 송거련을 덮쳐 갔다.

파파팡!

홍첸의 소맷자락에서 연신 강력한 진기의 파공음이 일어났다.

“음......!”

맹렬하게 닥쳐드는 홍첸의 공격에 송거련의 입에서 침중한 신음성이 흘러나왔다. 그러나 송거련은 홍첸의 공격에 밀리면서도 교묘하게 검을 휘둘러 자신을 향해 날아드는 홍첸의 진기 덩어리들을 조금씩 틀어냈다.

퍼퍼펑!

송거련을 스치고 지나간 홍첸의 진기 덩어리들이 어지럽게 주변의 수풀에 부딪쳐 갔다. 장내는 순식간에 혼란에 빠져들었다. 홍첸이 여유를 두지 않고 공격하자, 송거련은 연신 뒤로 밀리면서도 아슬아슬하게 그의 공격을 막아내고 있었다.

그렇게 순식간에 두 사람의 사이의 공수가 십 초를 향해 달려갔다. 이대로라면 열세이긴 하지만 송거련은 홍첸이 약속한 십 초의 공격을 너끈히 견뎌낼 듯싶었다.

“좋아, 마지막이다!”

몰아치는 진기의 광풍 속에서 홍첸의 외침이 들려왔다. 자신의 공격이 연신 실패로 돌아가고 있었지만 오히려 홍첸의 기분은 무척 좋은 듯 보였다. 어쩌면 홍첸에게도 강호 무인으로서의 호기로움이 숨어 있었던 것일까.

호탕한 외침을 던져 낸 홍첸이 문득 허공에서 움직임을 멈췄다. 그리곤 마치 참선을 하듯이 허공에서 가부좌를 틀고 두 손을 합장했다. 부풀어 올랐던 붉은 가사 자락은 차분하게 내려앉아 홍첸의 몸을 감싸고 있었고, 홍첸에게선 어떤 진기의 기운도 느껴지지 않았다.

"역시 강호엔 고수가 많아."

강함이 사라지고 부드러움이 깃든 홍첸의 모습을 보며 단보가 절레절레 고개를 저었다. 유능제강(柔能制剛)이라는 말을 떠올리지 않는다 하더라도 지금 홍첸이 보여주는 부드러움은 마치 선도에 든 고승과 같은 기운이 느껴지는 것이었다.

홍첸의 공격을 어렵사리 막아내던 송거련의 표정도 딱딱하게 굳어졌다. 그도 마지막 십 초의 공격을 펼치려는 홍첸의 모습에서 심상찮은 기운을 느낀 것이다. 송거련이 재빨리 일 장 뒤로 물러서며 검을 땅으로 내려뜨렸다. 그러자 송거련의 기세 또한 급격하게 가라앉아 어느새 그는 싸움을 포기한 듯한 모습으로 변했다.

"공(空)은 공(空)으로! 좋구나."

다시 단보의 탄성이 흘러나왔다. 그 순간 홍첸이 가볍게 한 손을 내밀었다. 홍첸의 손짓은 너무 부드러워서 마치 송거련에게 그만 가보라고 손짓을 하는 듯 보였다.

그런데 그 홍첸의 손짓에 송거련의 신형이 강풍을 맞은 대나무처럼 부르르 떨리기 시작했다. 땅을 향해 있던 그의 검끝이 어느새 그의 가슴에서 홍첸을 향해 내밀어져 있었다. 한 손으로 잡았던 검의 손잡이에는 두 손이 모아져 있었고, 송거련의 한 다리는 한 발짝 뒤로 물러나 마치 몸이 뒤로 밀리는 것을 저지하는 듯한 자세를 취하고 있었다.

스스스!

송거련의 신형을 스치며 가벼운 미풍이 지나갔다. 그 순간 송거련의 신형이 주르륵 뒤로 밀려 삼 장 뒤에 가서야 가까스로 움직임을 멈췄다. 송거련의 이마에는 송골송골 땀이 맺혔다. 그렇게 찰나의 순간이 억겁처럼 지나갔다. 그리고 한순간!

콰콰쾅!

강렬한 파열음과 함께 송거련 뒤쪽의 수목들이 태풍에 쓸리듯 굉음을 일으키며 스러져 갔다. 장내에 있던 밀천궁의 요승들과 모용세가의 고수들이 분분히 뒤로 물러났다.

한차례 강렬한 태풍이 몰아친 장내에는 오직 두 사람만이 서로를 마주 보고 서 있었다. 송거련과 홍첸 라마. 둘의 표정은 같으면서도 달랐다. 둘 모두 서로에 대한 감탄의 기색이 표정에 묻어났다. 그러나 홍첸의 얼굴은 붉은 봉숭아 빛이었고, 송거련의 얼굴은 푸른 바다색이었다. 두 사람의 얼굴색 차이는 곧 두 사람의 상태를 말해주고 있었다.

홍첸은 비록 극도의 공력을 끌어올리느라 붉은 혈기가 얼굴에 몰려 있었으나 별반 충격을 받은 것은 아니었다. 그러나 송거련의 경우 모든 공력을 끌어올려 홍첸의 마지막 공격에 대항하느라 온 몸의 진기가 바닥나 안색이 파랗게 변해 있었다. 만약 이 순간 누군가 송거련을 공격한다면 아마도 송거련은 강호 삼류무사의 공격조차 막아내지 못할 터였다.

그러나 홍첸은 더 이상 송거련을 공격하지 않았다. 비록 마승에 요승, 혈승 소리까지 듣고 있는 홍첸이었지만 무인으로서의 자존심은 꼿꼿했고, 자신의 내뱉은 말을 뒤엎을 만큼 편협하지는 않았다.

“좋아, 그대가 이겼다. 가도 좋다.”

홍첸의 얼굴색이 점차 본래의 색으로 돌아오자 홍첸이 송거련을 보며 말했다. 송거련의 안색 역시 서서히 혈색을 회복하고 있었지만 그 속도는 홍첸에 비할 바 아니었다.

“우리가 이곳에 온 것은 그냥 살아 돌아가고자 온 것이 아니오.”

송거련이 살짝 흔들리는 신형을 애써 바로 세우며 차갑게 말했다.

“물론 그렇겠지. 하지만 지금 이 상황에서 우릴 막을 수 있겠는가? 그대의 무공이 대단하다는 것은 알아. 하지만 그대의 수하들도 그대와 같은 무공을 지니고 있지는 않을 걸세. 그런 수하들을 데리고 우릴 당해낼 수 있겠나? 뭐, 혹시 모르지. 우리 밀천궁과는 제법 싸움이 될지도. 하지만 오늘 이곳엔 자네와 자네의 수하들이 감당할 수 없는 고수들이 있다네.”

홍첸이 슬쩍 고개를 돌려 무영경 등 삼 인의 검산 고수를 바라봤다.

“저 세 분은 말일세, 그저 평범해 보이시지만 사실 그 무위에 있어서는 이 홍첸에 비할 바 아닐세.”

홍첸의 말에 송거련은 물론 무영경 등 삼 인의 검산 고수와 숲에 신형을 감춘 채 장내의 상황을 지켜보고 있던 파소 등도 놀란 표정을 지었다.

“그가 내심으론 검산 고수들의 진실한 실력을 인정하고 있는 줄은 몰랐군요.”

파소가 나직한 목소리로 말했다. 지금까지 홍첸은 검산 고수들을 아랫사람 대하듯 대하고 있었다. 그런 그가 내심 검산 고수들을 자신의 아래로 보고 있지 않았다는 것은 확실히 의외의 일이었다.

"생각보다 심기가 깊은 자군."

단보 역시 고개를 끄덕였다.

"거련 형의 결정이 걱정되는군요."

파소가 고개를 돌려 홍첸의 말을 듣고 있던 송거련을 바라봤다. 송거련은 이제 완전히 본색을 회복하고 있었다. 물론 본색을 회복한 송거련의 표정 역시 차갑기는 마찬가지였지만.

"돌아간다!"

잠시 생각에 잠겼던 송거련의 입에서 짧은 말이 흘러나왔다.

"각주!"

모용세가의 고수들 중 일부가 반발하듯 입을 열었다. 순간 송거련이 한 손을 들어 올려 반발하려는 고수들의 입을 막았다.

"돌아간다. 애초 우리의 임무는 이들의 정체를 확인하는 것까지. 정체를 확인했으니 목숨을 걸 이유가 없다. 하물며 난 가주의 명을 미루며 이들을 추격했다. 거기에 더해 인명의 손실까지 입을 수는 없다."

송거련의 목소리가 한층 차가워졌다. 송거련의 결정에 반발하려던 모용세가 고수들의 얼굴에는 여전히 불만의 기운이 남아 있었지만 더 이상 입을 열어 퇴각을 반대하지는 않았다.

"후후, 정말 대단해. 뛰어난 무공에 냉정한 판단력까지. 거기에 외풍에 흔들리지 않는 무심함… 몇 년 더 지나면 이 홍첸도 감당하기 어렵겠군."

"칭찬 감사하오. 물러가는 처지지만 한마디 해도 되겠소?"

"해보게."

홍첸이 흔쾌히 고개를 끄덕였다.

"당신들이 어떤 목적을 가지고 조산 인근 마을에서 혈사를 벌인 것인지는 모르겠소. 하지만 더 이상 피를 보지 마시오. 지금은 물러가지만 다시 혈사가 일어나면 반드시 돌아올 것이오. 그때는 아마도 모용세가만이 아닌 천하무림의 고수들을 끌어모아 함께 오게 될 것이오. 물론 지금까지의 혈사만으로도 이미 그 죄를 씻을 수 없겠지만!"

송거련의 경고에 홍첸이 화를 내기보다 여유있는 웃음으로 반응했다.

"후후, 나중 일이야 모르는 것 아닌가? 만약 강호무림의 뭇 고수들이 우리를 향해 몰려온다면 그도 재미있는 일이 될 것이네. 그땐 우리도 지금과 무척 달라져 있을 테니 말이야."

홍첸의 여유로움에 송거련이 차가운 눈으로 홍첸을 바라봤다. 자신의 충고가 아무런 소용이 없음을 홍첸의 반응으로 알 수 있었다. 가슴에서 불현듯 홍첸에 대한 반발심이 솟구쳤다. 그러나 풍청 삼각의 각주 송거련은 물러날 때를 아는 사람이었다.

"그렇다면 나중에 보게 되겠구려. 변해 있겠다고 했으니 기대하겠소."

"나도 그대와 다시 만나길 기대하겠네. 자네가 또 어찌 변해 있을지 궁금하군."

홍첸이 느긋한 표정으로 말했다.

"가자!"

송거련이 홍첸의 여유가 못마땅한지 살짝 입술을 깨물며 차갑게 명을 내린 후 자신이 먼저 장내를 벗어났다. 모용세가 풍청 삼각의 고수들이 그런 송거련의 뒤를 따라 한순간에 장내에서 사라졌다.

"그냥 보내실 생각입니까?"

풍청 삼각의 고수들이 사라지자 무영경이 그늘진 눈으로 홍첸을 바라보며 물었다. 말은 정중했지만 다른 때와 달리 단호한 감정이 느껴지는 눈빛이었다.

"듣고 있지 않았소?"

홍첸이 더 이상 말하기 귀찮다는 듯 짧게 대답했다. 그러자 무영경이 천천히 고개를 저었다.

"저들을 그냥 살려 보내줄 수는 없습니다. 밀천궁과 우리의 존재가 아직은 강호에 알려질 때가 아닙니다."

"나 홍첸의 약속을 깨란 말이오?"

"저희가 맡지요."

무영경의 말에 홍첸의 눈에서 혈광이 일렁였다. 그러나 이번만큼은 무영경 역시 홍첸의 시선을 피하지 않았다. 그렇게 짧은 순간 홍첸과 무영경의 기세가 충돌했다. 그렇게 얼마나 지났을까. 문득 홍첸이 피식 실소를 흘렸다.

"뭐, 좋을 대로! 난 밀천궁이 움직이지 않을 것을 그 친구에게 약속한 것이지, 그대의 움직임까지 약속한 것은 아니니까."

"그럼 다녀오겠습니다."

무영경과 다른 두 명의 검산 고수가 홍첸에게 가볍게 고개를 숙여 보인 후 모용세가 고수들이 움직인 쪽으로 바람처럼 사라졌다.

"역시 대단한 자들이지? 아마 저 무영경이란 자는 결코 내 아래가 아닐 거야."

"설마, 그럴 리가 있겠습니까?"

라마 목의가 얼른 홍첸의 말을 부정했다. 그러나 홍첸은 천천히 고개를 저었다.

"아니야. 소대야도 소대야지만 그와 함께 있는 자들은 하나같이 엄청난 자들이야. 도대체 무천향이란 곳은 어떤 곳이기에 저런 물건들이 쏟아낸 것일까. 한번 가보고 싶군. 그나저나 얼른 생혼단은 완성해야겠어. 그래야 저 우글거리는 고수들 속에서 어찌 몸이라도 보전할 수 있을 것 같군."

홍첸의 자조 섞인 말이 흘러나오는 동안 숲에서 장내의 상황을 지켜보고 있던 파소 일행도 어느새 사라지고 없었다.

第九章

검풍(劍風)

　“망할 중놈!”

　산을 치달아 오르는 무영경의 입에서 욕설이 흘러나왔다. 애초부터 모용세가의 추격자들을 살려 보내지 않았다면 이런 고생을 할 필요가 없었다. 손에 피를 묻히는 것 또한 꺼림칙했다. 비록 무천향을 떠나 있다고는 하지만 그동안 자신의 손에 피를 묻힌 경우는 극히 드물지 않던가.

　조산 인근에서 벌어지는 혈사 또한 멀리서 지켜볼 뿐 직접 그 혈사에 동참한 적은 없었다. 오히려 눈살을 찌푸리며 고개를 돌렸던 무영경이었다. 그런데 오늘 망할 놈의 요승 홍첸이 자신들로 하여금 결국 피를 보게 만들고 있었다.

　“서두시게들!”

공력을 일으켜 속도를 높이며 무영경이 자신을 따라오는 두 동료의 발걸음을 재촉했다. 해는 이미 중천에 떠 있었다. 오늘 낮 동안 서둘러 움직여 저녁 무렵쯤 무나촌에 도착한 후 밤에 일을 벌이려던 계획은 이미 어그러진 것인지도 몰랐다.

결국 오늘은 사람들의 시선을 피해 산중에서 야숙을 하고 내일 낮을 보낸 후 밤이 되어야 계획된 일을 할 수 있을지도 몰랐다. 결국 모용세가 추격자들을 살려 보낸 홍첸의 결정은 하루의 시간을 허비하게 만드는 결과를 가져온 것이다.

"하루가 급한 시기에……."

무영경의 입에서 다시 볼멘소리가 흘러나왔다. 홍안령의 출행(出行)이 실패한 이후 종성 탁발로와 대성사 소유거의 재촉은 매일 득달같이 전서구를 통해 전해지고 있었다. 그러니 하루가 여삼추인 상황에서 이런 일 때문에 시간을 허비한다는 것은 멍청하기 이를 데 없는 일이었다.

"서둘러 일을 마무리 지으면 어찌 오늘 안에 무나촌에 도착할 수도 있을 수도 있겠지."

무영경이 욕심을 냈다. 서둘러 모용세가의 인물들을 제거하면 오늘 밤 안에 일을 끝낼 수도 있을 거란 기대를 아직은 버리지 않은 무영경이었다.

파파팟!

무영경의 다부진 결심에 세 사람의 움직임은 더욱 빨라졌다. 바위를 날아 넘고 나무와 나무를 건너뛰며 그야말로 나는 새처럼 앞서간 모용세가의 고수들을 추격하는 검산의 삼 인

고수였다.

"좋아!"

한순간 무영경의 입에서 쾌재의 음성이 흘러나왔다. 언뜻 멀리 산비탈을 감아 돌고 있는 열 명의 모용세가 고수 모습이 눈에 들어왔기 때문이다.

무영경과 다른 두 명의 검산 고수가 거의 수직으로 꺾인 비탈을 날아내렸다. 그러자 시원한 물 기운이 느껴졌다.

모용세가 고수들이 움직이고 있는 산비탈과 검산 고수들 사이에는 작은 계곡이 가로질러 흐르고 있었다. 계곡의 폭은 검산 고수들이 한 번의 도약으로 날아 넘을 수 있는 크기였다.

무영경과 두 명의 검산 고수가 거침없이 계곡을 날아 넘었다. 계곡 반대편은 숲으로 이어지기 전 작은 초지를 형성하고 있어 계곡을 날아 넘어 착지하기도 수월했다.

파팟!

무영경은 초지에 발이 딛는 순간 재차 도약했다. 한시도 추격을 멈출 수 없기 때문이었다. 그런데 그 순간!

"흡!"

갑자기 앞서 달리던 무영경의 입에서 다급성이 토해지며 그의 신형이 숲으로 달려나가던 속도보다도 빠르게 계곡 쪽으로 물러났다. 그리고 어느 틈에 그의 손에는 무거운 도가 들려 있었다.

"누구냐?"

무영경이 자신이 진입하려던 숲을 향해 차가운 목소리를 내뱉었다. 무영경의 두 동료 역시 무영경과 삼각으로 대형을 이루며 도를 빼 들고 눈앞의 숲을 노려보고 있었다.

"오랜만이군. 날 기억하겠나?"

차가운 긴장으로 물들어 있는 무영경 등의 눈앞에 몇 명의 인영이 모습을 드러냈다. 그리고 그중 가장 나이가 많은 노인이 무영경을 향해 담담하게 말을 건넸다. 단보였다.

"당신은!"

무영경의 얼굴이 당혹으로 물들었다.

"알아보나 보군. 워낙 검산 심처에 머물러 있던 그대이기에 날 알아보지 못할 수도 있다고 생각했네."

"당신이 어떻게 여길……."

"자네가 이곳에 있는데 나라고 못 올 것 없지 않은가? 그런데… 어딜 그리 급히 가는 것인가?"

단보의 물음에 무영경의 얼굴이 흙빛으로 굳어졌다. 담담하게 말하고 있었지만 숲으로 들어가는 자신을 막은 장력에서나 부드러운 말과 달리 차가운 한기가 느껴지는 단보의 눈빛에서 본능적으로 죽음의 위험을 느낀 무영경이었다.

그러나 당황도 잠시 무영경이 잠시 단보를 응시하다 문득 도를 거꾸로 들고 포권을 해 보였다.

"인사가 늦었습니다. 단 노사를 뵙게 될 줄은 몰랐군요."

나이로 보자면 무영경의 나이가 단보보다 대여섯 살 적었다. 또한 무영경은 무천향에서 은거의 삶을 산 인물이었지만 단보는 무천향의 모든 무인들이 아는 명사였다.

"나도 그대를 이곳에서 만나게 되어 심히 유감일세. 난 그대가 평생 무인 조사의 불괴공을 연성하며 살아갈 줄 알았네. 그런데 검을 들고 혈풍을 쫓으며 살아갈 줄이야 누가 알았겠는가?"

시린 비난이 무영경의 가슴을 파고들었다. 무영경의 표정이 살짝 일그러졌다.

"인생이란 항상 원하는 대로만 살아지는 것은 아니지요."

"지금 이 상황이 그대가 원한 것이 아니라고 말하고 싶은 것인가?"

단보의 추궁에 무영경이 머뭇거리다가 고개를 저었다.

"제가 말을 잘못했군요. 살다 보니 원하는 것이 변하더라고 말씀드려야 했을 것을……."

무영경의 대답에 단보가 물끄러미 무영경을 바라보다 불쑥 물었다.

"어쩌겠나? 그대들이 선택할 수 있는 길은 두 가지네. 하나는 무공을 폐하고 우릴 따라 무천향에 돌아가 향주님의 처분을 기다리는 것, 다른 하나는 이곳에서 죽음을 맞이하는 것! 권하건대 고향으로 돌아가는 것이 세상 만물의 이치 아니겠나?"

단보의 말에 무영경의 표정이 여러 번 변했다. 그러다 한순간 도발적인 안광이 그의 눈을 뚫고 나왔다.

"살길을 열어주시려는 마음 감사히 받겠습니다. 그러나 이미 죽을 길에 들어섰으니 어찌 중도에 길을 바꾸겠습니까? 가르침을 청하겠습니다."

무영경이 차갑게 말을 뱉어내며 두 발을 살짝 벌리고 도를 그의 허리 어림까지 끌어올렸다. 그러자 그의 뒤에 있던 두 명의 검산 고수 역시 굳은 얼굴로 도를 들어 올려 싸울 준비를 하는 것이었다. 그런 무영경 등을 바라보고 있던 단보가 살짝 눈살을 찌푸렸다. 하지만 다음 순간 차가운 기운을 흘려내며 말했다.

"좋네. 누구든 자신이 원하는 죽음을 선택할 권리가 있지. 하지만 아쉽군. 한때는 한곳을 보며 살아가던 형제의 피를 내 검에 묻혀야 하다니."

하지만 말과 달리 단보는 망설임없이 검을 뽑아 들었다. 급한 것은 무영경 등만이 아니었다. 파소와 그 일행도 얼른 이곳의 일을 마무리 짓고 밀천궁 요승들의 행보를 막아야 했다.

"노사의 손에 죽는다면 그 또한 영광이지요."

"오시게."

단보의 짧은 말에 무영경의 두 발이 땅 깊숙이 박히는가 싶더니 이내 그의 신형을 허공으로 차올렸다.

우웅!

무영경의 도에서 거친 도풍이 일었다. 순식간에 만들어진 도기가 오 장 가까이 늘어났다. 아무리 무천향의 고수라 해도 놀랄 만한 공력, 평생 불괴공을 익혀온 무영경의 공력이 그 진가를 발휘하는 순간이었다.

"그 좋은 재능을!"

단보가 혀를 차며 자신을 향해 폭풍처럼 달려드는 무영경을 향해 마주 달려나갔다. 동시에 그의 검이 긴 곡선을 그리며 무영경의 도가 일으키는 거대한 도풍의 정중앙을 찔러갔다.

파아아!

단보의 검기에 무영경의 도풍이 파도 갈리듯 갈라졌다. 그리고 그 검기의 파도 끝에 무영경의 신형이 무방비로 단보의 검에 노출됐다.

팟!

미세한 소음이 단보의 검끝에서 일어났다. 그리고 몇 방울의 피, 단보의 신형이 폭풍 같은 무영경의 검풍을 뚫고 순식간에 무영경의 뒤쪽에 내려섰다.

"으음……."

무영경의 입에서 나직한 신음성이 흘러나왔다. 그의 가슴 한쪽 길게 가느다란 혈선이 그어져 있었다. 그러나 놀라는 것은 단보 역시 마찬가지였다.

"아깝구나. 불괴의 경지가 눈앞에 있는 것 같은데……."

단보의 입에서 탄식이 흘러나왔다. 단보의 검에 베어진 무영경의 가슴, 보통의 고수였다면 심장까지 내어놓았어야 할 공격에도 무영경은 가느다란 혈선이 그어지는 정도의 부상만 입고 있었다. 평생 수련한 불괴공의 효능 때문이었다.

"대단하신 것은 오히려 어르신이군요. 웬만한 고수라면 제 몸에 상처를 내지 못했을 겁니다. 하지만 지금 제가 입은 이 상처는… 제법 깊군요."

상처가 가늘어도 일단 피를 보기 시작한 인간의 몸은 쇠약

해진다. 무영경의 얼굴에서 서서히 홍조가 사라지기 시작했다.

"끝내세."

단보가 처연한 목소리로 무영경에게 말했다. 그러자 무영경이 고개를 끄덕이더니 그와 함께 움직이던 두 명의 검산 고수에게 말했다.

"아우들, 그동안 즐거웠네. 생사를 선택하는 건 아우들의 몫일세. 난 먼저 가지만 자네들은 살아남아서 불괴공을 완성했으면 하네……."

무영경의 말에 두 검산 고수가 단호하게 고개를 저었다.

"대형을 혼자 보낼 수는 없지요. 향에서부터 우린 오직 대형을 따랐습니다. 이제 와서 대형과 다른 길을 갈 수는 없습니다. 불괴공이야 저승에 가서 불괴 조사(祖師)를 붙들고 물어보지요."

"핫하! 사람 참, 알겠네. 그럼 저승길도 함께 가보세."

무영경이 호탕한 웃음을 터뜨리고는 천천히 단보를 향해 신형을 돌렸다. 그러자 나머지 두 명의 검산 고수도 파소 등을 향해 도를 고쳐 들고 걸어나오기 시작했다.

"저희가 맡지요."

파소가 검을 들어 두 검산 고수를 상대하려는 순간 범우와 고담이 파소의 앞을 막았다. 파소는 순순히 두 사람에게 싸움을 맡기고 뒤로 물러났다.

그러는 사이 다시 단보와 무영경 사이에 폭풍이 몰아치고

있었다. 죽음의 힘까지 끌어낸 무영경의 도풍은 더욱 강렬했
으며 그 앞에 선 단보의 표정 역시 엄숙하기 이를 데 없었다.

한평생 무도를 수련한 자를 죽음으로 인도하는 순간이었다.
단보는 최대한 예의를 차리고 싶은 모양이었다. 무인에게 있
어 최대한의 예의란 곧 최선을 다해 상대를 상대해 주는 것, 단
보의 검이 하늘을 향해 세워졌다. 그리고 무영경의 도풍이 그
의 옷자락을 한풀 날리는 순간 하늘로 세워졌던 단보의 검이
아래로 떨어져 내렸다.

파아아!

단보의 검에 무영경의 도풍이 바람처럼 갈라졌다. 무영경
의 도법은 그의 대단한 공력을 실어 강맹하기는 했으나, 그 세
기(細技)에서는 불괴공에 비하면 그리 뛰어난 것이 아니었다.
다른 불괴 무인의 후예들이 불괴 무인의 도법에 매진하는 동
안 그는 무인의 다른 무공인 불괴공에 모든 것을 쏟은 결과였
다.

무영경의 도풍을 가르고 들어간 단보의 검이 마치 화공이
용의 마지막 눈을 찍듯 가볍게 무영경의 이마를 건드렸다. 순
간 무영경의 이마에 손톱만 한 혈흔이 만들어졌다.

하지만 그 손톱만 한 혈흔이 만든 변화는 강렬했다. 장내를
휩쓸던 무영경의 도풍이 씻은 듯이 사라졌다. 그리고 여전히
두 발을 땅에 박고 서 있는 무영경의 눈에서 생기가 사라지고
없었다. 무영경은 이마에 혈흔이 생기는 그 순간 이미 숨을 거
둔 것이었다. 불괴공을 익혔다지만 머리 위 이마에 가해진 단

보의 정심한 일초를 견뎌내지 못한 것이다.

그러나 죽음에도 불구하고 무영경의 입가에는 작은 미소가 지어져 있었다. 무슨 의미인지는 알 바 없었다. 최고의 무인에게 죽는 것이 기쁜 것인지 아니면 죽어서 다시 고향 무천향으로 돌아가고 싶었기 때문일지도 몰랐다.

"큭!"

"욱!"

그렇게 단보와 무영경의 싸움이 종결된 직후 연이어 두 마디 신음성이 흘러나왔다. 무영경의 죽음으로 전의(戰意)를 잃은 검산의 두 고수가 범우과 고담의 검에 쓰러지고 있었다.

"끝났나?"

무영경과 두 명의 검산 고수가 쓰러지자 단보가 허탈한 표정으로 중얼거렸다.

"어서 시신을 정리하고 돌아가죠."

파소가 조금 냉정한 말투로 말했다. 감정이 많아질 때는 오히려 냉정한 것이 좋다. 냉정함은 감정을 누그러뜨리고 감정 그 이면에 있는 의미들을 찾아준다. 아마도 훗날 오늘 이곳에 서 있었던 세 사람의 죽음은 파소 등 장내의 고수들에게 각자만의 의미로 되새겨질 터였다.

"잘 묻어주게."

단보의 말에 범우와 고담이 서둘러 양지바른 곳을 찾아 구덩이를 판 후 세 사람의 시신을 가지런히 묻었다. 봉분을 만들지는 않았다. 죽음의 흔적을 남기는 것은 좋은 일이 아닐뿐더러, 세 사람이 자신들의 주검 위에 봉분이 만들어지기를 원하는지도 알 수 없었다. 대신 범우가 세 사람을 묻은 곳 바로 위쪽의 고목에 재빨리 검흔을 남겼다.

"그건 왜?"

단보가 묻자 범우가 나직하게 중얼거렸다.

"나중에라도 이 싸움이 끝나면 유골이라도 추려 향에 묻어주려 합니다."

"쯔쯔, 한 번 묻으면 그만인 것을……."

단보는 혀를 찼지만 더 이상 범우를 탓하지 않았다. 대신 그는 길을 재촉했다.

"어서 가지. 밀천궁의 요승들이 더 이상 사람들을 해치게 놔둘 수는 없지."

단보의 말이 끝나기도 전에 파소와 석청은 이미 몸을 날리고 있었다. 밀천궁의 요승들을 그대로 놓아두면 오늘 이곳에서 있었던 세 사람의 죽음과는 비교도 할 수 없는 양의 피가 흐를 것이기 때문이었다.

"이런!"

라마 홍첸과 송거련이 대결하던 숲의 공터에 도착한 단보가 탄식을 흘려냈다. 무영경 등 검산 고수들이 돌아오길 기다리고 있을 거란 예상과 달리 홍첸을 비롯한 십오 인의 밀천궁 라마는 어느새 공터에서 자취를 감추고 말았던 것이다.

"가는 곳을 알고 있으니 추격이 어렵지 않을 겁니다."

파소가 남쪽으로 이어진 흔적을 보며 말했다.

"그렇긴 하지. 무나촌이라… 제법 큰 마을이니 길을 찾기가 어렵지 않을 게다. 이렇게 된 이상 서둘러 움직여 그들보다 먼저 무나촌에 도착해 그들을 기다리는 것도 괜찮을 듯싶구나."

"그게 좋겠지요. 일단 그들이 무나촌에 들어오기만 하면 적지 않은 혈풍이 불 테니 적당한 길목에서 그들을 막기로 하지요."

파소가 고개를 끄덕였다.

파소와 일행은 그 길로 산길을 달리기 시작했다. 그렇게 강호에 나온 이후 가장 바쁘게 경공을 펼친 파소 등은 하루 낮을 달려 조산 인근의 중심 마을인 무나촌에 도착했다. 그러나 가끔 세상일은 사람의 예상을 빗나가게 마련인 모양이었다. 한숨도 쉬지 못하고 산길을 달린 파소 등의 노력은 결국 아무런 소용이 없게 되었던 것이다.

"허허허!"

단보의 입에서 허탈한 웃음소리가 흘러나왔다. 어느새 하룻밤이 지나고 있었다. 폭이 오 장 정도 되는 긴 협곡 사이의 길, 조산에서 무나촌으로 들어가려면 반드시 거쳐야 계곡의 길 위에 자리를 잡고 밀천궁 고수들을 기다리고 있던 파소 등이었다.

"다른 길을 택한 걸까요?"

범우가 조심스럽게 물었다. 그러자 파소가 고개를 저었다.

“그렇지는 않을 겁니다.”

“그런데 왜 나타나지 않은 걸까요? 그들이 검산 사람들을 기다리지 않고 길을 떠났으니 충분히 어젯밤 무나촌을 노릴 만 했을 텐데요?”

범우가 의혹 어린 시선으로 묻자 파소가 담담한 목소리로 대답했다.

“그들은 아예 무나촌에 오지 않았을지도 모릅니다.”

“무슨 말씀이신지요, 소천.”

“말 그대롭니다. 밀천궁의 요승들은 아마도 무나촌으로 오지 않을 듯합니다.”

“우리가 기다리고 있다는 걸 눈치챘다는 건지요?”

“그런 건 아닙니다. 하지만 누군가 자신들이 모르는 제삼의 인물들이 이 일에 끼어들었다는 건 짐작하고 있을 겁니다.”

“어떻게……?”

“검산의 사람들이 돌아오지 못했으니까요.”

“아! 그런…….”

범우가 문득 뭔가를 깨달은 표정으로 탄식을 흘렸다. 어찌 보면 당연한 일이었다. 비록 밀천궁의 라마들이 무영경 등 검산 고수들을 기다리지 않고 출발했지만 반나절이 지나기 전에 이미 무영경 등이 돌아오지 않는 것에 의문을 품었을 것이다. 그리고 하루를 기다린 이후에는 필시 변고가 생겼음을 감지했을 터였다.

홍첸은 무영경 등 삼 인의 검산 고수 능력을 알고 있었다.

다른 두 명은 모르지만 무영경은 절대 자신의 아래가 아니었
다. 그런 그들이 모용세가의 고수들에게 당했을 리는 없었다.
그렇다면 당연히 이 일에 제삼자가 개입했음을 짐작했을 것이
고, 무영경 등을 제압한 제삼자가 있다면 무나촌에서의 일을
계속 진행할 수는 없다고 판단했을 것이다.

"조산으로 돌아갔을까요?"

범우가 파소에게 물었다.

"글쎄요. 그들이 스스로에 대해 얼만큼의 자신감을 갖고 있
느냐에 따라 다르겠지요. 조산으로 돌아갔다면 스스로의 능력
에 대한 믿음이 있는 것이고, 조산을 떠났다면 역시 몸을 사리
는 것일 겁니다. 그리고 그들이 조산을 떠났다면 당분간은 혈
사를 일으키지 않을 겁니다. 어쩌면 대성사 소유거를 찾아가
검산 사람들과 합류했을 수도 있겠지요."

"추격할 건가요?"

석청이 파소에게 물었다. 그러자 파소가 생각에 잠겼다가
고개를 저었다.

"일단 그들의 혈사를 막았으니 생혼단을 완성하는 것은 시
간이 걸릴 거예요. 생혼단의 일이 중요하긴 하지만 대요산의
사정도 살펴야 하니 일단 대요산으로 돌아가지요. 대신 다른
천추군 고수들에게 밀천궁의 라마들과 생혼단에 대해 소식을
전해 그들의 움직임을 추적하도록 하지요."

"그게 좋겠구나. 생혼단이란 물건이 중요하긴 하지만 지금
그 일에 집중하고 있을 수만은 없으니 일단 대요산으로 돌아

가 보자꾸나.”

단보도 파소의 생각에 동의했으므로 일행은 서둘러 길을 떠날 채비를 한 후 동쪽을 향해 길을 잡았다.

*　　*　　*

동무림과 북무림의 경계에서 벌어지고 있는 천추군과 검산 반란자들, 그리고 모용세가 고수들의 은밀하면서도 치열한 접전에도 불구하고 강호는 평온했다. 표면적으로 보자면 동서남북 네 개의 무림은 기존의 패자들에 의해 근래에 보기 드문 평화의 시대를 보내고 있는 것처럼 보였다.

물론 일이 년 전부터 시작된 모용세가의 세력 확장이 강호인들의 주목을 받고 있었지만 그도 얼마 전부터는 중지되고 오히려 강호로 퍼져 나가 있던 모용세가의 고수들이 속속 심양 모용세가의 본가로 돌아오고 있었다.

그렇게 작은 소란을 제외한 강호의 평화는 십여 년 전 모용세가와 북삼룡과의 일전 이후 지속되고 있었다. 그러나 강호인들은 모르고 있었다. 그들이 상상하지 못하는 무의 세계를 추구하던 자들이 그 금제를 벗어나 강호에 나와 천하를 노리고 있음을……. 그들의 운명이 그들이 손이 아닌 타인의 손에 의해 결정되어져 가고 있음을!

“역시 북삼룡이라는 건가?”

검풍(劍風) 275

단보가 낮은 소리를 흘려내며 고개를 끄덕였다. 대요산이
바라다보이는 은신처. 파소를 따르는 천추군 이십여 명이 한
곳에 모여 있었다. 파소의 손에는 소법과 을천목이 이끄는 천
추군 본진에서 보내온 전서구가 들려 있었고, 그 전서구에 묶
여온 전서는 단보에게 건네져 있었다.

"애초에 북삼룡에 대해선 백혼 그자가 상세히 알고 있었을 테
니 다른 무림의 패자들을 접수하는 것보다는 수월했을 겁니다."

파소가 담담한 목소리로 말했다. 북쪽으로 간 천추군에서
전달된 전서에는 검산의 배신자들이 한날한시에 북삼룡 세 개
의 문파를 장악했다는 소식이 적혀 있었다.

"그런데 그리되면 숨어서 향의 추격에 대항할 힘을 키우겠
다는 생각은 접은 것일까요?"

범우가 의문 어린 표정으로 물었다. 천추군이 비록 일백 명
에 지나지 않지만 무천향 최고의 고수들인 반면 무천향에서
일패도지해 그 전력이 크게 상한 검산 사람들이 천추군과 정
면충돌하기는 어려운 상황이었다. 비록 그들이 무천향을 벗어
난 후 암중에서 치열하게 힘을 키우려 했지만 흥안령에서 일
원만류진을 손에 넣지 못했고, 밀천궁의 요승들은 생혼단을
완성시키지 못했으니 여전히 향의 천추군을 상대하기에는 역
부족이었다.

그런데 그런 그들이 어둠 속에서 나와 전격적으로 북삼룡을
제압했으니 이는 예상치 못한 행보였다.

"은밀히 힘을 키우는 것이 여의치 않으니 아예 드러내 놓고

무림의 세력을 확보하는 쪽으로 방향을 틀었을 것이네. 그들이야 어차피 무림을 자신들의 손에 넣으려는 자들, 결국 언젠가는 밖으로 자신들을 드러내야 할 자들이고, 우린 여전히 무림에 정체를 드러내지 않아야 하는 사람들이니 이런 싸움은 우리 쪽이 좀 더 피곤한 싸움이 되겠지."

"그럴 수도 있겠군요."

범우가 고개를 끄덕였다.

"어쨌든 일이 급박하게 되었어. 그들이 북삼룡을 앞세우고 자신들은 그들 뒤에 버티고 있으면 그들을 제압하는 일이 그리 녹록치 않을 것이야."

"가장 좋은 방법은 검산의 수뇌들을 제압하는 것일 텐데요."

고담이 오랜만에 자신의 의견을 내놨다. 본래 고담은 파소와 석청을 따른 이후 거의 자신의 의견을 입 밖으로 내는 일이 없었다.

"물론 그렇지. 하지만 그들을 잡는 것은 정말 운이 좋아야 성사될 일일 걸세. 또한 천추군 몇몇이 그들을 만났다고 그들을 제압할 수 있는 것도 아니고… 오히려 적은 숫자라면 그들에게 당할 수도 있지. 적어도 십이종성의 신분인 탁발로와 무무경, 그리고 여상 등과 대종사 소유거와 검산이목은 결코 무시할 수 없는 인물들이니까. 더군다나 그들에 비견되는 자들역시 여럿 있지 않은가? 죽은 왕선모처럼."

단보가 정색한 얼굴로 말하다가 파소를 돌아보며 물었다.

"일단 한곳으로 모이자고 했으니 길을 떠나야겠구나."

"그래야겠지요."

파소가 고개를 끄덕였다.

"그럼 대요산에 있는 자들은 어쩌지요?"

석청이 걱정스런 표정으로 물었다. 대요산 산기슭에는 여전히 검산 고수들 중 일부가 마을을 이룬 채 살아가고 있었다.

"지금 이곳에 남아 있는 자들은 그리 걱정할 자들은 아니에요. 지난번 흥안령 행에 나섰던 자들이 다시 돌아오지 않았으니까요. 물론 남은 자들만으로도 위험하긴 하지만 그들만으로는 모용세가의 세력 안에서 다른 일을 꾸미기 어려울 거예요. 남아있는 자들 중 최소한 사색사혼에 비견될 자들은 없으니까요."

파소가 석청을 안심시키듯 말했다. 모용세가에 대해 불편한 감정인 석청이었지만 좋으나 싫으나 동호문을 포함한 오대외가는 여전히 모용세가와 운명을 함께하고 있었다.

"흥안령에서 모용세가의 피해가 컸다지만 아직은 일원만류진을 연성했던 여력이 남아 있을 테니 자중한다면 스스로 자신들을 지키는 것엔 큰 어려움이 없을 걸세."

단보 역시 파소와 같은 말로 석청을 안심시켰다.

"그렇다면 다행이지요. 그런데 어디라고 했죠?"

"철림(鐵林)이라고 했네."

단보가 대답했다.

"철림이라… 이름 참 묘하네요."

석청의 말에 단보가 파소를 보며 물었다.

"오래전 한 번 들러본 곳인데, 혹 기억하느냐?"

그러자 파소가 빙그레 미소를 지으며 대답했다.

"어찌 기억을 못하겠습니까. 그때 어르신께선 절 그 추운 얼음 숲에 사흘 동안 혼자 있게 하셨는데."

"어? 내가 그랬나?"

"그럼요. 그때 전 처음으로 검을 들어 늑대를 베었지요."

"아! 그러고 보니 그렇구나. 후후, 하지만 내가 항상 널 지켜보고 있었다는 걸 몰랐겠지?"

"그때는 몰랐지요. 하지만 나이가 들면서 짐작은 했어요. 제가 혼자였던 시간의 대부분은 사실 어르신이 곁에서 지켜보고 있었다는 걸."

석청의 걱정은 기우가 됐다. 파소와 천추군들이 대요산이 바라다보이는 숙영지를 떠날 차비를 하는 사이 그들이 감시하던 대요산 기슭의 산골 마을에도 변화가 일어났기 때문이었다. 파소 등이 그 변화를 알아차리는 것은 그리 어렵지 않았다. 왜냐하면 그들의 움직임은 다른 때와 달리 무척 노골적이었기 때문이다.

"완전히 마을을 떠날 생각인 모양이죠?"

석청이 어지럽게 움직이는 사람들을 보며 입을 열었다.

"그럴 모양인가 봐요. 말과 마차까지 준비하는 걸 보면… 더군다나 저들이 준비한 마필을 보자면 아마 북방으로 갈 생각인 모양이에요."

"자신들이 노출되었다는 걸 눈치챈 걸까요?"

"모르죠. 하지만 그것보다도 중요한 것은 이제 검산 사람들이 드디어 한 지역을 중심으로 정착을 시도한단 것이지요."

"무슨 말이죠?"

석청이 고개를 갸웃하며 파소를 돌아봤다.

"검산 사람들이 북삼룡을 장악했어요. 그건 곧 그들이 현 무림에서 북무림을 기반으로 강호천하를 도모하겠다는 의미지요. 지금까지는 북무림과 동무림, 혹은 다른 곳에 검산의 고수들이 은밀히 나가 활동했지만 이제부턴 북무림을 근거로 천하를 향해 한 발씩 전진하는 것으로 전략을 바꾼 거지요. 물론 우리 천추군이 그들의 그런 전략 변화에 가장 큰 영향을 미쳤겠지요. 천하에 흩어져 있으면 천추군의 공격을 방비하기 쉽지 않으니까요. 이미 그걸 두 번이나 경험했고요. 그러니 북무림을 근거지로 자신들의 안위를 단단히 한 후 이후 강호를 욕심낼 생각인 거지요."

"바둑에 아생연후살타(我生然後殺他)란 말이 있죠."

"바둑도 둘 줄 알아요?"

파소가 놀란 듯 석청을 바라봤다. 십 년이 넘게 함께 지내면서 석청이 바둑을 두는 모습을 본 적이 없기 때문이었다. 더군다나 석청의 괄괄한 성격은 인내심을 요하는 바둑에 어울리지 않았다.

"흐흠, 나 같은 사람이 바둑을 둔다니 이상하죠?"

석청이 파소의 내심을 읽고는 따지듯 물었다.

"아니, 그런 것이 아니라……."

"아니에요. 사실은 전 바둑 두는 걸 무척 싫어해요. 단지 어릴 때 아버지가 우리 남매들에게 진중함을 기르라는 의미에서 억지로 바둑을 가르치셨기에 잠시 배우게 된 거지요. 사실 바둑을 배우는 시간이 무공을 배우는 시간보다 훨씬 싫었어요. 그 때문에 동호문을 떠난 이후에는 전혀 바둑을 두지 않은 거고요."

석청은 장난스럽게 말했지만 파소는 석청의 표정에서 동호문에 대한 그림움을 읽어낼 수 있었다. 더군다나 이젠 심양을 떠나 북방으로 가야 하니 언제 다시 이 동무림으로 돌아올지 기약할 수 없었다.

"꼭 다시 돌아올 거예요. 약속할게요."

"정말이죠?"

석청이 되묻자 파소가 고개를 끄덕였다. 그러자 석청이 미소를 지으며 말했다.

"대무천향의 소천께서 약속하셨으니 믿어야지요."

그때 문득 멀리서 단보의 목소리가 들려왔다.

"가자꾸나. 준비가 모두 끝났다."

파소와 석청이 고개를 돌려보니 단보와 을지행, 그리고 을향 등이 짐이랄 것도 없는 작은 짐들을 걸쳐 맨 채 두 사람을 기다리고 있었다.

"저들이 떠나는 것을 보고 가죠."

파소가 눈으로 대요산의 검산 사람들을 가리키며 말했다.

"어차피 북쪽으로 갈 것 같은데 가다 보면 만나지 않겠느냐?"

"그렇다고 해도 그들의 앞에서 움직이기보단 뒤에서 움직이는 게 낫지 않을까요?"

"음, 그도 그렇구나. 보자… 뭐 그래도 지금 움직이기는 해야겠구나. 저들도 떠나기 시작했으니. 원 요란스럽기도 하지."

단보가 서서히 마필을 몰고 움직이기 시작한 대요산의 검산 사람들을 보며 혀를 찼다. 단보의 말처럼 대요산을 떠나는 검산 사람들의 모습은 무림인이라기에는 지나치게 요란해 보였다.

"적어도 수년을 살아온 살림살이니 짐이 많을 수밖에 없겠지. 더군다나 온전히 이곳을 떠나는 마당에 흔적을 남기지 않으려 할 것이고……."

을지행이 차분한 목소리로 말했다.

잠시 후 검산 사람들이 대요산의 산골 마을을 완전히 벗어난 것을 확인한 파소가 짧게 말하고는 앞서서 걸음을 옮기기 시작했다.

*　　　*　　　*

초원의 매가 낮게 날아오더니 먹이를 찾던 들쥐를 번개처럼 잡아채고는 하늘 높이 솟구쳤다. 매는 거대한 초원 위를 원을 그리며 크게 돌다가 멀리 북쪽의 숲으로 날아갔다.

자연이 만들어내는 거대한 병풍, 웅장한 산들이 맥을 이으며 내려 달린 홍안령. 그 서쪽은 대초원의 시작으로 이어진다.

토끼만 한 들쥐를 날카로운 발톱으로 움켜쥔 매는 홍안령 산맥 깊숙이 날아가더니 이내 산과 산 사이의 깊은 계곡으로 날아

내렸다. 계곡은 수백 년 자란 괴목들로 가득 차, 마치 유부와 같은 음산함을 뿜어냈다. 그러나 매에게는 무척 익숙한 장소인지 매는 나무와 나무 사이를 비집고 날아가더니 나무들 사이 홀로 우뚝 솟은 반경 오 장여의 석주 위에 가볍게 날아 앉았다. 그리곤 자신이 사냥해 온 들쥐를 여유 있게 물어뜯기 시작했다.

"이놈, 돌아왔으면 주인에게 갔던 일을 먼저 고할 일이지 자기 배부터 채우느냐?"

문득 맛나게 들쥐를 뜯고 있는 매를 향해 카랑카랑한 노인의 목소리가 들려왔다. 그러자 지금까지 금수의 왕처럼 움직이던 매가 갑자기 머리를 주억거리며 뜯던 들쥐를 놓아두고 가볍게 날아올라 목소리가 들려온 쪽으로 향했다.

"이리 오너라!"

석주의 아래 제법 너른 공터 위에서 주름진 손이 불쑥 올라왔다. 매는 고분하게 그 손등 위에 내려앉았다. 손의 주인공은 매를 손등에 얹은 채 천천히 신형을 돌려 숲 속으로 들어갔다.

거친 마의를 입은 노인, 검고 흰 머리카락이 반반인 머리는 아무렇게나 내려뜨린 상태였고, 손목과 발목에는 산을 타는 사람들이 차는 각반이 매여져 있었다.

"돌아왔소이까?"

문득 매를 손에 얹고 걸음을 옮기는 노인의 앞에서 한기가 느껴지는 목소리가 들려왔다. 순간 매를 향해 제법 농을 흘려내던 노인의 표정이 차갑게 변했다.

"돌아왔소이다."

"흠, 거 참 신기한 물건이구려. 그런데 정말 그 매의 눈이 본 것을 알 수 있소이까?"

"두고 보면 알 것이오."

매의 주인인 노인의 대답이 여전히 차갑다.

"그럼 어디 매가 본 것을 확인해 봅시다."

어두운 나무 그늘 속에서 일단의 인물들이 모습을 드러냈다. 그리고 그중 한 명은 흥안령 동쪽에서 일원만류진을 손에 넣는 데 실패한 소유거였다. 매의 주인에게 말을 걸고 있던 사람 역시 소유거였던 듯 소유거가 눈짓으로 매의 주인을 재촉했다. 소유거의 태도로 볼 때 비록 어투는 상대를 존중하고 있는 듯 보였지만 내심으론 상대를 아랫사람으로 내려보는 것이 분명했다.

소유거의 재촉을 받은 매의 주인이 살짝 분기를 드러냈다가 이내 감정을 가라앉히고는 천천히 심호흡을 하며 몇 걸음 옆으로 물러났다. 그리곤 가만히 손 등에 앉아 있는 매를 자신의 눈앞으로 가져왔다.

"자, 이제 우리만의 이야기를 나눠보자꾸나."

소유거를 대할 때와는 전혀 다른 부드러운 목소리, 그런데 그의 손등에 앉아 있던 매가 마치 그의 말을 알아들은 듯 고개를 끄덕였다. 그러자 매의 주인 입에서 의미를 알 수 없는 나직한 말들이 흘러나오기 시작했다. 그러자 잠시 후 그의 손에 올려져 있던 매의 눈이 몽롱하게 변하기 시작했다, 마치 앵속에 취한 사람의 눈동자처럼.

그렇게 얼마간의 시간이 흘렀을까 노인의 입에서 다시 부드러운 음성이 흘러나왔다.

"수고했다. 참 많은 것을 보고 왔구나."

순간 매의 눈동자가 예의 그 날카로운 사냥꾼의 눈으로 돌아왔다.

"가서 마저 식사를 하거라."

노인이 매를 훌쩍 허공으로 날려 보냈다. 그러자 매가 두세 번 날갯짓을 하더니 이내 사람들의 시야에서 사라졌다. 노인과 매 사이의 신비한 교류를 지켜보고 있던 소유거가 노인에 대한 태도를 조금 바꿨다.

"참으로 신비한 능력이구려."

앞서와 달리 상대에 대한 존중이 실려 있는 목소리, 노인 역시 그런 소유거의 태도에 한결 부드러운 목소리로 대답했다.

"그저 부모 잘 만난 덕이지요."

"허허, 어찌 그것이 타고난 재능만으로 가능한 일이겠소이까. 보지 않고 듣지 않아도 조왕께서 지난 세월 각고의 고련을 해왔음을 능히 알 수 있겠소이다."

"제 재주가 제법 사람들의 호기심을 자극할 수는 있겠지요. 그러나 무림이라는 곳은 잔재주만으로 살아갈 수 없는 곳이지요. 검산에서 오신 분들의 능력에 비하면 그야말로 한낱 농거리에 지나지 않는 잔재주입지요."

"허허, 어찌 그러한 능력을 잔재주라 비하하시오. 조왕께선 자신을 너무 낮게 보시는구려."

“좋게 보아주셔서 고맙소이다. 그나저나 녀석이 본 것을 전해 드리겠소이다. 그들은 서쪽 만오산을 지나 초원의 접경을 따라 이동 중입니다. 아마도 철림으로 향하는 듯하오이다.”

“철림이라면?”

“우리 요천문을 기준으로 보자면 조금 북쪽에 있는 오지이지요. 일 년의 태반은 눈이 쌓여 있고, 여름은 극히 짧소이다. 해서 사람들의 인적이 무척 드물지요. 물론 그 때문에 숲은 그 어느 곳보다 무성한 곳이지요. 한겨울 눈꽃이 강철처럼 단단하게 핀다 하여 철림이라 부르는 곳입니다. 그곳에서 그대로 북쪽으로 올라가면 북해가 나오고 그 동쪽에 대설문이 있소이다.”

“흠… 철림이라……. 그런데 움직임은 모두 몇입니까?”

그러자 조왕이라 불린 노인이 가만히 눈을 감더니 천천히 입을 열었다.

“열다섯 정도…….”

조왕의 말에 소유거가 고개를 돌리며 말했다.

“역시 서쪽 곤산을 살피고 오는 자들 같구나. 그쯤이면 적당한 것 같은데…….”

소유거의 말에 숲의 그늘에 얼굴이 가려져 있던 중년 사내가 살짝 모습을 드러내며 말했다.

“그 정도라면 굳이 함정을 팔 필요까지도 없지 않겠습니까?”

드러난 얼굴의 주인공은 검산 제일인자라 할 수 있는 탁발로의 아들 탁발무였다. 무천향의 소천 경쟁에서 파소와 가장 치열하게 접전을 벌였던 그가 홍안령의 깊은 산중에 소유거와 함께 모습을 드러낸 것이다.

"방심은 금물이야. 우리가 오늘날 어려움에 처하게 된 것은 한순간 방심했기 때문이 아니겠느냐? 더군다나 향에서 우릴 추격하기 위해 내보낸 자들이니 섣불리 상대할 일이 아니다."

"알겠습니다."

탁발무가 가볍게 고개를 숙여 보였다. 본래 탁발무는 탁발로의 손자로서 자존심이 무척 강한 독선적인 인물이었지만 대성사 소유거에게 가르침을 받으며 수련했기 때문에 소유거에게만큼은 탁발로에 버금가는 예를 차리는 그였다.

"소중한 기회야. 그동안 흔적을 찾을 수 없었는데……."

소유거가 천천히 하늘을 보며 말했다.

"몇이나 나왔을까요?"

"사촌에서 온 연락으로는 일백 정도인 것 같더구나."

"일백 중 열다섯이라… 큰 타격은 되지 않겠군요."

탁발무의 말에 소유거가 고개를 저었다.

"그렇지가 않다. 숫자가 문제가 아니야. 그동안 우린 그들의 움직임을 전혀 파악하지 못하고 있었다. 덕분에 계속해서 쫓기는 입장이었고, 언제나 손해를 보는 쪽은 우리였지. 향에서부터 패배의 연속이었지 않느냐? 그러나 여기 조왕께서 도와주신 덕에 일부라도 그들의 행보를 알아내 타격을 가할 수 있게 되었으니 이젠 그들도 함부로 우리 일을 방해하려 움직이지 못할 것이다. 그리고 무엇보다 이건 기세의 문제다."

소유거가 주먹을 말아 쥐며 말했다. 그의 표정에서 다부진

각오가 읽혀졌다.

"도대체 그들은 어떤 자들이오?"

문득 조왕이라 불린 노인이 소유거에게 물었다. 그러자 소유거가 묘한 표정으로 잠시 뜸을 들인 후 대답했다.

"북삼룡과 검산이 천하를 지배하고자 하는데 오직 하나의 걸림돌이 있다면 바로 그들이 될 것이오."

"그렇게 대단한 자들이란 말입니까? 검산의 고인들조차 걱정을 할 정도로……?"

"후후, 말하자면 그들은 우리 검산의 천척과도 같은 자들이오. 그러나 어쨌든 조왕께서 도와주신 덕에 이번에 그들에게 일침을 가할 수 있게 되었으니 앞으로의 사정은 많이 달라질 것이오. 자, 그럼 준비할 것이 많으니 어서 움직입시다."

소유거가 눈빛을 빛내며 말을 하고는 자신이 먼저 숲 속으로 신형을 날렸다. 그 뒤를 따라 수를 헤아리기 힘든 사람 그림자가 고목들 사이로 이동하기 시작했다.

삐이익!

그 그림자들 사이에서 한 줄기 긴 휘파람 소리가 울려 퍼졌다. 그러자 사라졌던 매가 어느새 숲 위로 날아올라 숲 안쪽에서 이동하고 있는 그림자들과 같은 방향으로 날기 시작했다.

第十章

푸른 늑대의 계곡

“이제 곧 만나겠네요.”

석청의 얼굴에 기대감이 서렸다.

“그러게요. 반나절 거리라고 했으니 곧 만날 거예요.”

“모두들 무사하다니 다행이에요.”

“을현 대협과 을경 대협이 이끄는 정종 최고의 후기지수들이니 초원을 주파하는 일이 그리 어렵지는 않았을 거예요.”

석청이 굳은 믿음이 드러나는 얼굴로 말했다.

대요산을 떠난 지 두 달째, 북쪽으로의 이동은 그리 빠르지 않았다. 애초에 대요산에 웅크리고 있던 검산 사람들의 뒤를 따라 이동하기로 했기 때문이었다. 또한 초원에 들어서서는 흥안령에서처럼 초원의 유목민에게 말과 양을 백여 마리 구입해 유목민으로 위장했기 때문에 속도를 내는 것도 어울리지 않은 상태이기도 했다.

그렇게 쉬지 않고 이동한 끝에 어느새 천추군이 모이기로 한 철림을 보름 거리에 놓아두었을 때 반가운 소식이 날아들었다. 서쪽 곤산의 묵철가 쪽을 살피러 갔다 돌아온 일군의 천추군이 파소 등과 행로가 겹쳐 중간에서 합류하기로 했던 것이다. 어차피 철림에 가까워져 있고 이제 곧 북방의 깊은 숲을 이동할 것이기 때문에 일행이 불어난다고 해서 크게 문제될 것은 없었다.

"어디라고 했죠?"

"푸른 늑대의 계곡이라고 북방의 유목민들에겐 무척 신성시되는 곳이라고 하더군요. 본래 몽고 사람들은 자신들을 늑대의 후손이라고 믿고 있잖아요."

"모두들 어찌 변했을지 궁금해요. 무천향과는 전혀 다른 세상을 경험했으니 제법 많이 변했을 거예요."

"그렇겠지요. 비록 길지 않은 시간이었지만 무천향 밖의 세상은 또 다르니까요."

파소 역시 을현의 변화가 궁금했다. 가장 무천향의 무인다운 무인 을현, 그는 과연 지난 수 개월의 강호 생활을 통해 어떻게 변했을까. 을현에 대해 워낙 강한 호감을 갖고 있는 파소였으므로 을현을 만나는 것이 자못 기대되기까지 했다.

"그는 이제 정신 좀 차렸을까요?"

생각에 잠겨 있는 파소에게 석청이 입술을 삐죽이며 물었다.

“누구요?”

“누구긴요. 그 대단한 가문의 피를 이어받은 고귀한 분 말이지요.”

석청의 말에 파소가 빙긋 미소를 지었다. 석청이 말하는 사람이 누군지 짐작이 갔기 때문이다.

“그가 스스로 칩거를 깨고 천추군에 포함되기를 원했을 때부터 이미 그는 변해 있었던 것 아닐까요?”

“글쎄요. 무천향을 벗어나 강호로 오는 와중에도 여전히 다른 사람과 거리를 두는 것 같던데요?”

“후후, 그야 익숙지 않아서겠지요. 하지만 수개월 동안 동료들과 생사를 함께하며 강호를 누볐으니 그도 많이 변해 있을 거예요.”

“부디 그랬으면 좋겠네요. 아직도 그 뻣뻣한 목이 그대로라면 정말 두고 보기 힘들 거예요.”

석청이 말하는 사람은 과거 무벽에 도전했던 정종의 후기지수 을경이었다. 십이종성 중 일인이자 정종의 수뇌 중 한 명인 을청산의 혈육인 을경은 무벽의 도전에서 파소와 을현에게 큰 좌절을 맛본 후 한동안 자신의 거처에 칩거한 채 외부로 나오지 않았었다. 사람들은 그가 다시 폐관 수련에 들어갔거나 혹은 생애 처음 맛본 좌절을 극복하지 못하고 폐인이 되었을 거라 수군거리곤 했었다.

그러던 그가 모든 사람의 예상을 깨고 천추군에 들어 강호로 나왔다. 그리고 을현과 한 무리를 이뤄 곤산 묵철가의 권역을 살펴고 곧 파소 등과 만나게 되어 있었던 것이다.

"저 산이 태모산인 모양이군."

문득 단보의 목소리가 들려왔다. 늙은 유목민 노인의 모습을 한 단보는 이제 제법 차림새에 어울리는 사람이 되어 있었다.

"그렇군요. 태모산 칠봉 중 다섯 번째와 여섯 번째 봉우리 사이에 푸른 늑대의 계곡이 있다고 했으니 이제 다 온 것 같습니다."

파소가 고개를 끄덕였다.

"서두르자. 보기엔 가까워 보여도 산길이란 본래 먼 법이니까."

단보의 말에 파소와 일행이 말과 양을 몰고 초원의 경계를 벗어나 숲으로 들어가기 시작했다.

울창한 수림이 하늘을 가렸다. 숲의 그림자 속으로 일단의 인물들이 이동하고 있었다. 사람이 다니지 않은지 오래된 숲이라 길을 찾기 어려웠지만 숲 그림자를 따라 움직이는 인물들은 풀잎 하나 허투루 건드리지 않았다.

계곡을 넘고, 바위를 날아 넘어 그들이 도착한 곳은 하늘의 빛이 온전히 들이비치는 이십여 장 폭의 계곡, 계곡 바닥 한쪽으로는 맑은 물이 흐르고 그 물을 중심으로 푸른 초지가 형성되어 있었다.

오래된 숲 속에 이런 초지가 만들어지는 것은 극히 드문 일.

멀리서 초지로 내려와 물을 마시던 사슴 몇 마리가 사람의 인기척에 놀라 숲으로 달아났다.

"이곳인가 보군요."

문득 일행 중에서 건조한 목소리가 흘러나왔다.

"그런가 보네. 참으로 기이한 곳이군."

이번에 흘러나온 목소리는 굵고 무거웠으나 그 속에 부드러움이 숨어 있었다.

"단 어르신께선 어디쯤 오셨을까요?"

"하루 전 전서에서 반나절 거리라고 했으니 곧 도착하실 걸세."

"그럼 반나절 정도 쉴 시간이 있겠군요."

"그렇지. 곤산에서 쉬지 않고 이동해 왔으니 모두들 피곤할 걸세. 이곳에서 단 어르신과 소천께서 오실 때까지 휴식을 취하시게들."

굵은 목소리를 가진 중년 사내의 말에 두 사람을 에워싸고 있던 인물들이 사방으로 흩어져 제각기 휴식을 취하기 시작했다.

"자네도 좀 쉬시게."

"쉬십시오. 제가 주변을 돌아보지요."

조금 젊은 쪽이 여전히 건조한 목소리로 중년 사내에게 짧게 말하고는 훌쩍 신형을 날려 초지를 에워싼 숲으로 날아갔다.

"흠, 여전히 날카롭군. 그래도 향에서와는 많이 달라졌어.

스스로 먼저 나서서 경계를 자처하는 것을 보면 말이야. 겉은 여전히 차갑지만 속에는 정이 생겨난 것이겠지. 아마 다시 향으로 돌아가게 되면 지금까지완 다른 경지에 이르게 될 거야.”

중년 사내가 이미 숲으로 사라진 젊은 사내가 향한 곳을 보며 중얼거렸다.

“그나저나 소천께선 어찌 변하셨을까? 하긴 애초에 강호에서 살아오셨으니 향의 다른 무인들처럼 많이 변하시진 않았겠지. 아, 강호란 곳에 나온 지 벌써 육 개월이 넘었구나. 참으로 시간은 유수와 같아.”

중년 사내의 입에서 감상적인 목소리가 흘러나왔다. 그렇게 한바탕 탄식을 흘려낸 사내가 주변을 돌아보며 맑은 물이 흐르는 개울가로 다가갔다. 그리곤 신형을 낮춰 두 손을 투명한 개울물에 담갔다.

“웃, 차군.”

얼음장처럼 찬 개울물이 사내의 머릿속까지 찌릿하게 만들었다. 감상에 빠져 혼미하던 정신이 한순간 맑아졌다. 그런데 그 순간 그 맑아진 감각 끝에 뭔가 이질적인 기운이 느껴졌다.

“음!”

사내가 나직한 신음성을 흘리며 앉은 채로 고개를 돌렸다. 주변은 여전히 평화로웠다. 사방을 둘러싼 수백 년 고목들, 그 사이에 펼쳐진 작지 않은 초지, 그리고 그 초지를 가로지르는 맑은 개울물, 모든 것은 그들이 이 계곡에 도착했을 때와 변화가 없었다. 하지만 사내의 표정은 점점 더 어두워졌다.

"모이시게들!"

사내의 입에서 나직한 명이 흘러나왔다. 그러자 계곡 주변에 흩어져 휴식을 취하고 있던 사내의 동료들이 어리둥절한 표정을 지으며 사내를 바라보다가 사내의 얼굴에 드러난 어두운 기운을 알아채고는 재빨리 신형을 날려 사내의 주변으로 모여들었다.

"무슨 일입니까?"

사내의 주변으로 모여든 자들 중 한 명이 사내에게 의문 어린 표정으로 질문을 던졌다. 중년 사내는 여전히 주변을 돌아보며 질문에 답하기 위해 천천히 입을 열었다.

"뭔가 예감이… 이건!"

사내의 말이 중간에서 끊겼다. 그를 둘러싼 사람들도 더 이상 사내의 대답을 기다리지 않았다. 그들의 시선이 재빨리 초지를 둘러싼 숲의 한 지점을 바라봤다.

쩌저정!

마른하늘에 벼락 치는 소리가 터져 나왔다. 동시에 사내들의 시선이 향한 숲 쪽 아름드리나무들이 거친 굉음을 내며 쓰러졌다. 그 사이로 앞서 중년 사내의 곁을 떠나 경계에 나섰던 젊은 사내의 신형이 거칠게 튕겨져 나왔다.

"뭔가?"

중년 사내의 표정이 급변했다. 숲으로 경계를 나갔던 사내의 실력을 중년 사내는 잘 알고 있었다. 당금 강호에 그를 이토록 거칠게 뒤로 물러나게 만들 인물은 그리 많지 않다. 아니,

어쩌면 강호천하에 그런 사람은 존재하지 않을지도 몰랐다. 그럴 만한 인물들이라면 오직 한곳의 고수들 뿐!

"검산?"

중년 사내의 입에서 한마디 음성이 흘러나오는 순간 숲에서 튕겨져 나온 사내를 쫓아 일단의 인물들이 숲에서 뛰어나왔다.

"역시!"

중년 사내의 입에서 당혹스런 음성이 흘러나왔다. 숲에서 뛰쳐나온 자들은 방금 전 그가 예상했던 바로 그 자들이었기 때문이었다.

"오랜만이군."

숲에서 모습을 드러낸 일단의 인물들 중 가장 앞쪽에선 날카로운 인상의 노고수가 중년 사내를 보며 메마른 인사를 던졌다.

"대성사 소유거……."

중년 사내의 입에서 신음 같은 소리가 흘러나왔다. 숲에서 모습을 드러낸 일단의 인물들, 그들은 바로 대성사 소유거가 이끄는 검산의 고수들이었다.

"이런, 아무리 향에서 쫓겨난 신세라지만 그래도 한때는 향의 어른이었던 날 보고 인사도 하지 않다니, 인심이 너무 박하군."

소유거가 놀란 눈으로 자신을 바라보고 있는 중년 사내를 보며 정말 서운한 듯한 표정으로 말했다. 그러자 중년 사내의

표정이 살짝 변하더니 이내 침착한 얼굴로 대성사 소유거를
향해 포권을 해 보였다.

"오랜만에 뵙습니다. 기억하실지 모르지만 을현입니다."

"물론 기억하고 있네. 자네야 내가 가르친 사람은 아니지만
무벽에 도전해 무천향의 후계자 후보에 올랐던 인물인데 어찌
자넬 모르겠는가?"

"기억해 주신다니 영광입니다. 그런데 여긴 어떻게……?"

"정말 몰라서 묻는 건가?"

소유거의 말이 검처럼 날카롭게 을현의 귀를 파고들었다.

"그렇군요. 괜한 걸 물었습니다. 그런데 저희의 행적을 어
찌 파악하신 것인지 모르겠군요. 최대한 은밀하게 움직였는
데……."

"후후, 운이 좋았다고 해야겠지. 향주가 추격군을 보냈다는
건 이미 알고 있었네."

"그야… 짐작은 하고 있었습니다."

아직도 무천향 내부에, 아니면 적어도 계명촌에 검산의 세
작이 남아 있을 것이란 걸 예상 못한 것은 아니었다. 그러니
당연히 천추군이 무천향을 떠난 것을 검산의 사람들이 모를
리 없었다. 하지만 강호에 나온 천추군의 움직임을 검산이 파
악하고 있었다는 것은 확실히 예상치 못한 일이었다.

"천추군이라고 했던가?"

소유거의 물음에 을현이 고개를 끄덕였다.

"좋군. 아마도 향주께선 우리 배신자들을 제거하시고 무천

향을 천 년 이상 이어질 곳으로 재건하고 싶으신 것이겠지. 천추군이라…….”

소유거가 알 수 없는 감정을 드러낸 채 천추군이라는 말을 읊조렸다. 을현은 그런 소유거를 아무 말 없이 바라보고 있었다. 그러자 소유거가 다시 입을 열었다.

“물론 천추군 모두의 움직임을 파악하고 있는 건 아닐세. 북삼룡의‘사람들까지 동원해 백방으로 천추군의 움직임을 파악하려 했지만 우리가 파악한 천추군은 자네들이 유일하네. 다른 자들은 역시 무천향 최고의 고수들답게 자신들의 그 흔적을 찾기 힘들더군.”

“역시 우리의 능력이 부족했던 모양이군요.”

“아아, 그렇게 생각할 필요는 없네. 사실 자네들을 발견한 것은 운이 좋았다고 할 수 있으니까. 물론 자네들이 다른 천추군과 달리 몸을 숨길 데가 마땅치 않은 초원으로 이동했다는 것도 한 이유겠지만 그것보다도 우리에겐 초원의 움직임을 한눈에 살필 수 있는 한 영물의 도움이 있었다네.”

소유거의 말에 을현이 무슨 말이냐는 듯한 표정을 짓자 소유거가 손을 들어 하늘을 가리켰다. 그러자 푸른 늑대의 계곡으로 불리는 이 신비한 계곡 위쪽으로 한 마리 매가 유유히 날고 있는 것이 보였다.

“대성사께 드러나지 않은 능력이 많은 줄은 알고 있었으나 하늘을 나는 맹금까지 다루실 줄은 몰랐군요.”

“아니아니, 저 매를 다룬 사람은 내가 아닐세. 물론 검산의 사람들도 아니지. 저 매는 요천문의 기인이신 여기 조왕께서 다루시는 맹금이라네."

소유거가 한쪽에 서 있는 노고수를 가리켰다.

"검산에서 북삼룡을 손에 넣었다는 사실은 알고 있었지요."

"음, 그 말도 틀린 것이네. 어느 누가 천하의 북삼룡을 손에 넣을 수 있겠는가? 그저 우린 서로 힘을 합쳐 강호를 도모해 보고자 의기를 투합했을 뿐이라네."

"의기란 아무 때나 쓰는 말이 아니지요."

을현이 딱딱한 목소리로 말했다. 순간 소유거의 표정이 변했다. 그의 눈에 싸늘한 살기가 돌았다. 그러면서도 그는 여전히 담담한 목소리를 흘려냈다.

"헛허! 맞는 말이네. 사실 우리가 의기로 이 일을 하는 것은 아니지. 그럼 패기라고 해두겠네."

"제가 보기엔 살기 같습니다만……."

어느덧 평상심을 되찾은 을현은 대성사 소유거 앞에서도 전혀 흔들림이 없어 보였다.

"그런가? 음… 사실 그렇게 봤다면 잘 본 것일세. 난 오늘 자네들을 살려보낼 생각이 없네. 자네들의 목숨으로 경고를 해야겠어. 검산이 더 이상 숨지만은 않겠다고 말이야."

"물론 대성사님의 능력이라면 충분히 우리의 목숨을 거두실 수 있을 겁니다. 하지만 그러기 위해선 그만한 대가를 치러야 할 겁니다."

을현의 말에 소유거가 정색을 하며 고개를 끄덕였다.

"물론, 어찌 향의 정예들을 상대함에 소홀함이 있을 수 있겠는가? 걱정 마시게. 우린 충분히 준비했다네."

차가운 살기가 소유거의 눈을 스치고 지나갔다. 평정심을 회복한 을현조차 소유거의 살기에 은은한 놀람을 드러냈다. 무도를 숭앙하는 대무천향의 대성사에게 이런 강렬한 살기가 있을 거라고 누가 상상이나 했겠는가? 하지만 소유거의 눈에 드러난 살기는 천하에 짝을 찾을 수 없을 만큼 강렬한 것이었다.

"검을 내려놓으면 목숨은 보전해 주겠다는 거짓 약속은 하지 않겠네. 우리에게 필요한 건 자네들의 목숨이니까. 그 목숨으로 향주에게 경고를 할 것이네."

"목숨을 구걸하기 위해 검을 내려놓을 우리도 아니지요."

"후후, 알고 있었네. 자, 그럼 이제 시작해 볼까. 자네들을 위해 제법 단단히 준비했으니 서운치는 않을 걸세. 시작하라!"

소유거의 입에서 차가운 명이 떨어지는 순간 소유거의 신형이 어느새 그가 데리고 온 일단의 무리들 속으로 사라졌다. 순간 검산 고수들이 반원형으로 진형을 짜더니 마치 퇴각이라도 하려는 듯 숲 가까이로 물러났다. 그리고 그 순간 을현은 숲에서 반짝이는 수십 개의 빛을 보았다.

"화살이다. 조심하라!"

을현의 입에서 다급한 경고가 터져 나왔다. 그런 그의 말이 채 끝나기도 전에 숲으로 물러났던 검산의 고수들이 몸을 틀어 공간을 만들었다. 그리고 그 공간 사이로 강렬한 파공음을 일으키며 수십 대의 강전이 쏟아져 나왔다.

차차창!

어지러운 격돌음이 신비로운 풍경을 자아내던 푸른 늑대의 계곡을 가득 메웠다. 을현과 무천향 천추군을 향해 닥쳐들던 강전이 허공을 뒤덮는 검기와 도기에 막혀 사방으로 튕겨 나갔다. 비록 기습이라지만 무천향 천추군들이 화살을 맞고 죽을 인물들은 아니었다. 강호에 나가면 그 하나하나가 절대의 전설을 써갈 인물들, 위태롭긴 했으나 기습적으로 날아든 강전에 목숨을 잃은 천추군은 없었다.

"역시, 천추군. 날 실망시키지 않는구나. 그러나 오늘 이곳이 그대들의 무덤이라는 것은 변함이 없다. 뢰(雷)!"

검산 고수들의 무리 속에서 소유거의 목소리가 들려왔다.

순간 초록의 계곡을 둘러싸고 있는 양쪽 절벽 위에 십여 명의 인물이 불쑥 모습을 드러냈다. 그들의 손에는 보통보다 한 자 정도 큰 철궁이 들려 있었는데 그들은 모습을 드러내자마자 지체없이 을현이 이끄는 천추군을 향해 강전을 쏘아대기 시작했다.

쉬이익!

퍼퍽!

강력한 파공음을 내며 날아온 강전은 단단한 바위조차 여지없이 뚫어대며 땅에 박혔다. 그러나 결과는 이번에도 마찬가지여서 절벽 위에서 쏘아 내리는 강전에 목숨을 잃은 천추군은 없었다.

단지 그 모양새는 좀 달라서 이번에는 천추군의 고수들도 강전을 쳐내기보다는 양쪽 절벽 아래쪽으로 이동하며 강전을 피해내는 것으로 대응하고 있었다. 그렇게 열 다섯 명의 천추 군이 반으로 갈려 양쪽 절벽 아래로 이동하자 갑자기 하늘에 서 쏟아지던 강전이 뚝 멈췄다. 그리곤 재빨리 계곡의 중심으 로 소유거가 이끄는 검산 고수들이 달려나왔다.

"이런!"

을현의 입에서 당혹스런 음성이 흘러나왔다. 평소 진중한 그의 성격으로 보자면 현재 상황이 녹록치 않음을 의미했다.

소유거가 이끄는 검산 고수들의 숫자는 대략 삼십여 명. 절 벽 위에서 활을 쏴대던 인물들까지 합치면 사십 명에 달하는 인원이었다. 그에 비해 을현을 따르는 천추군의 숫자는 열다 섯, 비록 천추군의 고수 한 명 한 명이 무천향에서도 특출한 능 력을 지닌 인물들이라지만 검산의 고수들 역시 무천향에서 무 공을 수련한 자들인 것은 마찬가지였다.

더군다나 천추군은 절반으로 양분된 상황, 소유거가 이끄는 적을 맞아 싸워 승리를 거두기는 어려운 상황이었다. 그나마 다행인 것은 사십여 명의 적 중 검산 출신이 아닌 자들이 더러 보인다는 것이었다. 그들은 아마도 검산이 접수한 북삼룡 출 신의 고수들을 터였다.

을현이 재빨리 고개를 들어 건너편 절벽 아래 모인 천추군 고수들을 바라봤다. 마침 을현의 시선이 건너편으로 이동해 있는 을경과 마주쳤다. 을경은 조금 흥분한 듯 눈에서 기광을 줄기줄기 흘려내고 있었다.

그런 을경이 을현과 시선을 마주치자 점차 안정을 되찾기 시작했다. 그리곤 눈으로 을현에게 향후의 대책을 물었다. 을현이 가만히 고개를 저었다. 이곳에서의 싸움은 승산이 없다는 의미, 을경의 눈빛이 한차례 흔들렸지만 이내 다시 침착함을 회복했다.

그런 을경의 눈을 주시하며 을현이 천추군 모두가 들을 수 있을 정도의 목소리로 소리쳤다.

"이곳을 벗어난다. 각자의 목숨을 구하라. 만날 곳은 이미 알고 있을 터 모두 행운을 빈다."

을현의 말이 채 끝나기도 전에 을현과 을경이 동시에 움직였다.

콰아아앙!

강렬한 파공음이 계곡 아래쪽을 막아선 검산 고수들 위로 떨어졌다.

"웃!"

순간 계곡 아래쪽을 막아서고 있던 검산 고수들이 다급성을 토해내며 분분히 좌우로 날아올라 길을 열었다. 그만큼 을현과 을경의 무공은 대단했다. 특히 을현의 무공은 전율적이어서 그의 검기는 근 십여 장에 이르는 잔상을 만들며 길을 열었던 것이다.

"가자!"

길이 열리자 을현의 입에서 차가운 외침이 터져 나왔다. 동시에 그의 신형이 열린 길을 향해 바람처럼 돌진했다.

"역시 대단해. 을씨의 정해공은 공력에 관한한 하늘 아래 비교할 무공이 없는 절기지."

강력한 을현의 공력을 견식한 소유거가 감탄사를 흘려냈다. 그러나 그도 잠시, 그의 눈이 차갑게 굳어지더니 이내 살기가 흐르는 목소리로 명을 내렸다.

"흩어진다면 오히려 좋다. 많이 벨수록 좋다. 시간은 두 시진! 두 시진 후 사냥을 마치고 이곳에 모인다. 모두 가라!"

소유거의 명이 떨어지자 검산 고수들이 일제히 날아올라 도주하는 천추군을 추격하기 시작했다.

"악!"

그리고 채 일각이 흐르기 전에 숲의 저편에서 비명 소리가 들려왔다. 그러자 소유거의 입가에 한 줄기 미소가 생겨났다.

"빠르군. 나도 서둘러야겠어. 게으름을 피우다간 사냥감 하나 잡지 못하는 망신을 당할 테니."

나직하게 중얼거린 소유거의 신형이 흐릿해지더니 순식간에 장내에서 사라졌다.

푸른 늑대의 계곡에서 시작된 혈풍의 추격전은 금세 태모산 전체로 확장됐다. 일단 늑대의 계곡을 벗어난 천추군 고수들은 사방으로 흩어져 각자의 살길을 찾기 시작했다. 한군데 몰려 있다가는 필히 전멸을 면치 못할 것이기 때문이었다.

을현 역시 어는 순간부터 홀로 태모산을 달리고 있었다. 그가 향한 곳은 태모산의 남쪽, 이미 천추군 고수들은 반나절 거

리에 소천 파소와 단보가 이끄는 또 다른 천추군들이 다가오
고 있음을 알고 있었다. 그들과 만날 때까지만 생존한다면 목
숨을 구함은 물론 상황을 역전시킬 수도 있었다.

두 무리의 천추군이 모인다면 전력면에서 등 뒤에서 추격하
고 있는 검산무리들을 능가할 것이기 때문이었다. 그러나 그
반나절의 시간을 버티는 것은 을현과 그의 동료들에게 지옥과
도 같은 시간이 될 터였다.

"크앗!"

숲의 저 멀리서 다시 또 누군가의 비명 소리가 들려왔다. 을
현은 비명의 주인이 부디 천추군의 동료가 아니기를 바라며
이장 높이의 바위를 날아 넘었다.

그리곤 남쪽으로부터 태모산 네 번째 봉우리를 막 지나치려
는 순간 갑자기 그의 앞에 검은 그림자가 어릿하던 한줄기 강
렬한 빛이 그의 몸을 반으로 갈라왔다.

을현은 빛이 거의 자신의 머리에 닿는 순간 풍차처럼 몸을
회전시켰다. 그러자 그의 몸 주변에 강력한 진기의 바람이 일
어나더니 그를 반으로 쪼갤 듯 닥쳐들던 빛줄기가 그 진기의
바람에 막혀 옆으로 비껴 나갔다.

"역시 대단해. 정종 정해공의 진수를 직접 경험하고 싶었소."

차갑고 도도한 목소리, 을현은 금세 빛줄기의 주인이 누군
지 알 수 있었다. 어찌 모를 수 있을까. 그와 함께 무벽에 도전
했고, 그와 함께 무천향의 성해 변에서 소천이 되기 위해 반나
절을 함께 보낸 터였다.

한 자루 장도를 허리 아래로 내려뜨린 채 태산처럼 서 있는 중년 사내, 도도함이 단점이 아니라 오히려 잘 어울리는 장신구 같은 사내, 검산 이목으로 불리며 무천향 최고의 후기지수로 불리던 탁발무가 운명처럼 을현 앞에 서 있었다.

"오랜만이구려."

을현 역시 담담한 표정으로 탁발무를 맞이했다. 한편으론 소유거가 아님이 다행이라 생각하면서도 다른 누군가가 소유거를 상대하고 있을 것을 생각하니 마음 한쪽이 무거운 을현이었다.

"그렇구려. 도주하듯 향을 떠난 이후 처음이니… 꼭 한 번 만나고 싶었소이다."

"달리 이유라도 있소이까?"

"소천의 과거지사는 잘 모르겠고, 그대는 정종의 정통 무공인 정해공을 수련했으니 과연 정종 을씨의 무공이 수백 년 동안 검산을 발아래 둘 만한 자격이 있었는지 그걸 확인하고 싶었기 때문이오."

"소천이 을씨가의 선검을 익혔음은 이미 알려진 사실 아니오?"

"물론 그렇긴 하지만 그의 과거는 장막에 싸여 있고 그의 검이 정말 을씨의 선검인지도 확신할 수 없으니, 역시 나로선 그대가 정종 을씨의 무공을 대표한다고 생각하고 있었소."

그러자 을현의 입가에 한 줄기 미소가 생겨났다.

"정말 그래서 날 선택한 거요? 혹 소천이 무벽에 남긴 검흔을 보고 소천에게 도전할 마음이 사라진 것 아니오?"

을현이 그답지 않은 심계로 탁발무의 심기를 긁었다. 탁발
무를 흔들고자 한 말은 아니었다. 단지 소천 을파소가 아닌 자
신에게서 정종의 능력을 확인하고자 하는 탁발무의 논리가 가
소로웠기 때문이다. 소천의 무공이 선검임은 이미 정종의 많
은 노고수들이 확인한 바가 아니던가. 그런데도 소천 을파소
의 무공 배경이 확실치 않다고 말하는 것은 역시 소천 을파소
의 무공에 대해 탁발무가 보이지 않는 열등감을 가지고 있기
때문일 터였다. 그리고 아마도 그 열등감이 을현에 대한 투쟁
심으로 변질되어 나타나고 있는지도 몰랐다.

을현의 차가운 비웃음에 탁발무의 볼이 씰룩였다. 태산처럼
도도하던 그의 몸이 얼핏 작게 흔들리는 듯한 느낌이 들었다.

"예상외군. 심계에 능할 줄은 몰랐소. 더군다나 그 심계를
싸움에 이용할 줄은 더욱 몰랐고."

탁발무는 을현의 말을 자심의 감정을 흐트러뜨리기 위한 행
동으로 보고 있었다.

"그렇게 생각했다면 어쩔 수 없는 일이오만 진실은 그대 가
슴만이 알고 있겠지."

을현이 한 치도 물러서지 않고 응대했다. 이런 을현의 태도는
무천향에서의 그의 모습과는 사뭇 다른 것이어서 탁발무는 예
상외로 날카로운 말솜씨를 보여주는 을현의 태도에 의외라는
눈빛을 보였다. 그러나 그도 잠시, 탁발무가 노한 감정이 드러
나는 눈으로 을현을 쏘아봤다. 그러다가 차가운 말을 내뱉었다.

"말싸움이나 하자고 그댈 추격한 것은 아니고……."

"물론 내 목숨을 원한다는 건 알고 있소."

"그럼 도검이 우리의 말을 대신할 때군."

탁발무가 흘러나오는 살기를 감추지 않은 채 도를 들어 올렸다. 그의 몸과 그의 눈, 그리고 그의 도가 살기로 번뜩였다.

"무천향을 떠난 지 겨우 몇 개월, 그사이 그대는 무천향의 무인에서 강호의 무인으로 완벽하게 변했구려."

무천향의 무공은 타인을 베기 위함이 아니다. 해서 무천향의 고수들은 무공이 높아도 그 무공에 살기가 배어 있지 않다. 하지만 지금 탁발무는 수십 년 강호의 혈풍을 헤쳐 온 사람처럼 강렬한 살기를 흘려내고 있었다.

"잊을 곳은 빨리 잊을수록 좋은 것 아니겠소? 자, 이제 그대의 목숨을 걱정하시구려."

파앗!

말을 마치자마자 탁발무의 도가 사선으로 그어졌다. 순간 오 장여에 이르는 도기가 도가 이동한 방향을 따라 사선을 그리며 을현의 몸을 대각선으로 베어갔다. 하지만 이번에는 을현도 상대의 공격에 충분히 대비하고 있었다.

웅!

오히려 도에 더 어울릴 듯한 파공음이 을현의 검에서 터져나왔다. 동시에 굵은 검기가 짧게 만들어지더니 자신의 몸을 대각으로 갈라오는 탁발무의 도기와 격돌했다.

쩡!

바위 갈라지는 소리가 터져 나오고 두 사람의 신형이 제각기 뒤로 물러났다. 을현이 이 장, 탁발무가 삼 장여. 공력으로 보자면 을현이 탁발무를 능가한다는 결과였다.

"역시 공력으론 당할 자가 없겠구려."

애초에 공력에선 을현에 밀릴 것을 예상하고 있었는지 탁발무의 표정은 별반 변화가 없었다. 대신 탁발무는 움직임에 변화를 주기 시작했다. 지금까지와 달리 탁발무가 을현의 주위를 돌기 시작했다. 반면 을현은 한 자리에 선 채 천천히 탁발무가 움직이는 방향을 따라 신형을 조금씩 돌렸다.

팽팽하게 당겨진 긴장감이 두 사람 사이에 형성됐다. 한순간이라도 상대의 움직임을 놓친다면 그 순간의 허점이 곧 패배로 이어질 것이란 건 두 사람 모두 알고 있었다.

한 치의 방심도 없는 움직임들이었으므로 두 사람의 대치는 길어졌다. 어느 한쪽도 섣불리 상대를 향해 도검을 뻗어내지 못했다. 그러나 이런 대치가 길어질수록 싸움에서 불리해지는 것은 탁발무였다.

공력에 관한한 분명 을현이 탁발무보다 우위에 있었기 때문에 싸움이 길어지면 먼저 지치는 쪽은 탁발무일 터였다. 힘이 떨어지면 집중력이 흐트러지고, 집중력이 흐트러지면 빈틈이 생긴다. 탁발무가 이 이치를 모를 리 없었다.

"훗!"

탁발무의 입에서 가벼운 바람 소리가 흘러나왔다. 순간 을현을 중심으로 회전하던 그의 신형이 뚝하고 멈췄다. 그의 발이 방향을 트느라 오래 묵은 낙엽 속으로 깊숙이 파고들었다. 그리고 다음 순간 낙엽 깊숙이 파고들었던 그의 두 발이 강하게 땅을 박차며 그의 신형을 지금까지와 전혀 다른 방향으로 날려 보냈다.

슈슈슉!

탁발무의 도가 마치 검처럼 허공에 휘저어졌다. 그러자 미인의 눈썹처럼 휜 도 모양의 도기들이 연달아 다섯 개가 만들어지더니 기이한 곡선을 그리며 을현을 향해 날아들었다.

무심한 을현의 얼굴에 언뜻 감탄의 기색이 흘렀다. 아무리 적이라지만 지금 탁발무가 시전하고 있는 도법은 한 사람의 무인으로서 탄복하지 않을 수 없는 절기였던 것이다.

"달이 춤을 추는구나."

을현의 입에서 문득 싸움터에 어울리지 않는 말이 흘러나왔다. 마치 술자리에서 흥겨운 시구를 흘려내는 듯한, 그러나 현실은 그렇게 녹록한 것이 아니었다. 어느새 탁발무가 만들어낸 다섯 개의 도기 중 하나가 을현의 옷자락을 잘라내고 있었다.

기잉!

도기 하나에 옷자락을 베이며 신형을 튼 을현의 검이 거친 기음과 함께 반원을 그렸다. 그러자 딱 검 한 자루 크기의 검기들이 촘촘히 허공에 그려지면 부챗살처럼 퍼져 나갔다.

쿠쿠쿵!

또다시 강력한 격돌음이 장내를 휩쓸었다. 탁발무의 도법은 실로 현묘해서 을현이 피할 수 있는 모든 방위를 차단하며 을현을 몰아쳤지만, 을현은 믿을 수 없는 강력한 공력으로 부챗살 같은 검기를 만들어내 정면으로 탁발무의 도기들을 튕겨냈던 것이다.

"대단하다. 그러나!"

탁발무에게서 어금니를 악문 듯한 목소리가 흘러나왔다. 동시에 그의 신형이 화려하게 충돌하는 도기와 검기를 뚫고 허공으로 치솟는가 싶더니 채 일 장도 솟아오르지 않아 그대로 제비를 돌며 탁발무의 정수리에 일도를 휘둘렀다.

그야말로 전광석화 같은 속도, 그 누구도 피할 수 없을 것 같은 도기가 순식간에 을현의 머리를 쪼겠다.

"음!"

과묵한 을현의 입에서조차 짧은 신음성이 흘러나왔다. 동시에 그의 신형이 거의 반사적으로 오른쪽으로 기울어졌다.

삭!

순간 소름 끼치는 파열음과 함께 을현의 왼쪽 옷자락이 길게 베어져 나갔다.

투툭!

그사이 을현의 신형이 탁발무에게서 삼 장여 거리를 벌리며 멀어졌다. 잘려 나간 그의 왼쪽 옷자락 속에서 붉은 선혈이 내비쳤다.

"끝을 보자."

처음으로 을현을 뒷걸음치게 만든 탁발무가 득의한 표정으로 호기로운 목소리를 흘려내며 거침없이 을현을 향해 뛰어들었다. 선기를 잡은 승부를 뒤로 미룰 이유가 없었다.

반면 수세에 몰린 을현은 한순간 넓어졌던 탁발무와의 거리가 순식간에 좁혀지자 침중한 표정으로 급히 검을 들어 올려 날아드는 탁발무의 도를 막아갔다.

차차창!

두 사람 사이에서 한순간에 근 십여 차례의 격돌음이 일어났다. 한 번 뒤로 밀렸던 을현은 그 십여 번의 격돌 내내 계속해서 뒤로 밀리고 있었다. 싸움의 기세는 온전히 탁발무에게 있었다. 탁발무의 도는 을현의 옷자락과 머리카락을 허공에 날려 버리며 그의 목줄을 향해 야금야금 다가들었다.

탁발로의 도법은 그야말로 빈틈이 없어서 한 번 수세에 몰린 을현이 전세를 반전시킬 찰나의 기회조차 주지 않았다. 그렇게 십여 초의 교환이 지났을 때 탁발무의 얼굴엔 승자의 여유가 을현의 얼굴엔 패자의 당황스러움이 깃들었다.

"마지막!"

호기로운 탁발무의 외침이 숲을 떨쳐 울렸다. 동시에 거의 도기조차 일으키지 않은 탁발무의 도가 그대로 을현의 머리를 찍어눌렀다.

"음!"

을현의 입에서 자신도 모르는 사이에 신음성이 흘러나왔다. 동시에 그가 다급한 동작으로 검을 쳐올려 이마 바로 앞에서 탁발무의 도를 막아냈다.

깡!

강렬한 격돌음과 함께 도와 검 사이에서 일어난 불꽃이 두 사람의 눈을 어지럽혔다.

"핫!"

탁발무의 입에서 마지막 기합성이 터져 나왔다. 모든 것은 탁발무의 승리를 가리키고 있었다. 도와 검의 무게 차이, 싸움에서의 선기, 그리고 떨어져 내리는 가속도에 의해 만들어지는 천근의 힘, 이제 한 치의 힘만 더 주면 탁발무의 도는 을현의 검을 누르고 상대의 머리에 파고들 터였다.

그런데…….

"잇!"

웬일인지 탁발무의 입에서 억눌린 음성이 흘러나왔다. 그리고 잠시 후 그의 얼굴이 서서히 붉어지기 시작했다. 반면 죽음의 바로 문턱에 이르렀던 을현의 얼굴은 어느새 침착함을 회복하고 있었다. 더불어 그의 이마에 닿아 있던 검이 서서히 그에게서 멀어지며 탁발무의 도를 자신에게서 밀어내기 시작했다.

그렇게 믿을 수 없는 변화가 두 사람 사이에서 일어나기 시작했다. 공세를 취했던 탁발무가 오히려 수세에 몰리고 어느새 두 무릎을 바로 세운 을현이 탁발무를 찍어누르고 있었다.

완벽한 전세의 역전, 탁발무의 이마에 땀이 한두 방울 맺히기 시작했다. 그는 자신에게 일어난 이 현실을 믿을 수 없다는 눈으로 힘겹게 을현의 검을 막아내면서도 입을 열었다.

"어… 어떻게?"

그러자 을현이 무심한 어조로 대답했다.

“정종 을씨의 무공을 시험해 보겠다고 했나? 어떤가? 이게
바로 정종 을씨의 정해공이야. 그것도 난 정해공의 진수에 오
르지 못했지. 왜 항상 검산은 정종 을씨를 넘지 못했는지 알고
싶다고 했나? 이게 바로 그 이유네. 깊이… 같은 초식을 휘둘
러도 그 속에 담긴 내력의 정순함과 장구함의 차이를 검산은
극복할 수 없었던 것이네. 그리고… 이 정도 실력이라면 애초
에 소천에게 도전하지 않고 날 상대하려 한 자네의 결정은 옳
은 것이었던 듯싶군. 나를 넘지 못하는데 하물며 어찌 소천을
넘을까.”

을현의 말에 탁발무의 얼굴이 더욱 붉게 물들었다. 도도하
던 그의 자존심이 완벽하게 허물어지고 있었다. 더군다나 지
금은 그 무너진 자존심보다도 자신의 목숨을 걱정해야 할 처
지였다.

“끝내지. 급한 건 나도 마찬가지니.”

문득 을현의 입에서 차가운 음성이 흘러나왔다. 동시에 탁
발무를 찍어누르던 그의 검에 한 겹의 공력이 더 입혀졌다.

“웃!”

천 근의 무게에 한 근의 무게가 더해지자 탁발무는 급격히
허물어지기 시작했다. 을현의 검이 거침없이 탁발무의 도를
밀어붙이며 그의 이마를 갈라갔다.

“끝이네! 잘 가게, 형제!”

을현이 정색을 한 표정으로 작별을 고했다. 적이지만 함께
무천향에서 무도를 추구하던 사람, 얼마 전까지만 해도 그들

은 무천향에서 태어나 자란 형제들이었다. 그 형제를 죽음으로 밀어 넣는 을현의 표정 또한 밝지 않았다.

그러나 그들이 강호에 나온 이상 죽어야 할 자는 죽어야 했다. 그게 강호의 법칙 아니던가!

"핫!"

을현의 입에서 재차 기합성이 터져 나왔다. 동시에 그의 검에 푸른 기운이 일렁였다. 그의 검이 거침없이 탁발무를 갈라 갔다. 그런데 그때!

"멈춰랏!"

갑자기 두 사람이 격전을 벌이고 있는 공터 저쪽에서 날카로운 음성이 터져 나오며 한 줄기 검기가 빛살처럼 을현을 향해 꽂혀들었다.

"음!"

순간 을현의 입에서 한 마디 깊은 신음성이 흘러나오더니 이내 그의 신형이 훌쩍 허공으로 치솟아 올랐다. 그런 을현의 등줄기를 푸른 검기가 스쳐 지나갔다.

"큭, 쿨럭, 쿨럭!"

죽음의 문턱에서 살아난 탁발무가 무리하게 끌어올렸던 진기를 진정시키지 못하고 피를 토하며 기침을 해댔다.

"괜찮으냐?"

"괘, 괜찮습니다, 대성사님! 그보다 놈은?"

탁발무를 죽음의 문턱에서 구한 사람은 대성사 소유거였다. 천우신조로 목숨을 구한 탁발무가 힘겹게 고개를 들며 을현을 찾았다. 그러나 을현은 이미 장내에서 모습을 감춘 후였다.

"제가 부족해서 대어를 놓쳤군요."

"걱정 마라. 그 또한 부상을 입었으니 쉽게 도주하진 못할 게다. 그리고 이미 한 마리 대어는 잡았다."

소유거가 득의한 표정으로 말했다.

"누굴……?"

탁발무의 물음에 소유거가 한 자루 검을 들어 보였다.

"그건…….."

"을경, 그 아이의 검이다."

"역시 대성사님이십니다. 어느새 그를 제거하셨군요."

"어차피 이 태모산에 들어온 천추군은 모두 죽을 것이다. 자, 몸이 괜찮다면 다시 추격에 나서자."

"알겠습니다. 빚을 갚아야죠."

"그래야지. 그래야 사내지. 그나저나 이상하군."

"뭐가 말입니까?"

"왜 저들은 하나같이 남쪽으로 도주를 하는 것일까?"

소유거가 고개를 갸웃하면서 남쪽으로 길게 이어진 산봉우리들을 바라봤다.

*　　*　　*

파소가 눈을 들어 눈앞에 불쑥 솟은 높은 산을 바라봤다. 이미 이런 산봉우리 둘을 지난 후였지만 여전히 눈앞에는 나는 새도 넘기 힘든 산봉우리들이 즐비했다. 그러나 길은 언제나 끝이 있는 법이 아니던가.

'이제 세 개만 더 넘으면 되겠군.'

파소가 북쪽에서 불어오는 산바람을 시원하게 맞으며 생각했다. 그런데 그 순간 갑자기 파소의 표정이 굳어졌다.

'이건… 혈향?

불어오는 바람은 시원하기만 한 것이 아니었다. 그 바람 끝자락에 한가닥 혈향이 묻어 있었다. 바람이 불어오는 쪽에서 자신들을 기다리고 있는 사람들은 또 다른 천추군 고수들, 그 방향에서 불어오는 혈향은 결코 간단한 의미가 아니었다.

파소가 눈을 들어 눈앞의 산을 다시 바라봤다. 산은 어느새 노을에 물들어가고 있었다. 그리고 그 순간 그 핏빛 가득한 노을 속에서 노을빛보다 더 붉은 모습의 인영이 아스라이 눈에 들어왔다. 파소가 굳은 듯 그 자리에 멈춰 섰다. 그리곤 실성한 사람처럼 중얼거렸다.

"을 대협!"

『무천향』 8권 끝

共同傳人
공동전인

설경구 新무협 판타지 소설

마교를 재건하라.

혈마옥에 갇히며 마교 장로들의 공동전인이 된 사무진에게 주어진 과제.
역사상 가장 착한 마교의 교주.
하지만 역사상 가장 강한 마교의 교주가 되고 싶다.

고정관념을 버려요.
마교도라고 해서 꼭 나쁜 놈일 필요는 없잖아요.

지금까지와는 다른 마교.
이제 사무진이 만들어가는 새로운 마교가 모습을 드러낸다.

Book Publishing CHUNGEORAM

설봉 新무협 판타지 소설

환희밀공

歡喜密功

1
치무 (癡武)

무유 칠덕(武有七德), 금폭(禁暴), 집병(戢兵), 보대(保大),
정공(定功), 안민(安民), 화중(和衆), 풍재(豊財), 자야(者也).
〈좌전(左傳), 선공 십이년(宣公 十二年)〉

무에는 일곱 가지 덕이 있다.
첫째, 난폭을 금지한다. 둘째, 무기를 거두어들인다. 셋째, 큰 나라를 보전한다.
넷째, 공적을 정한다. 다섯째, 백성을 편안하게 한다. 여섯째, 대중을 화합하게 한다.
일곱째, 물자를 풍부하게 한다.

섬서성(陝西省) 육반산(六盤山)에 신력(神力)을 바탕으로
패공(覇功)을 구사하는 가문(家門), 육반루가(六盤婁家).
세상에게 외면받고 멸시당하는 환희교(歡喜敎).
육반루가의 후손과 환희교 교주의 운명적인 만남.

"넌 환희교를 지키는 수문장(守門將)이 될 거야.
강하게, 아주 강하게 키워주마."
'아버지처럼 죽지 않을 거야. 아무도 날 죽일 수 없어.
세상에서 최고로 강한 사람이 될 거야.'

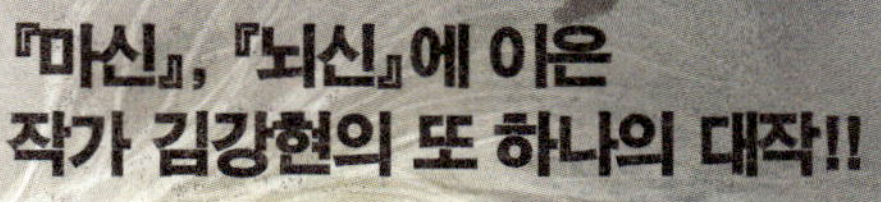

『마신』, 『뇌신』에 이은
작가 김강현의 또 하나의 대작!!
『태룡전』

태룡전

김강현

新무협 판타지 소설

내가 이곳 미고현에 위치한 천망칠십오대에
온 지도 벌써 두 달이 넘었거든.
그런데 아직도 이해하지 못한 일이 하나 있어.
그게 뭐냐고? 우리 대주 말이야.
우리 대주님이 가장 좋아하는 게 뭔지 아나?
바로 침상에서 좌우로 데굴데굴 굴러다니는 거야.
그다음으로 좋아하는 게 그렇게 뒹굴다 잠드는 거고…….
나려타곤(懶驢打滾)!
더도 덜도 아닌 딱 우리 대주님을 지칭하는 말일세.

천망칠십오대 대주 단유강!!
격동의 무림은 그에게 휴식을 허락하지 않는다.
단유강, 그의 일보가 천하를 떨쳐 울린다!

유행이 아닌 자유추구 —
WWW.chungeoram.com
Book Publishing CHUNGEORAM